판소리와 사람들

판소리와 사람들

정 병 헌

역락

이 저서는 2016년 대한민국 교육부와 한국연구재단의 지원을 받아 수행된 연구임 (NRF-2016S1A5B1018548)

머리말

　판소리는 척박한 풍토에서 일구고 가꾸어 온 사람들이 있어 우리 앞에
설 수 있었다. 때로는 자신의 목숨을 내걸어야 했고, 차마 당하지 못할 인
간으로서의 수모를 받으면서도 이를 지키고자 하는 굳센 열의를 가지고
한 길 판소리를 지켜온 사람들이 있어 그 전승이 가능했던 것이다. 우리
주위에는 수많은 것들이 나타나고 또 사라졌다. 그것이 자연의 엄연한 순
리일 것이다. 그렇게 생각하면서 우리의 소중한 것이 사라지는 것을 얼마
나 방관했던 것일까. 질곡의 세월, 그리고 외적의 침략이 그치지 않았던 우
리의 역사를 이겨내며 남아온 문화들은 그래서 더욱 소중하다. 이를 지켜
온 사람들에 대한 사랑의 마음이 애잔하기 이를 데 없다.

　그런 사람들에 대한 이야기는 많다. 그래서 이를 정리하고자 하는 시도
도 끊임없이 있어 왔다. 처음으로 이를 정리해 준『조선창극사』는 그런 점
에서 중요한 선편을 쥐고 있다. 그런 정도의 흔적을 남겨주어 우리는 그들
의 이름을 기억하고, 여기에 살을 붙이는 작업을 계속할 수 있었다. 이 책
에서 다시 보여주고자 한 사람들은 서로 이야기하고 무릎을 맞대었던 사
람들, 그리고 자료를 열심히 찾아가며 삶을 재구해보고자 한 사람들, 그리
고 판소리의 발전을 옆에서 지켜주며 보듬어 주었던 사람들로 구성되어
있다.

모두를 포괄할 수는 없었다. 그저 이곳저곳에서 부딪치고 관심을 보였던 사람들로 채웠을 뿐이다. 바닷물을 전부 마셔보아야 그 물이 짜다는 것을 아는 것은 아니지 않는가. 그렇게 위안하면서 다시 할 일을 정리하는 기회로 삼고자 하였다. 조금의 요기(療飢)를 통하여 그 먼 심해(深海)의 맛을 찾아보는 길로 나갈 수 있다는 생각도 갖게 되었다. 일부였지만 멀리 나갈 수 있게 해준, 진정한 여민(黎民)들과의 호흡을 진정 고맙게 생각하는 소이(所以)이다.

이런 일을 할 때마다 한국연구재단에 대한 고마움을 느낄 수밖에 없다. 순간순간 작업을 진행할 수 있도록 지원을 해주었기 때문이다. 특히 정년을 맞이하여 우수학자지원사업에 선정되면서, 오로지 이 일에 매진할 수 있는 기반을 마련해 주었다. 판소리의 흔적이 남아 있는 곳을 찾아 전국을 다니면서 새삼스럽게 판소리가 참 우리의 자연과 사람을 기반으로 하여 이루어졌다는 생각을 갖게 된 것도 큰 보람이다. 이 책의 발간도 이 사업의 중간 보고적 성격을 가지고 있다.

판소리를 가꾼 사람들에 이어 판소리가 뿌리내린 현장, 그리고 판소리를 지탱해 온 이론에 대한 접근이 다음의 과정이다. 이것이 끝나면 아마도 판소리의 역사를 정리할 수 있는 바탕은 마련되지 않을까 생각하고 있다. 쉬지 않고 나갈 수 있는 디딤돌로 삼기 위하여 이 책을 펴낸다. 마무리 단계에 깔끔하게 정리하고 교정에 수고를 해준 김지연 박사, 그리고 『판소리와 한국문화』에 이어 계속 출판의 수고로움을 감당해주고 있는 도서출판 역락에도 고마움을 표한다.

차 례

1장

판소리란
무엇인가

1장_판소리란 무엇인가

1. 판소리를 보는 시각

판소리는 판소리 사설을 청중 앞에서 말과 행동을 통하여 구체적으로 보여주는 연창자, 연창자의 활동에 장단을 맞춰주는 고수, 그리고 이들의 예술 행위를 향유하는 청중과 이들을 한 공간에서 엮어주는 무대로 구성되어 있다.

그런데 무대 위의 이러한 활동은 연창자의 기억을 통하여 드러나는 사설에 전적으로 의지하고 있다. 연창자(演唱者)와 고수(鼓手), 관객, 무대로 구성되는 판소리의 현장성은 시간의 제약을 받을 수밖에 없다. 현장이 사라지면서 판소리를 구성하고 있는 요소들은 그 모습을 상실하게 되는 것이다. 후대의 판소리 연구자들에게 있어 당시의 상황을 설명한 기록이나, 연행 모습을 담은 그림이 중요한 단서가 되는 이유가 여기에 있다.

사설 또한 연창자의 기억 속에 간직되어 있다가 현장에서 표현되지만, 연창자와 함께 그 생명이 사라지는 존재라고 할 수 있다. 사설은 말로 이루어졌기 때문에, 이를 글로 적어 그 모습을 남길 수도 있다. 그러나 전통 시대의 판소리 전승은 스승과 제자의 '구전심수(口傳心授)'에 의하여 이루어졌기 때문에 그 구체적 실상을 확인하기 어렵다. 특히 연창자의 대부분이 글을 습득할 수 없는 신분이었기 때문에 이를 글로 남길 수 있는 여지는 별로 없었던 것이다. 그런 상황에서 판소리의 전승이 가능했던 것은 판소리 연창자의 독특한 기억의 방법 터득에 있었다고 할 수 있다.

그러나 연창자 중에는 글을 아는 사람들도 있어 자신의 판소리 연마를 위해 사설을 적어 놓은 소리책을 남겼고, 또 판소리를 향유하는 식자층이 호사의 취미로 그 사설을 기록하거나 요약하여 남기기도 하였다. 판소리에 관한 기록이 거의 없는 상황에서 천행(天幸)으로 남겨진 소리책이나 연창의 현장에서 불리어진 내용을 정리한 기록들은 후세 연구자들에게 있어 소중한 지침이 될 수 있었다. 이는 녹음기나 촬영기를 사용하는 현대의 판소리 전수자들이 스승의 가르침을 녹음이나 영상으로 남긴 후, 이를 반복적으로 연습하는 것과 같은 이치라고 할 수 있다. 이처럼 학습을 위하여 남긴 녹음이나 영상 자료는 그 스승이 죽은 뒤에도 남아 중요한 연구 자료로 활용되고 있다.

판소리에 대한 구체적 자료가 없는 상황에서, 남겨진 판소리 사설은 판소리에 들어가는 입문의 역할을 할 수 있었다. 초기의 판소리 연구가 판소리 사설의 성격 규명에 집중된 것은 그런 의미에서 어쩔 수 없는 선택이었던 것이다. 그 결과 근원설화나 삽입가요, 판소리 이본 사설의 비교 등에 대한 방대한 연구가 이루어졌는데, 이는 초기 판소리 연구가 국문학 연구자들을 중심으로 하여 이루어진 것에서 기인하는 것이기도 하다.

사설을 중심으로 한 판소리 연구가 그 총체성을 규명함에 있어 미흡하다는 인식은 초기부터 있어 왔다. 이러한 문제점의 인식과 연구 인력의 확충에 힘입어 판소리 연구는 음악과 민속, 연극, 역사, 사회학으로 그 저변이 확대될 수 있었다. 음악에 관한 깊이 있는 접근은 그 특성상 음악 자료가 남아 있는 1920년대 이후의 것으로 국한될 수밖에 없었다. 그러나 구전

되는 가창예술의 중요한 핵심은 사설과 음악이라는 점에서 현재의 판소리 음악이 판소리의 본질에서 크게 벗어난 것으로 볼 수는 없다. <춘향전>이 <춘향전>으로 인식될 수 있는 까닭은 <춘향전>을 이루는 기본 이야기 틀의 유사성과 함께 음악의 동질성에서도 찾을 수 있기 때문이다.

음악적 측면의 탐구를 통하여 연창자들의 음악이 가지고 있는 유사성과 차별점이 보다 선명하게 드러날 수 있었다. 또 각 유파들의 음악적 차별성 이 추상적 차원의 언어로서가 아니라 구체적인 음악으로 설명될 수 있었 다. 설화 차원에서 이야기되고 있었던 명창이나 유파의 차별성이 음악 자 료의 분석을 통하여 확인되었던 것이다. 구체적인 음악 자료가 남아 있는 경우에 국한된 설명이라는 한계를 가지고 있지만, 이는 판소리사의 총체적 기술을 위한 중요한 진전이라고 하지 않을 수 없다.

판소리 연구의 외연 확대를 통하여 드러난 중요한 성과는 판소리 향유 층의 성격에 대한 진지한 성찰에서도 나타났다. 판소리 연행의 주체인 연 창자와 고수, 그리고 관객의 계층적 성격을 통하여 판소리의 형성과 전개 에 대한 중요한 시사점을 얻을 수 있었기 때문이다. 판소리를 향유하고 키 워온 집단의 삶이 반영된 판소리는 그들의 삶과 이상을 표현하고 있다. 선 택된 이야기의 구조는 꿈을 통해 현실을 극복하고자 하는 민담적 성격을 기반으로 하고 있으며, 이를 표현하는 음악 역시 서민들이 향유하는 음악 을 바탕으로 하고 있다. 또한 판소리 향유층으로 추가되는 중인, 양반층의 기호가 반영되면서 서민적 색채가 변질되었다는 논의도 이루어졌다.

1940년 발간된 정노식(鄭魯湜)의 『조선창극사』는 처음으로 판소리의 일반 적 성격을 정리하고, 명창들의 일화를 중심으로 하여 판소리사를 기술하였 다. 이러한 정노식의 태도는 지금까지 크게 벗어나지 않고 통용되고 있는 데, 판소리의 형성이나 유파의 성격 등에서 더욱 그러하다. 따라서 『조선 창극사』 이후의 판소리 연구는 이 책에서 언급한 내용의 확인과 확충, 심

화라고 하여 과언이 아닌 것이다. 그만큼 이 책이 판소리 연구에서 가지고 있는 의미는 심대하다.[1)]

다양한 학문 분야의 참여로 이루어진 현재의 판소리 연구가 갖는 문제점으로, 판소리가 이루어진 개별 현상을 일반화함으로써 각각의 예술 형태가 가지고 있는 차별성을 간과하였음을 지적할 수 있다. 그 결과 판소리의 보편적 성격을 설명할 수는 있었지만, 각 지역, 또는 특정 시간이나 인물에 의하여 이루어진 중요한 변화는 많은 부분 포착의 대상에서 제외되었던 것이다. 그러나 각 지역에서 이루어진 예술 형태의 차별성, 그리고 각 지역에 기반한 연창자들의 예술 형태가 가지고 있는 유의미한 차별성이야말로 판소리의 형성과 변화에서 나타나는 다양한 굴곡과 전개를 설명함에 있어 반드시 언급해야 할 요인이라고 할 수 있다.

그런 점에서 판소리의 담당층, 전승지역, 전승 시기 등을 일반화 하지 않고 개별적이며 구체적인 시각에서 정립할 필요가 있다. 판소리가 전승되고 향유된 지역이라 해도 각 지역이 기반하고 있는 사회 문화적 차이는 그 지역에 기반하여 이루어진 판소리를 서로 다르게 변화시키고 향유하였기 때문이다. 또한 판소리 연창자들도 성장과 계층, 사승 관계에 따라 서로 다른 성격을 보여 주었고, 이는 판소리 사회에서 용인되는 사안이었다. 따라서 일반화에서 개별화로 시점을 이동하여 보다 면밀한 천착을 하였을 때 판소리사의 총체적인 모습에 근접하게 될 것이다.

2. 판소리의 장르적 성격

판소리는 춘향이나 심청 등의 이야기를 창과 아니리의 교체를 통하여 관객 앞에서 보여주는 현장 예술이다. 따라서 우리는 판소리를 이야기의 측면, 창으로 실현되는 음악의 측면, 관객과의 대면이라는 공연의 측면으로 나누어 생각해 볼 수 있다.

일차적으로 판소리는 연창자가 자신의 기억 속에 존재하는 이야기를 관객 앞에서 연출해 보이는 형태이다. 다른 요소도 밀접하게 판소리의 판소리임을 설명하는 요소이지만, 판소리 사설인 이야기는 판소리를 가능하게 한 첫 번째 요소라고 하여 무방하다. 사설이 없었다면 판소리 자체의 성립을 이야기할 수 없기 때문이다. 만약 이 이야기를 제거하고 음악만으로 표현한다면 이는 구음(口音)이나 산조(散調)와 같이 판소리로 불리어질 수 없는 다른 예술형태가 되는 것이다.

판소리로 불리어진 이야기는 본래 열두 작품이 있었다고 하지만, 이는 지역이나 시대에 따라 달라질 수 있는 것이어서 불변의 것으로 볼 수는 없다. 현재 불리어지고 있는 작품은 <춘향가>, <심청가>, <흥보가>, <수궁가>, <적벽가>이며, <변강쇠가>는 그 창을 잃고 사설만이 남아 있다. 또 <배비장타령>, <옹고집타령>, <왈짜타령>, <장끼타령>, <강릉매화타령>은 그 사설이 소설 등에 정착하여 그 내용을 짐작할 수 있지만, <가짜신선타령>은 그 내용을 짐작할 수 있는 자료마저 남아 있지 않아 『조선창극사』에서는 아예 이를 <숙영낭자전>으로 대치하기도 하였다.

이 열두 작품은 <춘향가>, <심청가>와 같이 고난을 딛고 성취를 이루는 작품, <적벽가>와 같이 향유층으로 부상한 양반층의 기호를 반영한 작품, <배비장타령>이나 <왈자타령>과 같이 중인의 세태를 기반으로 하여 이루어진 작품 등 몇 가지 유형으로 구분할 수 있다. 춘향, 심청, 흥보, 토끼는 신분이나 재산, 능력 등에서 결핍 요소를 지닌 존재들이다. 이 작품들에서 주인공들은 자신이 처한 열세를 딛고 양반 자제와 결혼하고, 황후가 되며, 꿈에도 그리던 부자가 되고, 기지로 힘 있는 자들을 따돌리고 용궁에서 살아 돌아온다. 그런 점에서 우아한 삶을 누릴 수 있는 신분의 사람이

간난을 딛고 다시 본래의 모습으로 귀환하는 영웅소설적 세계관과는 차별성을 가지고 있다. 결핍의 요소를 지닌 인물을 설정하고 그들의 삶에 세심한 관심을 기울이고 있다는 점에서 이 작품들은 서민적 세계관을 바탕으로 하고 있음을 알 수 있다.

<적벽가>는 현재 전승되고 있는 오가(五歌) 중 가장 늦게 판소리로 만들어진 작품이다. 알려진 바와 같이 <적벽가>는 소설 『삼국지연의(三國志演義)』의 적벽대전 대목을 따로 잘라내어 판소리로 만든 작품인데, 판소리화하면서 원전은 판소리에 합당하도록 많은 변화를 거쳤다. 그런 점에서 소설이 판소리로 바뀌면서 어떤 변화를 거쳐야 하는가를 확인할 수 있는 중요한 자료라고 할 수 있다.

<변강쇠타령>은 신재효에 의하여 여섯 작품으로 정리되면서 그 사설이 전하게 된 작품이다. 신재효는 중인들과 기생의 관계를 소재로 한 작품들은 제쳐두고, 이 작품을 그가 정리한 여섯 작품 속에 포함시켰다. 이 작품이 다루고 있는 소재는 두 남녀의 독특한 사랑의 방식과, 이에 연유하여 죽은 남자의 치상(治喪)이라는 소재를 그 구성의 근간으로 하고 있다.

<배비장타령>, <왈짜타령>, <강릉매화타령>은 전통사회의 지배층과 기생의 관계를 소재로 하여 형상화한 작품이다. 당시의 세태를 반영하고 있기 때문에, 기생은 철저하게 완상(玩賞)의 대상으로 격하되어 있어 인간이나 여성으로 바라보는 시각을 부정하고 있다. 그런 점에서 이 작품들은 판소리 전승의 중요한 한 축을 담당하였던 중인들이 자신들의 상황을 대상화하고, 지배층의 이념 속에 함몰되어가는 모습을 형상화한 것으로 평가할 수 있다.

<장끼타령>과 <옹고집타령>은 그 이념의 지향에 있어 대척적인 지점에 놓인다. <장끼타령>이 시대에 따라 변화하는 의식을 반영하여 기존의 관념을 타파하는데 반하여 <옹고집타령>은 전통적인 이념의 교훈적 전달

에 치중하고 있는 것이다.

<가짜신선타령>에 대치하여 편입된 <숙영낭자전>은 대중적 인기나 이념적 요구에 부응하는 작품을 판소리 형태로 불러 그 영역을 확대하고자 하는 한 예가 된다. 이러한 확대는 판소리 음악을 빌려 작가가 표현하고자 하는 이야기를 전달하는 이른바 '창작판소리'의 방식을 보여준 예라고 할 수 있다. 따라서 판소리가 나아갈 방향과 고민을 구체적으로 보여준 예가 된다고 할 수 있다.

판소리의 사설은 현장에서 창과 아니리의 교체로 드러난다. 사설의 어떤 부분은 문어체와 구어체를 혼용하여 이루어지는 '아니리'로 표현되고, 또 다른 부분은 창조(唱調)와 장단이 결합하여 음악적 구성을 이룬 '창'으로 표현되는 것이다. 이 장단과 창조의 선택에 따라 각 유파의 성격이 규정된다.

장단은 고수가 담당하는데, 창을 받쳐주고 포용하며 이끈다. 이러한 이유에서 장단은 판소리의 골격이라고 할 수 있다. 판소리 장단은 대체로 진양, 중머리, 중중머리, 잦은몰이, 휘몰이, 엇머리의 여섯 가지가 근간을 이루고 있다. 진양은 판소리에서 가장 느린 장단으로서 주로 비장한 대목, 한가롭고 유유한 장면 등을 노래하는 경우에 사용된다. 중머리는 판소리 장단의 근간이 되는 기본 장단이다. 그 용도는 매우 넓어서 서정적인 대목, 화평한 분위기, 웅장한 장면 등을 노래할 때 쓰일 뿐만 아니라 비장한 대목에서도 흔히 이용된다. 중중머리는 흥겨운 대목에 많이 쓰이며 약간 빠르고 경쾌한 움직임을 나타내기에 적합하다. 잦은몰이는 긴박하고 신속한 흐름을 서술하거나 여러 가지 사실을 경쾌하게 나열할 때 쓰인다. 휘몰이는 아주 분주한 대목, 숨쉴 틈 없을 정도로 급박하게 행동이 연속되는 경우에 쓰인다. 엇머리는 일종의 혼합 박자로 다분히 신비스러운 분위기가 드러나는 장면에 쓰인다.

판소리 창의 음악은 장단만으로 이루어지지 않고, 선율을 만드는데 쓰이는 기본음 체계의 문제인 선법과의 조합에서 완성된다. 이 창조의 기본적인 것으로 우조(羽調)·평조(平調)·계면조(界面調)가 있는데, 이 창조와 장단의 결합으로 판소리의 음악은 이루어진다. 평조는 온화하고 평온한 느낌을 주는 창조이며, 우조는 시원스럽고 엄한 가락이다. 계면조는 애원 처절한 가락을 지녔기 때문에 매우 숙연한 느낌을 주는 창조이다. 이 창조는 후기의 판소리 유파 성립에 있어 중요한 역할을 하게 된다. 즉 계면을 위주로 하는가, 우조를 위주로 하는가에 따라 서편제 또는 동편제의 분화가 나타나게 되는 것이다.

위에서 설명된 장단과 창조는 현재의 판소리를 기준으로 한 것일 뿐, 역사적 변화를 반영한 것은 아니다. 진양 장단은 송흥록(宋興祿)에 이르러 판소리에서 사용된 것이고, 창조에 사용하는 용어도 이미 불리어지던 가곡 등의 것을 차용한 것이다. 또 각 지역은 그 나름대로의 특색을 지닌 음악을 발전시켜 왔기 때문에 이에 기반하여 이루어진 판소리도 그 지역 음악의 영향권 속에서 이루어진 것으로 보아야 할 것이다. 좌도농악과 우도농악이 판소리의 동편제, 서편제와 일정한 정도의 관계를 가지고 있고, 또 경기 충청 지역을 기반으로 하여 이루어진 음악이 중고제 형성과 밀접한 관련을 맺는 것도 이러한 이유에서이다.

특히 판소리에 채택되어 삽입가요로 존재하는 가요는 연창자나 관객층의 일체감을 갖게 하는 것으로 그 지역성에서 벗어날 수 없다. 새로운 예술 장르를 개발하는 데 있어 사용할 수 있는 가장 큰 자산을 자신들의 환경과 역량 속에서 찾는 것은 당연한 현상이기 때문이다. 어떤 지역으로 판소리가 통합되고, 따라서 다른 지역에서 판소리 문화가 쇠퇴하게 된 상황도 이런 음악적 요인으로 설명할 수 있는 까닭이 여기에 있다. 따라서 판소리의 음악을 현재의 상황으로만 이해하는 것은 판소리의 역사적 변화라는 측면을 도외시하게 되는 잘못을 범할 수 있는 것이다.

　연창자는 판소리 사설의 표현에 있어 내용의 정확한 전달과 음악적 연마의 결과를 관객에게 보여주는데, 판소리의 관객은 단순히 음악을 감상하는 청중의 차원을 벗어나 직간접적으로 극의 진행에 참여한다. 따라서 연창자는 관객과의 끊임없는 소통을 대단히 중요시하게 된다. 본격적인 판소리 연창에 앞서 부르는 허두가(虛頭歌)는 연창자의 목 상태를 점검하는 기능뿐만 아니라 관객의 기호나 수준을 미리 파악하기 위한 기능도 가지고 있는 것이다. 관객과의 소통과 정확한 전달을 위하여 몸짓이 수반되는 것은 모든 공연예술의 공통된 방식이다. 그래서 신재효는 판소리 연창자가 갖추어야 할 네 가지 요건으로 인물과 사설, 득음 외에 너름새를 추가시켰던 것이다.

　허구의 세계에 속하는 인물들은 매우 다양하나, 판의 현장에서 이들은 오직 한 사람의 배우인 연창자를 통해서만 모방, 재현된다. 연창자는 스스로 춘향이 되고, 월매가 되고, 이도령이 되어 청중에게 작품을 전달하는 것이다. 심지어는 무대나 인물의 상태를 설명하는 해설자의 역할까지 도맡고 있다. 이러한 일인다역(一人多役)의 역할 때문에 연창자는 장단의 교체, 창과 아니리의 교체, 창조의 교체 등 여러 장치와 함께 다양한 몸짓을 통하여 관객과 직접적인 소통을 하는 것이다. 음악의 장단을 담당하는 고수는 그러한 연창자와 관객 사이에서 적절한 중간자적 위치를 견지한다. 공간적인 면에서도 고수는 무대 위의 연창자와 무대를 둘러싸고 있는 관객의 사이에 위치하고 있는 것이다.

　표면적으로 판소리는 흥미나 교훈이 되는 이야기를 한 사람의 연창자가 고수의 북 장단에 맞추어 관객에게 전달하는 공연예술이라고 규정할 수 있다. 그런데 연창자가 일상적인 말투와 노래로 전달하는 이러한 방식은 어느 지역, 어느 나라에나 있는 보편적인 예술 형식이라고 할 수 있다. 이러한 방식은 무가(巫歌)의 연행에서 드러나기 때문에 무가와 판소리의 긴밀한 연관관계를 언급하는 요인이기도 하다.

　흔히 북방계 판소리라 일컬어지는 <배뱅이굿>은 판소리의 영향을 받아 이루어진 것으로 알려져 있는데, 각 지역에 존재했을 판소리 공연 방식의 실체적 모습을 보여준다는 점에서 의미를 갖는다. <배뱅이굿>은 황해도와 평안도를 기반으로 하는 이야기를 그 지역의 음악을 바탕으로 하여 구성하였고, 이러한 방식은 다른 어느 지역에라도 존재할 수 있는 가능성을 보여주기 때문이다. 따라서 각 지역을 기반으로 하는 공연 방식이 현재의 모습으로 정착된 판소리 이전에 존재하였고, 이것이 수용과 배제라는 문화 전승의 원리를 따라 현재의 판소리로 귀일(歸一)된 것이라고 할 수 있는 것이다.

3. 판소리의 형성

(1) 시가의 수용

　판소리는 설화를 바탕으로 하여 이루어졌다. <춘향전>과 같은 긴 이야기가 본래부터 음악과 결합되어 존재하였으리라는 것은 상상할 수 없기 때문이다. 이야기는 이야기 자체로 진행하는 방식과, 이와는 달리 새로운 요소를 받아들이면서 판소리 장르로의 변화를 모색하는 방식으로 나뉘어졌다. 여기에서 판소리로 변화하기 위해 이야기가 받아들인 새로운 요소는 바로 노래로 불리어진 시가라고 할 수 있다. 이야기가 새로운 예술 형태인 판소리로 변화되는 데에 결정적 기여를 한 것은 시가와의 결합이었던 것이다. 판소리의 예술성은 그 이야기의 진지성이나 흥미를 벗어나 시가와 결합된 음악의 문제로 이동하게 되었다. 판소리 명창이 되는 가장 중요한 요건으로 득음(得音)이 거론되는데, 득음의 요체는 바로 음악적 실현으로 요약될 수 있는 것이다.

이러한 이유에서 이야기가 시대의 변화에 순응하면서 자신의 생명력을 키워 나가기 위한 선택이 바로 시가와의 결합이라는 것으로 나타났고, 그것은 새 시대 예술장르를 만드는 절묘한 선택이었다고 할 수 있는 것이다. 이때 이러한 선택을 가능하게 하고 새로운 장르로의 변화를 가능하게 한 것이 당시의 음악계와 관련되는 전문 가객(歌客)들인 광대 집단이라고 할 수 있다. 그들은 단순한 이야기 문학을 시가와 결합시켜 새로운 예술 형태의 가능성을 실험하였고, 그러한 실험이 현재의 판소리를 완성시켰던 것이다. 처음에는 단순히 기존의 시가를 받아들여 이야기 문학을 풍요롭게 하는 데 그쳤지만, 뒤에는 본래 이야기로 된 부분까지도 음악에 얹혀 음악적 문화로 이행하도록 하였다. 그리하여 판소리는 음악과 결합된 시가의 만화경적 표현으로 인식될 만큼 다양한 예술 형태를 포괄하게 되었던 것이다.

초기의 판소리는 이야기의 전개에 필요하거나 삽입할 수 있는 기존의 가요를 이야기 속에 끌어들인 정도로 이루어졌을 것이다. 본래의 이야기는 일상의 말인 아니리로 이루어지지만, 새로 첨가된 부분은 노래로 불리어지는 창으로 실현된다. 다음과 같은 장면에서 기존의 <농부가>가 삽입되는 것은 전혀 어색하지 않다.

> (아니리) 이때는 어느 땐고 허니 유뉴월 농방 시절이라. 각 댁 머슴들이 맥반 맥주를 취케 먹고 부자집 모를 심으는듸,
> (중머리) "두리둥퉁 두리둥퉁 쾌갱매 쾅매 쾅, 어럴럴럴 상사듸여. 어여허 여여루 상사뒤여. 선리건곤 태평 시으 도덕 높은 우리 성군, 강구 미복 동요 듣는 요님군으 성군일래." (중략) "어여허 여여루 상사뒤여."
> (아니리) 석양판 쯤 되어 가니 한참 거덜거리고들 심어 가는듸,
> (중중머리) "어화 어화 여루 상사뒤여." (중략) "어화 어화 여루 상사뒤여."

(잦은 중중머리) "다 되야 간다, 다 되야 간다." (중략) "어화 어화 여루 상
사뒤여"

(아니리) 어사또 그곳을 당도하야, "여러 농부들 수고들 허시오 농부 중
좌상이 뉘기시오?"2)

농부들의 모내기 현장에 어사가 도착하여 농부들과 수작하는 장면인데,
본래 이야기는 모내기 모습의 서술이나 농부와의 대화로 이루어졌을 수
있다. 그런데 관객도 이미 잘 알고 있는 <농부가>를 삽입함으로써 서술
은 중단되고, 이야기판은 관객과의 흥겨운 공감의 자리로 변화된다. 연창
자는 이 노래를 부르면서 이에 합당한 몸짓을 하거나, 관객들을 유도하여
같이 부르기도 할 것이다. 관객의 호응이 기대 이상이 된다면 연창자는
서사의 진행을 잠시 제쳐두고 <농부가> 전편을 관객들과 함께 부르기도
할 것이다.

이러한 모습은 <심청가>의 '곽씨부인 장례대목'에 삽입된 상여소리에
서도 확인할 수 있다.

(잦은 중머리) 어허넘차 너화넘. 땡기랑, 땡기랑, 땡기랑, 땡기랑. 어허넘차
너화넘. 현철허신 곽씨부인, 행실도 음전허고 재질이 특수터니마는 어느 사
이에 죽었네그려. 어허너어허너엄차 어이 가리 넘차 너화넘. 땡기랑, 땡기랑,
땡기랑, 땡기랑. 허넘차 너화넘 (중략) 여보소, 상두꾼, 말을 듣소 너도 죽어
이 길이요, 나도 죽어서 이 길이라. 인간 세상을 떠나는 것은 우리가 모두
다 일반이로구나. 어허너 어어허넘자 어허넘차 너화넘.

(아니리) 향양지 가리어 안장을 지은 후에, 봉사으게 무슨 축이 있겠느냐
마는, 중간봉사라 식자가 넉넉하던가, 축을 지어 읽는듸, 차호, 부인, 차호,
부인. 요차요조숙녀혜여, 상불구허고인이라, 유치자연세허여, 이걸 어찌 길
러 내리. 백양모 일락헌듸 격유현이로수혜여, 무슨 말을 허자 헌들 게 뉘
라 대답허리. 선래상지상봉하야. 산은 첩첩, 밤 깊어, 어추추 두루하야, 차생
에는 하릴없네.3)

이 상여소리는 그 노래가 들어갈 수 있는 상황이 마련되면, 언제든지 들어갈 수 있도록 정형화되어 있다. 앞뒤의 서사와 연결될 수 있도록 몇 마디만 삽입하거나 수정하면 장례대목 어디에나 들어갈 수 있는 것이다. 연창자는 장례대목만 나오면 예외 없이 이 상여소리를 첨가하여 상여소리가 갖는 애절함과 비통의 분위기를 수용하는 것이다. 이 상여소리가 주요 고객인 향유층과의 유대감을 증진시키는 데 기여하기 때문에, 연창자는 서사의 진행과 무관하게 상여소리를 한없이 확대하기도 한다.

줄거리로 요약될 수 있는 서사의 핵심은 관객에게 이미 잘 알려져 있다. 그 정보가 전혀 다르게 전달되지 않는 한, 청중은 잘 알고 있는 <심청가>의 범위 안에서 그 내용을 이해하는 것이다. 관객과의 이러한 약속 때문에 연창자는 자신의 연창 능력을 발휘하기 위하여 삽입가요를 광범위하게 채택할 수밖에 없는 것이다.

이처럼 판소리에 채택된 기존 가요는 판소리를 개발하고 전승시킨 향유층의 기호와 밀접한 관련을 가질 수밖에 없다. 새로운 예술 장르를 개발하는 데 있어 가장 큰 자산은 바로 자신들을 둘러싸고 있는 환경 속에서 찾아야 할 것이기 때문이다. 한 조사에 의하면 <춘향가>에 차용된 기존 가요의 장르는 시조(時調)가 12편, 십이가사(十二歌詞)에서 8편, 잡가(雜歌)에서 13편, 가면극에서 21편, 민요에서 20편, 무가에서 18편, 그리고 다른 판소리에서 형성된 가요가 26편이다.[4] 이 결과는 판소리 향유층이 어떤 음악과 깊은 관련을 맺고 있었는지를 단적으로 보여주고 있다. 다른 판소리에서 차용되었다고 보여지는 작품을 제외하면, <농부가>나 <창부타령>과 같은 민요가 가장 많은 비율을 차지하고 있다. 또한 무가도 이와 비슷한데, 이는 판소리 향유층의 예술적 위상을 보여주는 증거라고 할 수 있다.

이야기와 시가는 판소리 속에서 결합하면서 자신의 본래 특성을 간직한 채 화학 반응을 일으켜 복합적 성격을 지니게 되었다. 본래 이야기로 연행되었지만 노래와 결합하면서 노래의 중요한 속성, 시적 성격을 본질적인 것으로 받아들이게 되었고, 이야기가 추구하는 사실성의 구현이나 모방과는 전혀 다른 새로운 장르가 탄생하게 된 것이다. 판소리의 일부분을 불러도 되고, 서사의 논리성이 파괴되더라도 용인되는 것은 새롭게 탄생한 장르의 관례가 그렇게 형성되었기 때문이다.

(2) 지역 전승 설화와 음악의 결합

이야기를 전승하고, 또 이야기 속에 시가를 수용함으로써 판소리라는 새로운 장르를 내보인 집단은 천민 예인층(藝人層)이었다. 이들이 만들어 낸 새로운 예술 형태는 그들의 삶과 밀접한 관련을 맺고 있다. 이야기만으로는 자신들의 호구(糊口)마저도 충족할 수 없다는 현실적 상황이 새로운 예술 형태의 모색으로 이어졌던 것이다.

그들은 성공적인 흥행이 향유층과의 소통에서 비롯된다는 것을 누구보다도 잘 알고 있었다. 따라서 그들이 선택할 수 있는 것은 각 지역에 전승되고 있어 관객에게 익숙한 이야기나 또는 새로운 느낌을 줄 수 있는 신기한 이야기였을 것이고, 또 자신들의 삶의 기반인 향유층과 일체감을 가질 수 있는 음악이었던 것이다. 전혀 받아들일 수 없는 소재의 이야기나 이질적인 음악을 바탕으로 새로운 예술을 창조하는 것은 여러 면에서 불평등을 강요당했던 전통시대의 예인들에게서 나타나기 어려운 일이었다. 그들이 선보였던 판소리 각 작품은 그들이 처한 지역적 성격과 밀접한 관련을 맺을 수밖에 없었던 것이다.

신분의 차이에서 초래되는 불평등의 표출이나 환경적 요인에서 초래되는 원망의 표출 등 지역을 뛰어넘는 보편성의 이야기도 존재할 수 있지만, 여기에서도 미세한 차원의 단어나 어조에서 그 근원이 되는 지역성은 드러나기 마련이다. 그런 점에서 이야기 속에 드러난 특정 지역의 명칭이나 관련되는 용어를 통하여 지역 기반을 추정하는 것은 부분적으로 타당성을 획득하는 것이다.

<춘향가>가 호남 지역과 긴밀한 관련을 갖는 것은 그 이야기의 전개 과정이나 배경을 통하여 확인할 수 있다. 물론 <춘향가>가 가지고 있는 내용은 어디에서나 발견할 수 있는 보편적 현상이라고 할 수 있다. 권력을 빙자하여 백성을 핍박하는 탐관오리는 어디에나 존재하였고, 또 그 핍박의 대상이 민간 여인을 향한 성적 폭력 문제로 비화하는 것도 또한 항용 있을 수 있는 것이기 때문이다. 그러나 어디에나 존재할 수밖에 없는 이러한 이야기가 남원과 결합하면서 <춘향가>가 성립되었기 때문에, 이 이야기가 판소리화 하면서 받아들인 음악은 그 지역의 것으로 보아야 할 것이다. <춘향가>는 형성 초기부터 호남의 음악과 결합되었고, 호남의 몸짓과 결합되었던 것이다. 서울에서 온 이도령의 언어와 몸짓을 서울의 그것으로 치장하기 위하여 '경드름'으로 수식하여 보지만, 이 또한 <춘향가>가 호남을 기반으로 한다는 것을 설명하는 방증이 된다.

<심청가>의 지역적 배경은 황해도의 황주인가, 아니면 중국의 것인가에 대하여 이견이 있다. 그리고 효녀인 딸이 눈 먼 아버지를 지성으로 봉양하여 귀하게 되고, 아버지의 눈도 뜨게 한다는 점에서 특정한 지역 기반을 말하기는 어렵다. <수궁가>에서도 <심청가>와 마찬가지로 중국의 지명과 초월적 세계인 용궁이 등장하고 있어, 특정 지역을 그 기반으로 말하기는 어렵다. 그 지역적 배경이 불확실하기 때문에 어느 지역의 음악과 결합되었는가는 알 수 없다. 다만 판소리의 영향을 받아 이루어진 동해안의 심청굿이 그 지역의 음악과 결합하여 표현되는 것으로 보아, <심청가>나 <수궁가>는 각 지역의 음악과 결합하여 다양한 방식으로 불리어졌을 것으로 추측할 수 있다.

<홍보가>의 배경은 '충청 전라 경상의 삼도 월품'으로 설정된 경우가 많다. 또 홍보가 놀보에게 쫓겨나 먹고 살기 위하여 가족들과 유랑하는 곳으로 나열된 곳도 대체로 충청, 전라, 경상의 삼도를 벗어나지 않는다. 이는 <홍보가>의 판소리 정착에 관여한 인물들의 지리적 친밀도를 보여준다는 점에서 판소리 <홍보가>는 삼도(三道) 어디나 관계없지만 최종적으로는 호남으로 정착되었다고 할 수 있다.

<변강쇠가>는 수많은 유랑 광대가 등장하며 그 지역의 이동 또한 남과 북으로 이어져 있기 때문에 판소리 형성의 실마리를 제공하는 중요한 자료로 평가되고 있다. <변강쇠가>의 전승 기반은 서울 이북으로 추정되는데, 그 이유는 등장인물인 옹녀가 평안도에서 출발하고 변강쇠는 삼남(三南)에서 출발하여 서울 근교인 경기도 개성에서 만나며, 경기가요인 <변강수타령>도 존재하는 것에서 찾을 수 있다.

<옹고집타령>은 불효와 승려의 학대라는 문제를 불교적 방법론으로 해결하는 일련의 과정을 보여주고 있다. 이러한 이야기는 효와 신앙의 문제가 결합된 것이어서 어디에서나 쉽사리 전승될 수 있는 소재인데, 안동이라는 특정 지역으로 귀착되어 전승되고 있는 것이 <옹고집타령>이라고 할 수 있다. 따라서 이 작품 또한 이 지역에 전승되던 이야기와 음악이 결합한 판소리적 형태로 존재하였을 것이다.

<배비장타령>과 <왈짜타령>은 중인 사회의 벼슬살이와 관련되는 이야기를 담고 있다. <배비장타령>의 사건이 이루어지고 있는 배경은 제주도이지만, 여기에 등장하여 사건을 벌이고 있는 인물들은 대부분 서울을 중심으로 하는 중부지방의 사람들이다. 제주목사로 제수된 김경은 육방 관속을 서울에서 이미 선정하고, 이들이 장소를 달리 하여 제주도에 합당한 새로운 사건을 연출하는 것이다. <왈짜타령>은 사건을 일으키고 있는 인물들이 중인일 뿐만 아니라, 그 배경 자체가 서울을 중심으로 하고 있다.

<왈짜타령>과 마찬가지로 창을 잃은 <강릉매화타령>도 <배비장타령>처럼 중인환시(衆人環視) 속에 옷을 벗고 나타나게 하는 곤욕을 강릉이라는 장소에서 드러내고 있어 그 전승 기반은 동일하다고 할 수 있다.

관인사회를 객관화 하거나 가까운 곳에서 바라볼 수 있는 환경에서 나타날 수 있는 이러한 이야기는 경기 지역을 기반으로 하여 전승되고 널리 퍼졌을 것이다. 따라서 이와 결합된 음악도 당연히 서울 경기 지역의 것이라고 할 수 있다. 서울과 경기 지역을 기반으로 하는 배비장이나 왈짜 이야기 속에 경기 민요나 무가, 잡가의 음악적 전통을 충분히 지니고 있는 이 지역 기반의 노래가 삽입되는 것은 너무도 자연스럽기 때문이다.

<적벽가>는 『삼국지연의』의 적벽대전 장면을 판소리화한 것이기 때문에 그 발생을 특정한 지역과 결부시킬 수는 없다. 이 작품이 새로운 판소리의 등장을 열망하는 양반층의 기호를 반영하여 이루어졌다는 점에서 서울이 그 형성의 중심을 이루었다는 점은 추측할 수 있지만, 그 음악은 이미 판소리의 전통이 확립된 뒤의 것이라고 할 수 있다.

서사와 관련 없는 노래가 조금의 틈만 있으면 삽입되어 이야기를 풍요롭게 만들었고, 이것이 판소리로 변화하는 중요한 계기가 되었다. 그리고 새롭게 나타난 판소리의 후원자인 향유층과의 소통을 위하여 선택된 것이 바로 그 지역을 기반으로 한 이야기이며, 음악이었던 것이다. 판소리에 삽입된 노래에서 민요가 차지하는 비중이 가장 높은 것도 그 지역을 기반으로 한 농악 등의 음악 전통과 결합된 초기 판소리의 모습을 추정하게 한다. 연창자의 음악 역량이 지역에 기반을 두고 있다는 점, 그리고 자신의 예술을 구매하는 향유층과의 밀접한 소통을 위해 지역을 기반으로 한 이야기와 음악은 필연적으로 선택되어야 할 당위성을 갖는 것이다. 판소리는 이처럼 각 지역에 전승되고 있는 이야기와 그 지역을 기반으로 하는 음악의 화학적 결합을 통하여 형성되었던 것이다.

4. 판소리의 변화

전국 각 지역에 전승되는 이야기와 그 지역의 음악이 결합되어 전승되던 초기 판소리는 여러 가지 환경의 요인에 의하여 통합과 변화의 과정을 거쳤다. 이는 판소리의 예술화를 위해 선택된 당연한 방향이지만, 동시에 각 지역이 가지고 있는 다양성을 획일화함으로써 판소리 전승 지역의 축소를 가져오기도 했다. 현재의 판소리가 호남지역을 중심으로 한 예술형태로 고착된 것은 이러한 변화의 과정을 거쳤기 때문이다.

(1) 판소리의 지역적 통합과 송흥록

지금까지의 논의를 통하여 우리는 판소리적 형태가 전국적으로 존재하고 있었고, 이것은 나름대로 각 지역의 문화를 풍요롭게 장식하고 있었음을 알 수 있었다. 각 지역에 존재하던 판소리적 형태가 서로 교유하고 영향을 끼친 것은 각 지역에 흩어져 있던 연예인들이 국가적인 행사의 참여를 위하여 중앙에 집결하면서부터이다. 피폐해진 국가의 재정 때문에 상설기관이 폐지되었고, 대신 특정한 행사가 있을 때 각 지역의 연예인들을 중앙에 집결시켜 사습하고 행사를 대비하는 방식이 채택되었다. 이 때 각 지역에서 모인 연예인들은 출신 지역의 연예 형태를 연행하고, 이것이 다른 지역 연행과 상호 영향을 끼쳤을 것임은 쉽게 상상할 수 있다. 이러한 상호 교섭의 과정을 거치면서 각 지역의 판소리적 형태는 하나의 방향성을 갖게 된 것으로 볼 수 있다.

당연히 충청지역을 포괄하는 경기지역의 판소리는 경제(京制)를 바탕으로 하는 세련된 예술화의 과정을 거쳤기 때문에 판소리사의 초기를 화려하게 장식할 수 있었다. 그러나 중고제로 명명된 이 판소리는 그 중심을 이루는 연예인들이 송흥록을 중심으로 하는 판소리의 예술화에 경도되면서 그 전승력을 송흥록에 실어주었다. 송흥록을 중심으로 하는 판소리의 흐름이 전승에 있어 급물살을 타게 된 이유가 여기에 있다고 할 수 있다.

『조선창극사』는 송흥록을 '모든 가사의 집대성한 공로로 보아서 기량의 특출한 점으로 보아서 창극의 중시조'라 하였고, '동배의 명창 모흥갑(牟興甲)은 선배로 극히 추존(推尊)하였을 뿐만 아니라 가왕(歌王)의 칭호까지 바쳤다' 하였다. 이에 머무르지 않고 다시 모흥갑의 입을 통하여 '송흥록은 자타가 공인하는 대가이요 가왕의 칭호까지 받은 공전절후(空前絶後)의 명창'이라고 기록하였다. 모흥갑이 경기도를 중심으로 하는 중고제의 명창이었다는 점에서 중고제의 쇠락과 전승의 중심에 서게 된 동편제의 모습을 예견할 수 있게 된다.

송흥록이 동편제를 창시했다고 하는데, 이는 그 이전의 판소리와는 다른 형태의 판소리가 완성되었다는 것을 의미한다. 본래 전북의 익산 함열이 출신지로 알려진 송흥록이 자신의 터전으로 삼은 곳은 지리산 자락인 남원 운봉인데, 지리산은 역사적으로 우륵과 옥보고를 품에 안은 전통예술의 태반이 되는 지역이다. 송흥록은 여기에서 이미 존재하던 판소리를 새로운 예술 형태로 탈바꿈시켰고, 그렇게 되어 판소리 명가인 송문(宋門)이 출현하였다.

그런데 이 명가의 소리가 있기 이전에도 판소리는 존재하고 있었고, 송흥록은 기존의 판소리를 혁신함으로써 판소리의 중시조로 추앙받게 되었던 것이다. 흔히 동편제의 소리가 판소리의 고졸(古拙)한 형태라고 하는데, 이는 박유전(朴裕全)에 의하여 후대에 나타난 '보성소리' 등과 비교하여 할 수 있는 말이다. 송흥록 이전에는 동편이니, 서편이니 나눌 필요가 없었다. 그런데 송흥록의 소리가 있어 동편제가 되니 그 이전의 소리와 또 그 이후의 소리를 지칭하는 용어가 필요하게 된다. 판소리사는 송흥록 이전과 송홍록 이후로 구분될 수 있는 것이다.

동편제 이전의 판소리는 각 지역의 음악, 특히 무가와 긴밀하게 관련을 맺고 있기 때문에 무속적 색채가 강하게 드러나 있는 판소리 형성 초기의 모습을 띠었다고 할 수 있다. 따라서 송흥록이 혁신에 주안점을 둔 것은 무속적 색채의 제거로 보인다. 이러한 송흥록의 노력과 예술적 성취에 대하여 각 지역의 판소리 연창자들은 전적으로 동의하고 송흥록의 영향권 속에 들어가게 된 것이다. 특히 판소리 형성 초기에 전승의 중요한 축을 담당하였던 '경기 충청 지방의 여러 소리조에서 새로운 양식의 판소리 동편제가 나오게 되자 삽시간에 큰 세력을 얻으면서 통합되'었던 것이다. 중고제나 송흥록 이전에 존재하고 있었던 서편제의 모습 속에 '옛 소리'의 모습이 남아 있는 이유가 여기에 있다.

당대 최고의 가객인 안민영(安玟英)은 송흥록의 집을 찾아가 만난 사실을 『금옥총부(金玉叢部)』에 다음과 같이 기록하고 있다.

나는 임인년(壬寅年. 1842년) 가을 우진원(禹鎭元)과 더불어 호남의 순창에 내려갔다가, 주덕기와 함께 운봉의 송흥록을 방문하였다. 그 때 신만엽(申萬燁), 김계철(金啓哲), 송계학(宋啓學) 등 한 무리의 명창들이 마침 그 집에 있다가 나를 보고 반갑게 맞아주었다. 함께 수십 일을 질탕하게 보낸 후에 남원으로 향하였다.[5]

송흥록의 집에 있던 명창 중 신만엽은 전북 여산 출신으로 '가사가 연미부경(軟美浮輕)하여 시인(時人)이 사풍세우(斜風細雨)의 칭호'를 붙여준 인물이며, 김계철은 충청도 출생으로 '심청가에 장하고 특히 석화제'를 잘 불렀다 한다. 여기에서 우리의 관심을 끄는 인물은 김계철인데, 그를 『조선창극사』는 김제철(金齊哲)로 기록하고 있다. 가야금 병창제와 유사한 석화제를 불렀던 충청도 출신의 김계철이 중년 이후로는 경상도 함양에 터를 잡았

는데, 이곳은 바로 송흥록이 사는 운봉과 인접한 지역이다. 이런 주거 이전
은 이미 모흥갑에게서 찾을 수 있었다. 경기도 진위 출신인 모흥갑 또한
만년에는 전북 전주에서 여생을 보냈기 때문이다. 모흥갑의 출신을 전북
전주로도 기록하고 있는 것은 그가 만년을 전주에서 보낸 것과 경기도의
죽산을 전북의 동명인 지역으로 잘못 이해한 데서 나타난 결과이다. 모흥
갑이 경기 출신이라는 점은 그의 유일한 더늠으로 전해지는 '날 다려가오'
대목의 선율이 경기 민요조인 강산조로 이루어졌다는 음악적 분석에서도
해명되었다.

송흥록과 관련되어 거론되는 모흥갑, 김성옥(金成玉), 김계철은 모두 경기,
충청 지역을 기반으로 한 명창들이다. 이런 인물들이 송흥록을 중심으로
모여들면서 판소리의 대통합을 도모하였던 것이다. 그들이 본래 전승하고
있던 전통은 그것들만이 가지고 있던 독창적 부분을 송흥록의 소리에 가
미하면서 더늠으로 남아 판소리의 새로운 창조에 기여하였다. 따라서 현재
더늠으로 남아 있는 설렁제·경드름·추천목·석화제·강산제·호걸제 등
은 경기, 충청지역 소리의 전부가 아니라, 동편제에 통합되면서 여기에 남
겨진 흔적의 일부인 것이다. 따라서 그들의 소리를 일컫는 중고제는 자신
들 특유의 모습을 유지하면서 유파로서의 사명을 감당하였고, 따라서 동편
제와는 다르다는 점을 인식한 결과 붙여진 명칭이라고 할 수 있다. 이로써
송흥록 이전의 소리는 통칭 고제(古制)라 부르게 되었고, 송흥록을 판소리의
'중시조(中始祖)'라고 지칭하게 된 진정한 이유도 여기에 있다. 송흥록에 의
하여 판소리는 전국의 판소리적 형태를 받아들여 통합하면서 새로운 흐름
을 형성하였기 때문이다.

송흥록으로의 통합이 일어나면서 각 지역을 기반으로 한 판소리적 형태
는 점점 그 모습을 잃게 되었다. 그나마 경기 충청을 기반으로 한 소리는
그 예술적 성취의 흔적을 중고제라는 이름으로 현재의 판소리 속에 남겨

놓았지만, 여타 지역의 소리 모습은 흔적도 없이 사라졌다. 판소리 종가로서의 명맥을 유지하던 송흥록의 동편 소리는 그러나 송광록(宋光祿)과 송우룡(宋雨龍)에서 그 맥이 끊어졌다. 송우룡의 아들인 송만갑(宋萬甲)은 전통의 송문(宋門) 소리를 그대로 따르지 않고, 서편소리와의 융합을 꾀하면서 새로운 판소리의 모습을 보여주었기 때문이다. 스스로도 송문의 소리가 아님을 온몸으로 보여주고자 했지만, 그러나 송흥록의 동편제는 역설적으로 변화를 통하여 세상의 변화를 반영하고, 그래서 파문까지 당했던 송만갑을 통하여 그 모습을 추정할 수 있게 되었다. 그런 점에서 모든 존재는 살아있는 생명체와 같이 끊임없이 나타나고 변화하고 사라지는 순환의 길을 걷는 것이다.

(2) <적벽가>의 수용과 실창 판소리

판소리는 조선 후기에 현재의 모습으로 정착한 공연예술이다. 그리고 그 형성과 변화의 중심에는 천민 예인들이 있고, 이들은 자신들의 삶과 지향을 판소리 속에서 드러냈다. 따라서 여기에는 서민들의 정서가 진하게 배어 있고, 이는 세련된 양반층의 눈에는 일견 대단히 천박한 모습으로 비쳐졌을 것이다. 서민과 양반층이 향유하는 예술이 서로 다른 지향과 목표를 가지고 출발했기 때문에 이는 당연한 현상이라고 할 수 있다. 그러한 점에서 초기의 판소리와 지배층을 형성했던 양반들은 대단히 먼 거리를 유지할 수밖에 없었다. 그런데 판소리의 향유층으로 양반이 편입될 수 있는 여지가 나타났고, 이에 따라 양반들은 자신들이 향유하는 예술에서는 느낄 수 없었던 삶의 진실성과 진한 슬픔을 그 속에서 발견하게 되었다. <적벽가>의 판소리사적 위치는 바로 양반들의 참여를 가능하게 하였다는 점에서 찾을 수 있다.

<적벽가>가 판소리의 한 작품으로 선택될 수 있었던 까닭은 이 작품이 『삼국지연의』의 핵심 부분인 적벽대전 대목을 취하되, 원본이 추구하던 영웅주의나 집단 우선의 의식을 탈피하였기 때문에 가능한 일이었다. <적벽가>에서는 전쟁에 끌려나온 병사들의 개인 사정이나 애환이 자연스럽게 토로되었고, 그들의 죽음이 갖는 비장함과 슬픔이 극대화 되어 영웅이나 병사의 죽음에 차이가 없음을 보여 주었다. 자연스럽게 개인의 의사와 관계없이 벌어지는 전쟁의 당위성에 의문이 제기되고, 나아가 개인의 삶을 유린하는 집단 중심의 사고에 대한 비판이 제기되는 것이다. 말하자면 역사나 국가와 같은 거창한 구호는 판소리에 적합한 것이 아니었고, 따라서 이념적이고 추상적인 문제도 판소리로 변화하기 위하여는 개인의 삶과 관련되는 구체적인 모습을 필요로 한다는 판소리 어법을 받아들인 것이다. <적벽가>는 이러한 판소리의 확산과 방향을 잘 보여준 작품이라고 할 수 있다.

<적벽가>의 의미는 판소리의 적용과 확대라는 외면적 사실에 머무르지 않는다. <적벽가>는 『삼국지연의』를 저본으로 하여 이루어진 작품이기 때문에 기본적으로는 집단적 정서와 이념적 지향을 서사 전개의 기반으로 삼고 있다. 역사상 승리한 조조를 배격하고 패배자인 유비 집단을 주체로 내세웠지만, 유비 또한 한실(漢室)의 정통이라는 명분을 내세우고 있는 이념 집단이라고 할 수 있다. 신분적으로 피지배 세력이나 핍박당하는 지역의 인물이 아닌 것이다. 한실의 정통으로 여기는 유비 집단이 조조와 대항하는 것은 따라서 질서의 회복이라는 기득권 집단의 요구를 따른 것이라고 할 수 있다. 이처럼 <적벽가>는 표면적으로는 기득권층의 이념 지향을 표방하면서 내면적으로는 서민의 시각을 반영하는 전략을 사용함으로써 양반 좌상객들을 향유층으로 포용할 수 있게 되었던 것이다.

<적벽가>가 새롭게 판소리에 편입되면서 판소리 향유층의 스펙트럼은

넓어졌지만, 또 한편으로는 판소리로 공연되던 작품들이 연창의 기회를 갖지 못하면서 그 창을 잃었고, 어떤 작품은 그 내용조차 알 수 없는 정도에 이르렀다. 이렇게 창을 잃거나 내용마저 일실(逸失)된 이유로 사설이 지나치게 야하다거나, 뒤틀린 심사나 상식을 벗어난 돌출적인 소재를 사용했다는 점을 지적하기도 한다. 그러한 작품의 주 인물들이 대체로 부정적인 성향을 띠고 있는 것도 창을 잃은 원인으로 제기되었다. 그러나 이 작품들이 탈락하게 된 이유는 그렇게 단순하게 설명될 것은 아니다. 각 작품의 사설과 함께 이 작품들이 가지고 있는 다양한 성격을 판소리사와 관련지어 파악했을 때 바른 결론에 도달할 것이기 때문이다.

앞에서 언급한 바와 같이 현재 전승되고 <춘향가>, <심청가>, <흥보가>, <수궁가>는 사회적으로 약자인 존재를 설정하고 있다는 점에서 판소리의 지향이 무엇인가를 잘 보여주고 있다. 더구나 판소리와 거리를 유지할 수밖에 없는 기득권 집단을 끌어들이기 위하여 완성된 <적벽가>도 영웅적이고 집단 중심적인 원전의 서사를 받아들이되, 서사의 뼈대를 지탱하는 살과 피는 평민적이고 개인 중심적인 사고로 채웠다는 점에서 결코 판소리의 지향을 벗어나지는 않았던 것이다.

이와 달리 창을 잃은 <배비장타령>과 <왈짜타령>, <강릉매화타령>은 서울 중심의 중부 지역을 그 기반으로 하는 중인 신분의 관료들이 벌이는 신변담으로 이루어졌다는 공통점을 가지고 있다. 특히 이 작품들은 기생이 서사 전개의 중요한 인물로 등장하고 있다는 점, 여기에서 기생은 한 인간으로서가 아니라 해어화(解語花)로써 기능해야 하는 제도 속의 존재로 기술되어 있다는 점에서 여타의 작품들과 구별된다.

<배비장타령>의 서사는 기생인 애랑을 한 인간으로서가 아니라 단순히 중인 관료를 길들이기 위한 수단으로 인식한다는 점에서 전승되고 있는 작품들과는 엄청난 괴리를 보여주고 있다. 애랑 또한 기생에게 허용하는 제도

속의 삶만을 누릴 뿐, 자신의 처지에 대한 회한(悔恨)이나 저항의식은 전혀 드러내지 않고 있다. 이러한 태도는 <왈짜타령>의 의양이나 <강릉매화타령>의 매화에게서도 동일하게 나타나고 있다. 그들은 제도 속의 기생으로 존재할 뿐, 개인적 소망을 지닌 인간으로 대접받고 있지 않은 것이다.

<변강쇠가>는 그 중심인물들이 유랑 천민이라는 점은 전승되고 있는 작품들과 유사하다. 그러나 여기에서는 유랑하는 변강쇠와 정착을 희구하는 옹녀의 결합, 그리고 변강쇠의 치상만이 확대되어 있어 이를 주도하고 있는 옹녀의 좌절만이 두드러지게 나타나고 있다. 이런 점에서 <변강쇠가>의 지향 또한 전승 오가(五歌)에서 볼 수 있는 서민적, 평등적 성격과는 거리가 멀다고 하지 않을 수 없다.

<가짜신선타령>은 송만재(宋晩載)의 <관우희(觀優戱)>에 그 내용이 전하는 것으로 보아 19세기 이전에 이미 판소리로 연행된 작품이다. 이에 의하면 이 작품은 어리석고 못난 선비가 신선이 되려는 허황된 꿈을 이루려 금강산에 들어가 노선사에게 가짜 천도와 천일주를 얻어먹고 신선이 된 것으로 착각하여 온갖 추태를 부린다는 내용으로 되어 있다. 이로 보아 이 작품은 신선세계를 그리는 당대의 지식인을 풍자한 것으로 볼 수 있어 서민의식과는 거리가 있는 작품이라고 할 수 있다.

<옹고집타령>은 고집이 세고 불효막심하며 인색한 옹고집이 가짜 옹고집에게 가족과 재산을 다 뺏긴 뒤 자신의 죄를 뉘우치고 개과천선한다는 내용으로 이루어져 있다. 부(富)의 이동이라는 면에서 보면 <옹고집타령>은 <흥보가>와 닮았지만, 여기에서는 신분의 변동이 나타나지 않는다. 다만 윤리적인 측면만이 강조되고 있어, 이 또한 질서와 윤리의 준수라는 기득권세력의 이념을 반영한 작품이라고 할 수 있다.

<장끼타령>은 소설로 전승되던 것을 판소리에 얹어 열두 바탕에 편입한 작품이다. 이 작품은 까투리의 만류를 무릅쓰고 콩을 먹은 장끼가 죽는

전반부와 장례를 치른 까투리에게 뭇새들이 청혼을 하는 후반부로 이루어졌다는 점에서 <변강쇠가>와 상당한 유사성을 보이고 있다. 대부분의 이본에서 까투리가 개가를 하는 것도 변강쇠의 유언을 무시하고 개가를 위해 노력하는 옹녀의 모습과 닮아 있는 것이다. 그러나 이 작품은 까투리에 대한 공정한 시각과 새로운 시대의 지향을 드러내고 있다는 점에서 <변강쇠가>와 구별이 된다.

이처럼 창을 잃거나 단편적인 내용만으로 남겨진 작품들은 전승되고 있는 5가와는 다른 세계관을 보여주고 있다는 점을 확인할 수 있다. 그러나 이 점만으로 이 작품들이 판소리 전승에서 탈락했다고 볼 수는 없을 것이다. <장끼타령>과 같은 경우는 전승 5가가 지향하는 개인주의적 세계관을 잘 표명하고 있기 때문이다. 그런 점에서 이 작품들이 기반하고 있는 음악과 그 지역에 대한 고려를 할 필요가 있는 것이다.

판소리의 형성은 이야기 속에 관련되는 노래를 삽입하면서 이루어졌기 때문에, 각 지역을 기반으로 하는 이야기 속에 그 지역을 기반으로 하는 노래가 삽입되는 것은 너무도 자연스러운 일이다. 그래서 서울 경기 지역의 중인들이 벌이는 이야기인 <배비장타령>이나 <왈짜타령>, <강릉매화타령> 등에는 경기도 음악이 들어올 것이고 서울 이북 지역을 기반으로 하는 <변강쇠가>는 또 그 지역의 음악이 삽입되었을 것이다. <춘향가>의 지역적 배경이 호남이기 때문에 또 거기에는 호남의 음악이 주류를 이루게 되었을 것이다.

그렇게 각 지역에 산재하던 초기의 판소리 형태가 송흥록을 중심으로 한 호남으로 집중되면서 필연적으로 선택과 배제의 과정을 거치게 되었다. 각 지역에 기반을 둔 이야기와 결합된 음악은 그 지역의 것이고, 이는 민속 예술의 발전을 위한 소중한 초석이 되었다. 그런데 판소리의 예술화가 이루어지면서 특정 지역의 판소리 형태로 통일되는 과정을 거치게 되었던 것이다.

　이러한 과정을 거치면서 각 지역의 연창자들이 본래 거주했던 지역을 기반으로 하여 이루어진 판소리는 그 전승이 차단되는 결과가 나타났다. 판소리의 대통합이 이루어지면서 또한 그 사설이 지향하는 세계도 신분제 사회에서 분출되는 서민의 욕구를 문제시하는 경향으로 통일되었다. 지역 과 시대를 뛰어넘는 서민정신과 평등을 추구하는 작품들이 판소리의 주류 를 형성하게 된 것이다. 자연스럽게 신분제도의 혜택 속에서 벌어지는 세 태를 그린 작품도 연창의 현장에서 사라지고 소설이나 기록 속에 그 흔적 을 남기게 되었다.

　이처럼 초기의 판소리 연행에서 활발한 전승을 보였던 각 지역의 판소 리는 음악과 사설의 변화라는 충격 속에서 유파로서의 큰 흐름을 상실하 고 호남으로의 집중화가 이루어진 판소리 형태에 자신의 흔적을 남기는 것으로 만족해야 했다. 따라서 그 지역을 기반으로 하여 이루어진 작품들 도 전승의 흐름에서 벗어날 수밖에 없었다. <배비장타령>, <왈짜타령>, <강릉매화타령>이나 <장끼타령> 등이 창을 잃거나 전승에서 탈락한 이 유를 여기에서 찾을 수 있다. 판소리의 중심을 이루고 도도한 유파를 형성 했던 충청 경기지역의 판소리도 중고제라는 흔적으로만 남게 되었다.

　호남 지역으로의 집중화가 이루어지면서 판소리는 현란한 기교와 더늠 을 창조하면서 예술화와 정밀화를 추구하고자 하는 노력을 하게 되었다. 동편과 서편의 소리가 가지고 있는 민요적 기반과 이를 조화시키고자 하 는 노력에 의하여 강산제가 나타나는 현상을 이런 관점에서 설명할 수 있 다. 판소리의 집중화와 단일화는 이와 함께 다양한 지역성과 세태를 배제 함으로써 풍부한 민속예술이 도태되는 결과를 초래하였다는 평가도 같이 받을 수 있다.

(3) 서구극의 영향과 창극의 탄생

창극(唱劇)은 판소리의 연극적 성격을 바탕으로 하고 서구 근대극의 영향을 받아 이루어진 극 장르이다. 1900년대 초는 창극의 형성기라고 할 수 있는데, 이 시기는 상업 자본의 형성을 바탕으로 자본주의의 싹이 나타나면서 도시를 중심으로 한 대중문화가 형성되고 있었다. 1902년에는 우리나라 최초의 실내극장인 협률사(協律社)가 설립되어 기생, 전문연희패들의 춤과 노래 및 판소리 연창자 등의 공연이 이루어졌으며, 1907년 무렵에는 광무대, 단성사, 연흥사, 장안사 등의 사설 극장이 설립되면서 연극 개량의 필요성이 제기되기도 하였다. 판소리 레퍼토리의 창극화가 추진되어 일반화되기에 이른 것도 이 시대의 일이다.

1910년대는 창극을 비롯한 전통 연희가 어느 때보다도 활발히 공연되었던 시기였다. 이 시기의 창극은 '구연극(舊演劇)', '구파극(舊派劇)'이라는 이름으로 불리면서 신파극과 경쟁관계를 이룰 만큼 대중적 인기를 가지고 있었던 것이다. 1915년 이전에는 광무대, 장안사, 단성사 등이 전통연희 공연장으로 사용되었고, 1915년 이후에는 전통 연희자들의 단체인 기생조합과 경성구파배우조합 등을 중심으로 이미 잘 알려진 고전 소설을 각색한 창극의 공연이 활발하게 이루어졌다.

1920년대 초기에는 기생조합과 광무대를 중심으로 고전소설의 연극화 및 희극 중심의 공연이 이루어졌으며, 1920년대 중반 이후에는 축음기 회사나 조선음악협회 등 각종 음악 단체들의 활동도 활발하게 전개되었다. '명창대회'가 유행하고, 가극(歌劇)이라는 이름으로 창극 대본이 나왔으며, 유성기 창극 음반이 발매된 것도 이 시대에 나타난 현상이다.

1930년대는 창극의 전형화가 이루어진 시기로, 국학과 민속학 등 전통문화 전반에 대한 관심이 높아지면서 판소리 연창자들 사이에도 전통을 강조하는 분위기가 팽배하였다. 1933년 결성된 조선성악연구회는 개인 차원에서 전개된 판소리 운동을 조직적으로 전개시켜 나갔는데, 특히 판소리를 바탕으로 하는 창극의 새로운 변화에 각별한 노력을 기울였다. 조선성악연구회의 창극 공연에는 박진 등 연극계의 실무자들이 무대 장치에서 연극술에 이르기까지 상당 부분 관여하였다. 이는 대중극의 소재를 확대하려는 연극계의 의도와 연극계의 연극술(演劇術)을 수용함으로써 대중에게 다가가려는 조선성악연구회의 의도가 부합되었기 때문으로 볼 수 있다.

이 시대의 중심적인 인물로 정정렬(丁貞烈)을 거론할 수 있는데, 다양한 볼거리를 선보이거나 화려한 무대 장식 등, 현재 우리가 상상할 수 있는 창극의 모습은 그에 의하여 낱낱이 실험되었다. 이 시대에 활발하게 활동한 창극 배우로 조상선(趙相鮮), 정남희(丁南希), 안기옥(安基玉), 박동실(朴東實)을 들 수 있다. 이들 중에는 본래 가야금 연주자나 고수 등으로 활동하다가 창극의 배우로 입문한 사람들도 있었다. 그만큼 창극의 수요가 폭발적이었다는 것을 보여준다고 할 수 있다. 이들의 창극 활동 경험이 남한과 북한의 극예술을 건설하는 기반이 되었다는 점에서 이 시대 창극의 실험은 중요한 의미를 갖는다.

1962년에 국립창극단이 설립되면서 창극은 새로운 발전의 전기를 마련하였다. 정기적으로 공연을 올리면서 창극의 새로운 형식을 모색하였고, 창극정립위원회를 결성하여 창극의 부흥을 꾀하기도 하였다. 올림픽 등 세계적 규모의 행사가 열리면서, 우리 고유의 문화적 정체성에 대한 인식의 필요성이 제기되면서 창극은 고유의 음악극으로 부각되었고, 이에 따라 전통극의 현대화라는 측면에서 창극에 대한 다양한 발전 방안이 모색되었던 것이다.

이처럼 창극은 전통연희의 하나인 판소리의 변화를 추구하는 과정에서 형성되었으며, 그 형성시기인 개화기 이후 현대에 이르기까지 전통극을 이어받은 대표적인 공연예술로 자리잡게 되었다. 창극은 서구적 연극 양식의 이입이라는 외부적 환경의 변화를 적극적으로 수용하여 형성되었다는 긍정적인 의미와 함께 그 개념이나 양식 및 원리에 대한 정체성이 확립되어야 한다는 과제를 동시에 가지고 있다.

　이야기에서 판소리라는 새로운 장르가 태어났듯이, 판소리에서 창극이라는 새로운 장르가 나타났다. 이야기와 판소리가 병존하면서 서로의 발전을 견인하였던 것처럼, 판소리와 창극도 공생(共生)의 병진(竝進)을 할 수밖에 없는 운명을 지니고 있다. 판소리가 당대의 시대상을 반영하면서 관객과의 공감대를 확장하고 자신의 영역을 확대해야 하는 과제는 서구 뮤지컬과 연극의 사이에서 그 정체성을 확립해야 하는 창극에도 동시에 부과되고 있다.

2장

현장에서 만난 사람들

2장_현장에서 만난 사람들

1. 박송희 선생과의 인연

1991년 10월은 '고산 윤선도의 달'로 지정되었다. 그해 가을 나는 10년 동안 근무하던 전남대학교를 떠나 숙명여자대학교로 자리를 옮겼는데, 고산 윤선도와 관련된 일을 했던 인연으로 그 행사의 중요한 역할을 담당하였다. '윤선도의 달'이니 당연히 그의 업적을 기리는 행사가 많이 열렸는데, 그 대부분이 윤선도와 관련을 맺고 있는 전남 지역에서 이루어졌기 때문이다. 학술행사가 전남대학교에서 열렸고, 또 <어부사시사>의 고향인 보길도에서 고산의 흥겨움이 연상되는 행사도 열렸다. 완도에서 보길도로 가는 배 위에서는 <어부사시사>를 연창하는 행사가 있었는데, 이를 명창이신 박송희(朴松熙) 선생님이 맡아주셨다. 단아한 모습으로 흥겹고 여유롭게 살아가는 어부의 삶을 풀어나가시는 모습과 바닷바람을 벗어나는 선생님의 소리 매력을 우리는 흠뻑 맛볼 수 있었다. 그렇게 나는 선생님과의 인연을 맺을 수 있었다. 서울로 올라오면서 직접 선생님의 소리를 배울 기회를 가졌기 때문이다.

선생님과 맺어진 인연은 2017년 선생님이 돌아가실 때까지 25년간 지속될 수 있었다. 항상 '친정오랍씨'같다고 나를 아껴주셨던 선생님께 판소리를 직접 배울 수 있는 행운을 나는 퍽 고마운 마음으로 기억하고 있다. 이 과정에서 나는 사설로만 접했을 때의 판소리와 공연예술로서의 판소리는 그 울림에 있어 엄청난 차이가 있음을 알게 되었고, 그 매력 속으로 빠져들었다. 그것은 논리의 세계가 아니라 가슴으로 다가서는 울림의 문제였던 것이다.

특별한 일이 없으면, 같이 배웠던 선배들과 함께 매주 토요일 국립극장에서 선생님과 마주하였다. 맨처음 접했던 <만고강산>의 '만~ 고 강산'은 왜 그렇게도 나오기 힘들었던 것일까. 선생님도 박록주 선생님께 처음 이 작품을 배울 때 대단히 힘들었다며 참 자상하게도 인내하시고, 같이 웃어주셨다.

그렇게 오랫동안 우리는 선생님과의 만남을 통해 알게 모르게 우리 예술에 심취하는 계기를 마련하였다. 그 세계로 들어가기 위한 노력과 함께 당대 최고의 소리를 가지신 선생님의 소리를 바로 앞에서 들을 수 있었기 때문이다. 배운 소리를 녹음하여 운전할 때마다 힘차게 불렀고, 또 선생님의 소리를 따라 부르는 일을 반복하였다. 그런 반복 속에서 나는 우리 문화 속으로 빠져 들어갈 수 있었고, 또 진정한 향수가 가능하다는 것도 알게 되었다.

선생님의 교습소는 창극단을 그만 두심에 따라 돈화문 앞으로, 그리고 인사동으로, 나중에는 가회동과 독립문 부근으로 옮겨졌지만, 시간만 되면 어디가 됐건 선생님을 따라 다니는 착한 제자일 수 있었다. 선생님의 문하를 드나드는 동안 선생님께서는 동리대상을 수상하셨고, 그리고 우리가 인간문화재로 부르는 '중요무형문화재예능보유자'가 되셨다. 내색은 하지 않으셨지만 '준 문화재'로 머물러 계시면서 속도 많이 상하셨을 텐데, 그런 모든 것을 만회하는 쾌거였다. 이어 최고의 명예인 방일영대상도 받으셨고, 그래서 선생님은 늦복이 터졌다며 기뻐하셨다.

선생님은 자신이 관여하는 행사의 글은 가장 자신을 잘 안다 하여 나에게 맡겼고, 그리고 공연이 있을 때마다 그 사회를 보느라 고양(高陽)으로 구미(龜尾)로, 그리고 풍류마당과 국악원을 다녀야 했다. 그리고 선생님을 따라 다니며 익힌 장단과 듣는 귀를 바탕으로 명창대회의 심사를 다니기도 하였다. 부끄럽게도 선생님과 같이 심사위원의 자리에 앉아, 소리를 들으며 평가하는 방법도 배울 수 있었던 것이다.

2017년 2월 미국에 다녀오는 일이 있어 인사하느라 선생님과 식사 자리를 갖게 되었다. 따님 내외와 제자가 함께 하는 모임을 인사동에서 가졌는데, 그 자리에서 우리는 금년에 있을 여러 행사들을 논의하였다. 당장 제자 발표회가 있으니 그 계획을 세우자고 하셨고, 그리고 가을에는 '호남가(湖南歌) 투어'를 하자고 하였다. 90의 연세에도 꼿꼿하게 자신을 건사하시는 선생님이 퍽 고맙기도 했는데, 이틀 후 로스앤젤레스 공항에서 선생님이 위급하시어 중환자실에 계신다는 연락을 받았고, 그리고 다음날 돌아가셨다. 그

렇게 나는 선생님과의 인연 속에서 판소리를 접하고, 그리고 그런 안목에서
선생님의 일생을 정리하는 글을 썼다.[1]

박송희 <흥보가>의 매력

박송희 선생의 <흥보가>는 맛이 있다. 이 <흥보가>, 저 <흥보가>가
다 같은 사설로 이루어진 것이니 이 말은 괜히 하는 찬사의 말이라고 할
수 있다. 그러나 판소리는 사람에 따라, 현장에 따라 달라지는 것이 그 본
질이라서, 박송희 선생이 무대에 서서 <흥보가> 연창하는 모습을 보기만
하면 누구나 그 소리의 맛이 남다르다는 것을 인정하게 된다.

그리 크지 않은 몸이지만, 단아한 모습으로 무대에 서기만 하면 그 무대
는 갑자기 선생을 담기 어려울 정도로 작아진다. 젊어서는 매력적인 모습
으로 창극단의 주역을 담당하였고, 나이 들면서는 인생의 무게를 그 몸으
로 뿜어내고 있기 때문이다. 그래서 선생의 연창하는 모습을 보면 예술의
멋과 삶의 맛을 함께 느끼게 되는 것이다.

선생의 <흥보가>는 오밀조밀하되, 말의 잔재주에 머무르지 않는다. 같
은 사설에 바탕을 두되, 듬성듬성 챙길 것은 챙기고 지나칠 것에는 집착하
지 않는다. 그래서 행운유수(行雲流水)처럼 가벼우면서도, 사설을 듣노라면
저절로 삶의 윤리를 터득하게 하는 것이다. 이는 겉멋만 번지르르 하여 곱
게만 수식하는 요즈음의 사설과는 근본적으로 그 취향을 달리 한다. 이쪽
저쪽 챙길 것은 다 챙기면서도 또 지나칠 것은 뚝 떼어 내치는 것은 인정
과 추상같은 삶의 원리를 같이 드러낸 것이다. 선생은 박록주 선생에게서
이어받은 사설을 곧이곧대로 따르면서도, 세월과 세상의 변화를 수용하여
조금씩 조금씩 변화시켰다. 그래서 사설이 굳어 있는 옹졸함을 벗어났다.
판소리가 전라도의 말과 깊은 관계를 가졌고 그 자신이 전라도의 바람 속

에서 커 왔지만, 그래서 그의 사설 속에서는 박록주 선생의 경상도 사투리가 가끔 가끔 섞여 있어 웃음을 짓게 한다. 그것 또한 선생의 사설이 지니는 또 하나의 매력이고, 그래서 그의 사설은 나이 든 사람의 원숙한 깊이를 느끼게 한다.

선생은 가끔 젊었을 때의 소리는 더 힘이 있었다며, 그 소리가 음반에 남겨지지 않은 것을 서운해 하신다. 그러나 이는 선생 본인의 말씀일 뿐, 우리가 쉽게 접할 수 있는 요즈음의 <흥보가>도 쩌렁쩌렁하고 힘찬 소리와 특유의 맑은 소리가 잘 조화되어 있음을 알 수 있다. 판소리의 정통에 서서 한 길로 내려온 소리의 세계는 이제 팔순을 바라보는 지금에 이르러서 오히려 더 빛을 발휘하고 있는 것이다. 젊은 나이에 판소리에 입문하고, 그러나 또 가정의 무게를 위하여 잠시 예술의 세계를 접어두기도 했던 그 삶의 궤적이 오히려 판소리 외길을 지나왔던 것보다 더 깊고 친근한 성음으로 우리에게 다가온다. 그래서 선생의 소리는 차가운 음료수나 뜨거운 차의 맛보다는 숭늉같은 삶의 결을 느끼게 한다.

김소희 선생은 판소리의 너름새가 우리의 전통적인 무용에 기초해야 한다고 말씀하셨다. 그래서 판소리 연창자는 모름지기 춤의 바탕을 익혀야 한다고 했다. 이것만이 아니다. 익혀야 할 것은 앞에 수없이 쌓여 있는 것이다. 판소리 연창자가 명창의 반열에 오르기 위해 그토록 많은 예술의 섭렵을 거쳐야만 했기에 명창의 몸짓 하나하나는 우리의 전통과 맞닿게 되는 것이다. 그래서 감독이나 작곡가의 눈에 띄어 갑자기 신데렐라가 탄생하는 것은 판소리의 세계에서는 용인되기 어려운 것이다. 판소리 인간문화재로 지정되어 자타가 공인하는 명창의 반열에 오른 선생의 너름새는 그래서 우리 예술의 긴 자락을 객석의 관객에게까지 드리우고 있다.

신재효는 그의 <광대가>에서 '광대라 하는 것이 제 일은 인물치레, 둘째는 사설치레, 그 직차 더늠이요, 그 직차 너름새'라 하여 소리하는 네 가지 법례를 제시하였다. 그리고 소리하는 사람들이 모두 이를 알지만, 다 구비할 수 없으니 답답하다 하였다. 일이란 쉽게 이루어지는 것도 있고, 또 장구한 세월을 견뎌 담금질되는 것도 있다. 쉽게 얻는다면야 우선은 좋지만, 그러나 일의 성취감은 오랜 적공(積功) 속에서 이루어져야 제대로 느낄 수 있다. 박송희 선생의 <흥보가>는 이런 적공을 통하여 이루어진 것이어서 더욱 값지다. 그리고 그것이 좋은 제자를 통하여 전수되고 퍼져 나가는 것이 또 보기에 매우 좋다. 이 깊이와 폭이야말로 우리를 박송희 <흥보가>에 빠져들게 하는 매력이 아니겠는가.2)

언덕 넘어 바람 따라 오는 소리

언젠가 박송희 선생의 공연을 알리는 안내장에는 바람에 흩날리며 소리를 하는 선생의 모습이 실려 있었다. 푸르른 배경의 풀밭과 인생의 풍상(風霜)을 다 겪으신 선생의 원숙함이 서로 잘 어울려 있어 인상 깊게 생각했던 기억이 난다. 살랑살랑 불어오는 미풍(微風)이라야 간파해낼 수 있는 깊은 울림, 그리고 그 미풍을 포용할 수 있는 대가의 여유가 그 모습 속에서 잘 살아 있었기 때문이다.

박송희 선생의 소리는 풀밭 언덕을 넘어 오는 바람에 실려와, 참 바람을 닮았다. 선풍기나 냉방시설에서 나오는 서늘함보다는 우리 삶의 바탕에서 퍼져오는 구수함을 안고 있다. 그래서 세련된 간드러짐보다는 넉넉한 여유를 지니고 있다. 젊었을 적 창극의 주인공으로 활약하면서도 선생은 아릿다울 뿐, 결코 요사스러운 모습으로 보여지지 않았다. 그것이 꼭 훈련된 결과가 아님은, 그것이 우리의 주위에서 얼마든지 볼 수 있는 전통적인 모습임을 확인할 수 있다는 것에서도 나타난다. 그렇게 선생의 소리 연기는 전통의 기품에 맞닿아 있다.

선생의 소리는 일찍부터 우리의 흙과 바람 속에서 이루어진 것이지만, 이것이 판소리 갈래의 중요한 자리를 차지하게 된 것은 스승인 박록주(朴綠珠) 선생을 만나면서 가능했다. 그 본바탕이 노래와 흥을 지녔던 것이지만, 필요한 절제와 추상같은 기품은 동편제와 맞닿으면서 이루어졌던 것이다. 그래서 토속적인 서러움은 절제된 예술 속에서 더욱 서럽게 변모될 수 있었다. 서러움은 눈물을 펑펑 흘린다고 하여 드러나는 것이 아니라, 참고 인내하는 가운데 더 돋보인다는 것을 알 수 있게 한 것이 동편제 판소리의 큰 공이라고 할 수 있다. 예술화의 길을 걸어간 판소리의 중시조 송흥록으로부터 이어오는 이 우람한 산맥을 우리는 박송희 선생에게서 확인할 수 있는 것이다.

이 도저한 동편의 소리를 굳게 지켜온 박록주 선생의 소리를 잘 감싸면서 이어왔고, 이것이 선생을 인간문화재로 떠받든 것이지만, 그러나 이것은 영예이면서 동시에 극복되어야 하는 무게로 인식된다. 충실하게 선생의 소리를 계승하는 것은 제자로서의 마땅한 도리이지만, 동시에 자신의 새로운 길을 열어 가야 하는 것 또한 예술가에게 부과된 사명감이기 때문이다. 가문의 전통과 변화의 수용 사이에서 고민하는 모습은 이미 명창 송만갑에게서도 확인할 수 있는 일이다. 그런 중압감을 이겨내기란 참 쉽지 않다. 보통 사람은 그렇다.

그러나 이런 중압감을 우리는 선생에게서 찾아내지 못한다. 그 살아온 삶이 그러한 것처럼, 선생은 그런 중압감마저도 자연에 맡기고 있다. 우리의 삶이 어디 이것저것 명확하게 가리어 할 일은 하고, 하지 않을 일은 하지 않고, 그런 것은 아니지 않은가! 선생에게서는 어떤 것은 꼭 해야 하고, 또 꼭 하지 않아야 한다는 악착스러움이 보이지 않는다. 이러한 여유는 그만큼 험난했던 삶의 고비를 헤쳐 나온 경륜에서 우러나온 것이라고 생각한다. 지나온 날을 웃음과 여유로 치부할 수 있기에, 선생의 소리는 훈훈한 인생의 깊이를 보여주는 것이다.

새로 시작하는 사람에게서야 형식과 틀이 중요하겠지만, 대가에게서는 그것들이 다 부질없다는 것을 깨달을 때가 많다. 우리에게 있어 판소리란 당연히 청중 앞에서 고수의 북 장단에 맞추어 <춘향가> 등의 서사물을 음악에 얹어 전달하는 것 이상일 수 없다. 이런 전통적인 틀의 굳건한 고수(固守)가 그나마 현재의 판소리를 가능하게 하였다. 그래서 어떤 명창은 북이 없으면 소리를 하지 말라고 제자들에게 가르치기도 했다. 그런 틀과 관례는 당연히 지켜져야 한다. 그것이 문화를 지키는 중요한 자세이기 때문이다.

그러나 그런 관례마저도 불어오는 바람처럼 허허하게 받아들이는 지혜 또한 필요하다. 모든 예술이란 그 예술을 규정하는 관례가 만들어지는 순간, 그것을 벗어나고자 하는 강한 욕구를 지닌 존재이기 때문이다. 예술이 자유인 이유가 여기에 있다. 그래서 판소리를 바탕으로 하고 있는 문화는 창극으로, 또 반주 있는 판소리로, 춤과 연관된 창무극(唱舞劇)으로, 심지어는 사회 풍자를 품에 안는 창작 판소리의 갈래로 나가고 있다. 그것이 어떤 방향으로 우리의 문화를 살찌울지는 아무도 모른다. 그러나 분명한 것은 이런 변화의 욕구가 판소리를 좀먹는 것이 아니라, 판소리의 공간을 더욱 넓혀간다는 점이다. 그래서 필요하다면 부처의 생애나 예수의 생애도 판소리 속에 들어오는 것이다.

전통적인 판소리의 영역만으로 박송희 선생의 예술 세계를 한정하는 것은 그런 점에서 퍽 옹색한 일이다. 판소리를 위한 것이라면, 질청 앞 썩 나서서 호기부리는 흥보처럼 용감한 분이기 때문이다. 그래서 선생의 반주 있는 판소리는 색다른 느낌을 준다. 북에 단순히 대금과 가야금이 추가되었다고 하여 반주 있는 판소리는 아니다. 가죽의 생명력과 대나무의 올곧은 텅 빔, 그리고 명주실의 날아오르는 비상(飛翔)은 여기에서 서로 인간의 소리를 감싸느라 서리서리 얽혀 있다. 이 중심에서 자연과 조화를 이루지 못하면 그 소리는 자연에 묻히거나, 또는 자연을 지배하는 것이 될 것이다. 세상 모든 것이 그렇지만 반주 있는 판소리 또한 정녕 쉬운 문화는 아닌 것이다. 바람을 닮아 있는 선생의 소리와 박근형 선생의 북, 원장현 선생의 대금, 그리고 백인영 선생의 가야금이 어울리는 이 절묘함을 통하여 대가들의 향연을 감상하는 것은 흔히 대할 수 있는 것은 아니다.

　단가 <적벽부>는 전통적인 판소리의 맛을 보여주고 있어 앞에 놓였다. 이 전통적인 기반이 있어 창조적인 변조와 울림은 가능하기 때문이다. <춘향가> 중 '사랑가'는 창극에서 익히 들었던 소리이다. 선생은 유달리 이 사랑가를 즐기시는데, 아마도 그 사설의 점잖음 때문일 것으로 생각한다. 잔치자리의 흥청거림에는 '업고 놀자'와 같은 족보 있는 소리가 어울리겠지만, 그래도 나이 들면서 이 부분을 입에 올리기에는 '거시기'한 느낌을 가질 때가 많다. 그런 점에서 이 '사랑가'를 들어보기 바란다. '오리정 이별 대목'은 박록주 선생의 소리를 반주에 올려 들려주고 있다. 흔히 우리가 듣는 김세종제(金世宗制)의 <춘향가>에서 이 부분은 방자의 흥청거림으로 상황을 급전(急轉)시키는데, 선생의 소리에서는 그런 단절이 나타나지 않는다. 슬픔은 슬픔대로 지속시켜 나가고 있는 것이다. 이런 방자의 모습을 보는 것도 또 하나의 즐거움이 될 것이다. 다음에 연속되는 <심청가>는 그 애절한 슬픔이 여실히 드러나는 보성소리의 특징을 명징(明徵)하게 보여주고 있다. 박유전으로부터 시작되는 강산제는 정재근(鄭在根), 정응민(鄭應珉)을 거치면서 훌륭한 제자들이 큰 무리를 이루어 판소리의 숲을 이루었다. 동편, 서편으로 나뉘는 것이야, 그 속에서 안주하고자 하는 사람에게서 의미를 가지는 것이리라. 박송희 선생은 그렇게 보성소리의 정수인 <심청가>도 섭렵하였다. 정응민 선생도 서로 다를 수밖에 없는 김세종제의 <춘향가>를 받아들여 자가(自家)의 재산으로 삼았다. 그런 과정을 거쳐 김세종의 소리는 그 흔적을 우리에게 보여주고 있는 것이다. 모험이랄 수 있는 이런 조화는 음악만이 아니라, 인생의 여유를 갖춘 뒤에 가능할 것이다. 동편의 바탕 위에서 이루어지는 보성소리의 정수가 어떻게 기묘한 조화를 이루고 있는지를 확인하는 것은 또 하나의 즐거움이 될 것이다. 반주 있는 판소리를 통하여 박송희 선생의 나이 든 원숙함과 변화를 추구하는 젊음을 느껴보기 바란다.[3]

판소리 인생 70년

박송희 선생님의 판소리 인생 70년을 기리는 공연이 열립니다. 공연의 주제가 '계왕개래(繼往開來)'이니 옛것을 이어 내일을 연다는 깊은 뜻을 담고 있습니다. 오늘은 하늘에서 뚝 떨어진 것이 아니라 어제로부터 비롯된 것이고, 그래서 또 기다리는 내일이 다가옵니다. 그런 점에서 어제는 내일의 어떠함을 결정하는 중요한 나날입니다. 어제를 잘 보냈어야 내일도 또잘 보내게 될 것입니다. '계왕개래'를 내세우는 것은 그래서 어제를 잘 보낸분의 자긍심을 느끼게 해줍니다.

이야기를 나누다 보면 선생님의 지난 나날은 한 올 한 올이 눈물과 아픔으로 가득합니다. 그 시대를 살아가신 분들이 다 그러하겠지만, 여러 짐을한 몸으로 지고 오신 선생님의 과거는 더 힘드셨을 것으로 생각합니다. 그런 과거를 선생님은 '잘' 보내시고, 이제 '잘 짜여진' 내일을 우리에게 열어주고 계십니다. 모든 것 헤치고 우뚝 서신 장인(匠人)의 자세로 우리에게나갈 길을 보여주고 계신 것입니다.

1991년 윤선도 선생을 기리는 행사에서 처음 선생님을 뵙고, 그리고 보길도로 가는 선상(船上)에서 <어부사시사>를 바다로 흘려보내시는 모습을보았고, 국립극장의 작은 연습실에서 선생님의 연륜과 예술과 인생을 지켜

보는 영광을 가질 수 있었습니다. 좋은 소리로 귀를 씻고, 안 터지는 목을 이리저리 궁굴리며 지내노라면 시간은 훌쩍 지나가는 것이었습니다. 당연히 허기진 몸으로 맛집을 찾아 앉아, 도란도란 풀어헤치시는 대명창들의 숨은 이야기를 들을 수 있었습니다. 번잡한 서울 한가운데서 저는 고즈넉한 옛 정취를 느낄 수 있었습니다. 선생님이 계신 곳이면 어느 곳이나 다 그렇게 변하는 것이었습니다. 그런 나날을 보내면서 무척 행복했습니다.

그 기간 동안에 선생님께서는 인간문화재로 우뚝 서서 진정 판소리를 걱정하시는 어른으로 앉아 계시게 되었습니다. 선산에서 순천으로, 그리고 고창과 전주로 ……. 어느 곳이나 선생님이 필요한 곳이면 서슴없이 가서 이곳저곳 챙기고 다독거리는 어른으로서의 모습을 보여 주셨습니다. 그렇게 판소리 70년이 흘렀습니다. 그 말석(末席)에서 선생님을 뵙게 된 기쁨과 영광을 담아, 선생님의 만수무강을 축원드립니다.[4]

박송희 선생의 판소리 세계

지나면 다 그렇게 예정된 것일 수 있었던 것처럼 보이는 것도, 그 당시는 얼마나 우리를 힘들게 하는 것인가? 젊음의 시절, 자신의 하는 일이 과연 옳은 일인가, 그리고 이대로 하는 일 계속하다 보면 미래는 괜찮을 것인가? 이런 힘든 결단과 피나는 노력을 거친 뒤의 오늘이 있기에 본인은 그렇게 겸손하게 말한다 해도, 우리까지 범연(泛然)하게 생각할 것은 아니다. 박송희 선생에 관한 말이다. 선생은 오늘이 그저 흘러흘러 온 것이라 담담하게 말씀하는 것이지만, 그 어려웠던 시대에 예인(藝人)의 길을 걷는다는 것이 얼마나 힘든 일이었던가는 말하지 않아도 우리 모두 잘 알고 있다. 더구나 여성의 몸으로 가정을 챙기며 오로지 한 길을 걷는다는 것은 단순히 이중고(二重苦)라 말할 수 없을 정도였을 것이다. 지금은 많이 나아졌지만, 예인의 길, 여성의 길은 지극히도 험난한 길이었기 때문이다. 박송희 선생은 그런 삶을 거치고 오늘의 전통예술을 지키는 우람한 장인의 모습으로 굳건히 서 있다.

체구로야 가냘프기 이를 데 없는 몸이시지만, 이런 풍상을 겪고 오늘을 만드셨기에 선생의 그 자그마한 몸은 무대를 가득 메운다. 선생의 몸짓과 소리 하나하나를 따라가다 보면 휑한 무대는 어디로 사라지고, 선생만이 무대를 가득 채우는 것이다. 젊어서는 매력적인 모습으로 창극단의 주역을 담당하였고, 나이 들면서는 인생의 무게를 그 몸으로 뿜어내기 때문이다. "소년 명창(名唱)은 나도 소년 명고(名鼓) 나기는 어렵다." 하였지만, 진정한 판소리는 인생을 살아온 연륜과 음악에 대한 통찰력을 필요로 하는 것이기에, 그 소리 결 틈새에도 삶의 깊이가 켜켜이 쌓이기 마련이다. 그래서 선생의 무대는 소리와 만나고, 인생을 생각하는 곳이 된다.

그런 선생의 지난 역정과 전통예술에 대한 기여를 기리는 시상(施賞) 행렬이 계속되었다. 지금의 모습을 유지하면서 후진을 길러달라고 국가가 붙여준 '인간문화재'가 되셨고, '동리대상'과 'KBS 국악대상'을 받았고, 또 국가에서 수여하는 '보관문화훈장'도 받으셨다. 그리고 이제 전통예술을 지켜온 예인의 최고 영예인 '방일영 국악대상'을 수상하신다. 이만 하면 정말 아름다운 노년이 아닌가! "끝이 좋으면 모든 것이 좋다."는 말이 있지만, 선생은 그 과정도 좋았기에 지금의 모습이 더욱 좋아 보인다. 더구나 누구보다도 젊고 활기 있게 살아가시는 시종여일(始終如一)의 고운 태(態)를 지니셨기에, 그 모습의 아름다움은 계속될 것으로 믿는다. 그래서 우리는 또 선생의 그런 매력을 계속하여 바라보는 즐거움을 누리게 될 것이다. 정말 선생과 선생의 소리를 대하는 것이 즐겁다.[5]

2. 김소희 판소리의 매력

김소희(金素姬) 선생이 세상을 떠나자 한 신문은 '하늘이 거둬간 하늘의 소리'라는 제목으로 추모의 글을 실었다. 1917년 고창에서 태어나 천부적인 소리로 국악계를 풍성하게 하였던 선생에게는 가장 합당한 찬사라고 할 수 있다. 옆에서 본 선생은 겉으로는 냉랭한 얼굴이었지만, 사리가 분명한 분이었다. 선생은 우전(雨田) 신호열(申鎬烈) 선생님에게 서예를 익혔기에, 선생님의 고희 기념 문집 증정식에서도 뵐 수 있었다. 여기에서 보여주시던 다소 곳하면서도 예의를 갖추신 모습과 1988년 올림픽의 폐막식에서 보여준 두 가지의 이미지를 기억하고 있던 나로서는 그 이듬해 고창에서 직접 이야기를 나누며 같이 식사를 하는 것은 생각지도 못했던 영광이었다.

고창에서는 동리 신재효를 기리는 다양한 행사를 계획하고 있었는데, 이를 주도하셨던 분이 강한영(姜漢永) 선생이셨다. 강한영 선생도 고창에서 태어났고, 서울대학교에서 가람 이병기 선생님의 지도를 받아 신재효의 업적을 정리하여 발표하였다. 신재효의 집안에 서랑(壻郎)으로 들어가 그 업적을 직접 정리할 수 있었는데, 이는 선생 자신의 판소리에 대한 기본적인 소양이 뒷받침되었기 때문에 가능한 일이었다. 여러 일로 일본에 오래 머물다 돌아오신 선생은 자신의 과제로 고창의 판소리 발전을 생각하셨던 것 같다. 당시 고창의 김완주 군수가 적극 이에 호응하였고, 그래서 군 단위의 조직으로서는 이룰 수 없었던 일들이 차근차근 이루어질 수 있었던 것이다.

강한영 선생과의 인연은 1983년에 펴낸 선생님의 고희기념논문집에 「판소리사설의 형성과 장단에 관한 소고」를 쓰면서부터 시작되었다. 이후 1986년 「신재효 판소리 사설의 형성배경과 작품세계」를 박사학위논문으로 제출하면서 심사위원으로 참여를 해주셨기 때문에 큰 은혜를 입었고, 그런 인연으로 선생 하시는 일의 소소한 일들을 맡아 진행하였다. 논문을 작성하면서 자료 수집을 위하여 고창을 많이 갔었지만, 이제는 신재효를 기리는 사업을 위해 뻔질나게 고창을 들락거리게 된 것이다. 그런 행사에서 김소희 선생을 자주 뵐 수 있었다. 그런 인연으로 고창에는 동리국악당(桐里國樂堂)이 세워졌고, 또 우리나라 최초로 판소리박물관도 건립되었다.

그런 과정에서 선생은 강한영 선생과 함께 열성적으로 일을 하셨다. 동리

국악당을 세우기 위해 필요한 기금을 조성할 때, 많은 국악인들이 호응한 것도 바로 김소희 선생이 앞장서 준 덕분이었다. 동리국악당에 걸려 있는 동리 신재효 선생의 그림은 아천(雅泉) 김영철(金永哲)의 작품인데, 이 또한 김소희 선생이 추천하여 성사된 것이었다.

강한영 선생은 동리연구회를 결성하였고, 당연히 나는 그 학회의 총무를 맡았다. 김소희 선생을 부회장으로 모셨는데, 신진 학자들의 자문에 성실하게 응대하던 모습이 인상적이었다. 한번은 대구에서 열린 학회 주최의 공연에 김소희 선생께 연창을 부탁한 일이 있었다. 그는 제자들에게 항상 연창자로서 갖추어야 할 형식을 강조하였다. 제대로 갖추지 않은 장소나 시간에 함부로 서지 말라는 것이었다. 제대로 대접하지 않는 곳에서 값싸게 자신을 팔지 말라고도 했다. 그런 그분에게 적은 사례금으로 연창을 부탁하려니 부끄러운 마음이 들뿐이었다. 그런데 선생은 사례금을 받지 않고 그냥 하겠다는 것이었다. 자신이 적은 사례금을 받는 것은 다른 국악인들에게 권했던 스스로의 말과 배치되고, 또 학회에서 주최하는 것이니 사례를 받지 않고 하는 것이 떳떳하다는 것이었다. 품위를 지키면서도 주위를 배려하는 넓은 인간미를 보여주는 사례였다.

선생은 박동진 선생의 판소리에 대하여 몇 가지 지적을 하기도 하였다. 반주자인 고수는 연창자의 상대 역할을 하기도 하는 것이어서, 박동진 선생은 고수에게 특유의 방식으로 면박을 주어 분위기 전환을 꾀하는 일이 많았다. 이에 대하여 선생은 고수를 예술가로서 존중하는 태도가 아니라며 품격을 유지해야 한다고 비판했다. 그러나 이것이 박동진 선생을 아껴서 하는 것임은 동리대상 수상자로 박동진 선생을 천거할 때 잘 드러났다. 심사위원 중 한 분이 박동진 선생의 사생활에 문제가 있음을 지적하여 수상자 지정에 어려움이 있었는데, 선생은 그의 예술이 단점을 압도한다 하여 박동진 선생을 지지하였던 것이다.

그런 선생이 세상을 하직하였을 때, 마지막 제자였던 오정해는 제자로서 자리를 굳세게 지키고 있었다. 나는 선생의 평소 행실을 생각할 때, 이는 받아들이기 어려울 것이라 생각하면서 속으로 웃었다. 한번 아니다 싶으면 이를 앙다물고 표독스럽게 냉랭하셨던 분이었기 때문이다. 그런 분이 모든 것 다 내려놓으시고 우리에게 짐을 던져 놓았다. 그의 업적을 정리하는 것은 우리의 할 일로 남아 있는 것이다. 그래서 동리연구회는 선생의 1주기를 기넘기기 위하여 제3집을 특집으로 만들면서 업적을 조명하고자 하였다. 거기에 나도 「김소희의 춘향 형상화 방식과 판소리의 지향」이라는 논문을 발표하였다.

소리 내력

김소희는 1995년 4월 17일 세상을 떠날 때까지 한국의 판소리를 대표하는 존재로 우뚝 서 있었다. 그의 소리가 그랬고, 또 그의 활동도 그러했다. 그는 판소리란 결코 사라질 수 없다는 확신을 가지고 있었다. 이런 생각을 그는 제자인 안숙선(安淑善)에게 말하기도 하였다.

> 판소리란 것은 참 묘한 것이다. 판소리는 안 없어질 것이다. 밟아도 밟아도 풀이 살아나는 것처럼 판소리에는 마력 같은 것이 남아 있어서 판소리를 좋아하는 사람은 딴 것 못하게 돼 있지.[6]

'밟아도 밟아도' 사라지지 않을 강인한 생명력이 우리의 문화 속에 있음을 그는 체험적으로 느끼고 있었던 것이다. 이런 경륜과 투철한 인식은 피나는 노력 위에서 이루어진 것이지만, 김소희에게 있어 이는 상당 부분이 하늘이 내려준 것이었다. 이러한 사실은 그 자신도 인정하고 있다. 원래부터 성대가 좋아 고음과 저음을 힘 안들이고 낼 수 있고, 판소리에서 사용하는 특수한 발성법들을 자유자재로 구사할 수 있었다고 말하기 때문이다. 목이 나오지 않아 피가 나오도록 훈련을 해야 했던 많은 명창에 비해서 그는 얼마나 행복한 사람인가.

아무리 하늘이 내린 소리라 하더라도 잘 손질되지 않았다면, 그것은 꿰어지지 않은 구슬과 마찬가지일 것이다. 김소희는 그 구슬을 꿸 수 있는 흔치 않은 인연까지도 누린 사람이었다. 그 자신의 원하는 모든 일이 그 앞에 펼쳐졌다. 1917년 12월 1일 전북 고창군 흥덕면에서 태어난 그에게는 판소리의 험난하지만 영광된 길이 예정되어 있었던 것이다.[7]

만정(晚汀) 김소희는 판소리의 명인이다. 그와 판소리는 떼려야 뗄 수 없는 깊은 관계를 맺고 있고, 그러한 외길의 들어섬을 그는 송만갑과의 인연으로 요약하고 있다. 어찌 송만갑뿐이겠는가. 그의 전기에 의하면 판소리와의 운명적 만남은 이화중선의 그 애절한 소리로부터 시작하고 있다. 그가 판소리의 길로 접어들게 된 계기도 바로 이화중선의 판소리 공연이었기 때문이다. 이를 통하여 판소리의 열병에 빠졌던 그는 광주에서 송만갑의 문하로 들어가 정식으로 판소리의 세련된 모습에 접할 수 있었던 것이다. 송만갑은 김소희의 천부적인 소리를 바로 알아채고, 그를 보옥으로 가다듬었다.

송만갑은 김소희의 소리가 더욱 성장할 수 있도록 하기 위하여 이화중선(李花中仙)의 문하로 들어가게 한다. 이화중선은 타고난 천품의 고운 목소리로 대중적인 인기를 한 몸에 받았던 명창인데, 김소희를 제자로 얻고 뛸 듯이 기뻐했다고 한다. 김소희는 어릴 때부터 흠모하던 명창을 스승으로 모시면서 탄탄한 판소리 세계를 구축하고, 대중의 인기를 누리는 방법을 터득하였다. 그와의 만남은 별로 길지 않았지만, 김소희의 판소리 저변에는 이화중선의 그늘이 진하게 드리워져 있는 것이다. 저 아래로부터 뿜어나오면서 이리저리 한이 서린 소리, 그러나 결코 슬프되 마음 상케 하지 않는[哀而不傷] 절제된 감정 — 김소희에게는 이런 이화중선의 애절함이 깊게 각인되어 있다.

또 정정렬과의 만남은 스승인 송만갑의 허락을 받아 이루어졌다. 이른바 '신식 춘향가'였고, 그런 점에서 대중성을 획득하였던 정정렬의 화려함도 그의 소리에는 짙게 반영되어 있다. 판소리와 극의 절묘한 결합을 통하여 판소리 중흥의 발판을 마련하였던 정정렬의 기획성과 타인이 도저히 따를 수 없었던 부침새, 그리고 판소리가 요구하는 극술(劇術)의 터득은 또 그렇게 김소희에게 이어졌다. 더구나 이날치에서 박동실로 이어지는 서편제에의 접근은 그의 소리를 더욱 한서린 무속의 세계로 인도하여 갔다. 그는 어느 유파에 소속시키는 것을 대단히 싫어하였지만, 그의 소리에서 서편제적 성격을 발견할 수 있는 것은 바로 이 때문이라고 할 수 있다. 그리고 정권진(鄭權鎭)을 통하여 이루어진 정응민, 김세종과의 세대를 격한 만남도 그의 <춘향가>를 보다 풍부하게 하는 데 기여하였다.

이러한 모든 만남을 그는 송만갑과의 인연이라는 제유적 표현으로 압축하고 있다. 다른 모든 사람들과의 만남을 부정하는 것이 아니라, 그 모든 사람들을 송만갑이라는 이름 속에 포함시키고 있는 것이다. 사실상 송만갑은 그렇게 해도 괜찮을 만한 자격을 가지고 있다. 송만갑이 누구인가. 송흥록과 송광록, 그리고 송우룡으로 이어지는 판소리의 명문인 송문(宋門)의 마지막을 장식하면서도 시대적 성격을 반영하는 것만이 판소리가 사는 길이라는 생각을 가졌고, 이를 실행에 옮긴 사람. 그리고 자신의 기량과 고매한 인품으로 수많은 제자를 길러내어 현재의 판소리 수준을 가능하게 하였고, 또 어전(御前) 광대로 감찰이라는 명예직을 제수받았던 사람이 송만갑이다. 누구든 그의 그늘에 들어가 제자로서의 이름을 올리는 것이 영광일 수 있는 인물이 송만갑이었고, 김소희는 그러한 인물과의 깊은 인연을 소중하게 생각하였던 것이다. 만년에까지 그는 송만갑을 '감찰 선생님'이라고 불렀다.

김소희에게서 발견되는 송만갑의 그림자는 무엇인가. 그것은 바로 자신에게 부여된 송문의 전통을 고집하지 않고, 시대의 변화를 과감하게 수용하였던 정신이라고 할 수 있다. 사실은 이러한 변화의 가능성이야말로 판소리를 살아있는 장르로 남을 수 있게 했던 중요한 요소이다. 과거의 것을 과거의 모습 그대로 보존하는 것과 함께, 새로운 모습으로 탈바꿈할 수 있는 가능성을 인정하는 것이야말로 판소리를 판소리답게 대접하는 것이다. 송만갑은 제자가 자신의 소리와는 전혀 다른 길의 정정렬에게 소리를 배우겠다고 했을 때, '신식 춘향가'라고 부르며 배움을 장려하였다고 한다. 송만갑은 정정렬의 소리를 신제(新制)라 하여 그 또한 배워둘 필요가 있다고 생각하였던 것이다. 이러한 의식이야말로 판소리가 사는 진정한 길을 모색하는 대가의 자세라고 할 수 있다. 송만갑 자신도 그런 이유에서 송문의 절대적인 중압감을 벗어났던 것이다. 김소희가 어느 한 유파로 불리어지기를 싫어하였던 것은 그러한 과거와의 접맥 때문으로 생각할 수 있다.

그래서 김소희는 조선성악연구회에서 정정렬의 훈도를 받게 되었고, 창극의 새로운 세계를 열었던 정정렬에게서 송만갑과는 다른 또 하나의 판소리를 배움으로써 판소리의 양면을 아우르는 행운을 가지게 되었다. 김소희의 <춘향가>가 송만갑과 정정렬의 소리로 교직(交織)된 것은 이러한 그의 판소리 이력을 구체적으로 보여주는 예라고 할 수 있다.

김소희의 판소리 수업은 박동실과 정응민으로 마감된다. 박동실과의 만남을 통하여 김소희는 판소리 서편제의 원형성(原型性)과 애원성(哀怨聲)을 자기의 것으로 만드는 행운을 가진다. 박동실의 소리는 이날치와 김채만으로 이어지는 서편제의 바탕을 보존하는 것이었고, 그런 점에서 김소희의 소리 세계를 활짝 열어 놓는 계기가 되었다. 여기에서 그는 거문고의 명인 박석기를 만났고, 그와의 사이에 자신의 예술 세계를 잇고 있는 고명딸 박윤초를 얻기도 하였다. 정응민과의 만남을 그 스스로는 밝히지 않고 있지만, 그를 대표하는 <심청가>의 절반은 정응민 바디로 이루어져 있다. 그래서 김소희는 <심청가>에서 자신의 판소리 이력을 또 그런 방식으로 드러내고 있다.

김소희를 말함에 있어 또 하나 첨가해야 할 일은 그가 판소리를 중심으로 하는 전통 예술 전반에 대하여 해박한 조예를 지녔다는 사실이다. 그는 김종기(金宗基), 강태홍(姜太弘)에게서 가야금산조는 물론 거문고와 양금을 배웠고, 정형인과 손창식으로부터는 고전무용을 배웠으며, 전계문(全桂文)에게 서는 가곡과 가사를 배웠다. 심지어는 우전 신호열에게서 서예까지 익혀 국전(國展)에 입상하기도 했다. 그의 삶과 판소리에서 우리가 감히 범할 수 없는 격조를 느끼는 것은 이러한 폭넓은 수련이 바탕을 이루었기 때문일 것이다.

영광의 길들

1931년 열다섯의 어린 나이로 제1회 춘향제전 명창대회에서 1등을 한 이래, 그는 항상 판소리의 중심에 놓여 있었다. 창극의 춘향과 심청 역을 도맡아야 했고, 관객들은 그 청아하고 애상적인 성음에 빠져들었다. 국악 이나 판소리와 관련된 시상(施賞)은 그가 포함되어 있어야만 빛을 발할 수 있었다. 그가 제외된 어떤 평가도 공정한 것으로 인정할 수 없었던 것이다.

1963년 판소리 인간문화재 제도가 제정되면서 그는 당연히 그 한 자리 를 차지해야 했다. 또 1982년 한국국악대상은 1회 수상자로 그를 지목하였 다. 1991년에 제정된 동리국악대상 또한 그로부터 출발할 수밖에 없었다. 1992년 제1회 춘향문화대상과 1994년의 제1회 방일영 국악대상도 그를 선 정함으로써 순탄한 항해를 지속할 수 있었다. 그리고 1973년의 국민훈장 동백장과 1984년의 대한민국 문화 예술상, 그리고 그가 숨을 거두자 추서 된 금관문화훈장 등은 그의 업적에 대한 정부의 공식적인 인정이었다. 인 생의 한 주기가 되는 60여 년 동안, 그는 명실상부한 국악의 최고봉이었던 것이다.

그는 국내외적으로도 판소리와 관련된 중요한 행사에 참여하여 판소리의 예술적 진가를 드러내 주었다. 수많은 지방 순회 공연을 통하여 김소희는 판소리에서 멀어지는 사람들을 다시 응결시켰다. 서울에서 열리는 큼지막한 국제 행사에는 반드시 그가 초청되어 우리 예술의 진수를 세계 속에 알렸다. 1962년의 파리 국제 민속 예술제와 1976년의 독립 200주년 기념 미국 각주 순회공연 등 수많은 해외 공연도 우리 예술을 세계 속에 알리고자 하는 값진 흔적이었다. 특히 1988년의 올림픽 폐막 공연은 그의 뱃노래를 통하여, 작지만 세계로 뻗어나가는 한국의 모습을 유감없이 보여주었다.

　나이 든 사람들은 귀명창이 사라졌다는 말을 많이 한다. 옛날에는 판소리를 진정 사랑하는 사람이 많았었다고 회고하기도 한다. 그러나 판소리에 심취하는 인구로 보거나 판소리 연창자에 대한 인기로 볼 때, 지금은 결코 판소리의 쇠퇴기라고 할 수 없다. 특정 판소리 연창자에 대하여 자생적 팬클럽이 나타나는가 하면, 열광하는 팬들이 스타의 무대가 있는 곳으로 몰려다니는 것은 전혀 낯선 풍경이 아니다. 신재효나 대원군과 같은 후원자가 있어 지금의 판소리가 가능했다고 말하기도 하지만, 1993년의 영화 <서편제>는 온 국민에게 판소리에 대한 깊은 인상을 심어 주었다. 판소리를 온 국민에게 이만큼 알려준 예가 과거에 없었다는 사실에 대하여는 누구나 공감하고 있다. 이때도 김소희는 판소리의 예술성을 드러내기 위하여 그의 소리 구음(口音)을 이 영화의 말미(末尾)에 남겨 놓았다. 오정해의 학습 소리에 이어, 먼 후일 두 남매가 만나 밤새도록 북과 소리가 어울렸을 때, 그때의 소리는 이 시대의 명창인 안숙선이 맡았다. 그러나 이 영화의 끝 장면에서 관객들은 황홀하면서도 소름을 돋게 하는 거장(巨匠)의 구음을 만날 수 있었다. 김소희는 이 영화에서 학습기의 제자, 그리고 이미 성숙한 제자와 함께 판소리의 처음과 끝을 장식하였던 것이다. 이렇게 판소리의 최고봉과 관련되는 영광의 자리에는 언제나 그가 있었다.

김소희의 소리 결

고인 물은 썩게 마련이다. 김소희는 항상 새로운 물을 받아들이고, 지난 물을 내보내는 호수와 같은 존재였다. 세상은 변하고 있는데, 나 몰라라 그대로 있다면 그것은 허수아비이지 살아 있는 생명체이겠는가. 그래서 그는 가만히 머무르지 않았다. 한번 녹음한 <춘향가>를 다음에 다시 녹음할 때는 또 다르게 했다. 그만큼 깊이깊이 생각하고 그 생각한 바를 실현했다. 녹음이 그러할 정도이니 공연은 말해 무엇하겠는가. 그래서 그의 소리는 항상 새로웠고, 항상 생각하고 앞서가는 존재였다. 그가 최고봉의 위치에서 내려오지 않았던 것은 그의 끊임없는 변화와 적응의 결과라고 할 수 있다.

이러한 모습은 그가 항상 존경해 마지않던 스승 송만갑의 시대 변화를 과감하게 수용하였던 정신을 물려받은 것이었다. 사실은 이러한 변화의 가능성이야말로 판소리를 살아있는 장르로 있을 수 있게 했던 중요한 요소이다. 과거의 것을 과거의 모습 그대로 보존하는 것과 함께, 새로운 모습으로 탈바꿈할 수 있는 가능성을 인정하는 것이야말로 판소리를 판소리답게 대접하는 것이다. 김소희가 어느 한 유파로 불리어지기를 싫어하였던 것은 그러한 과거와의 접맥 때문으로 생각할 수 있다. 그래서 그의 소리는 김소희 바디로 따로 설정해야 할 만큼 그의 강렬한 개성이 드러나 있다.

다음으로 김소희의 판소리에서 발견되는 것은 음악적인 것에의 강한 집착이다. 그는 판소리가 이야기의 구성 방식에 근거하되, 그 본질은 음악적인 것이라는 인식을 강하게 드러냈다. 이러한 인식 위에서 김소희는 이야기의 전개 방식과는 관계없이 명창들의 더늠을 덧붙여 놓았다. 춘향의 옥중 자탄에 '쑥대머리'를 첨가한 것이 이를 잘 보여주는 예이다. 본래 김소희의 옥중 자탄 대목은 정정렬의 소리를 근간으로 하고 있는데, 여기에 나타나는 것은 '귀신 울음'뿐이다. 여기에 김세종의 <춘향가>에 등장하는

'쑥대머리'를 넣은 것은 판소리가 바로 명창들이 가꾼 더늠의 집대성이어야 한다는 인식의 소산인 것이다. 잘 알려진 바와 같이 '쑥대머리'는 신재효의 창본에 있고, 이러한 이유에서 김세종의 <춘향가>에 그 모습을 보이고 있다. 그리고 이는 다시 명창 임방울(林芳蔚)을 통하여 식민지 조국의 현실과 관련되면서 엄청난 반향을 일으켰던 것이다. 그는 자신의 <춘향가>에서 이런 더늠을 뺄 수 없다고 생각하였던 것이다.

이러한 판소리 인식은 판소리의 본질적 성격에 대한 그의 깊은 성찰을 드러낸 것으로 보인다. 이야기의 전개와 관계없이 그 장면의 정감에 합당하도록 짜는 것이 판을 구성하는 중요한 원리라는 것이 그 바탕에 깔려 있기 때문이다. 이를 해당 장면에 맞는 정감의 확대 현상으로 설명할 수 있을 것이다. 이러한 현상은 여러 곳에서 찾아볼 수 있는데, 그의 <춘향가>에서 이른바 '옥중몽유(獄中夢遊)' 부분이 배제된 것도 이러한 이유에서 설명할 수 있다. 우리가 접할 수 있는 <춘향가> 창본에서 '옥중 몽유'가 빠진 것은 거의 없다. 그런데 김소희는 대부분의 창본이 채택하고 있는 '황릉묘 몽유'나 또는 송만갑의 창본과 일반적인 기록물에 등장하는 '앵도화와 거울'이나 '허수아비의 꿈'을 제거하고 있다. 따라서 '맹인 문복(盲人問卜)'도 나타나지 않는다. 이는 명백히 춘향의 비극적 성격을 더욱 강조하고자 하는 의도의 산물로 보인다. 이미 '옥중 몽유'는 춘향에게 한 줄기 희망을 드러내는 도구로 사용되고 있기 때문이다. 이러한 '옥중 몽유'가 있기 때문에 춘향은 옥중 고난을 이겨낼 수 있는 자세를 갖추고 있다. 그런데 김소희는 이러한 실낱같은 희망마저도 춘향에게서 철저히 차단하고 있다. 이른바 비극적인 상황을 그 끝 언저리까지 몰고 가려는 듯한 인상을 드러내고 있는 것이다.

'긴 사랑가', '자진 사랑가'가 지속하여 나오고, 춘향이 실성 자탄(失性自嘆)하는 대목에서 진양과 중머리 장단의 사설이 반복하여 나타나는 현상,

그리고 <춘향가>의 결말을 춘향모의 환희와 춤으로 장식하고 있는 것도 바로 이러한 판소리의 본질에 대한 인식에서 이루어진 것이다. 그렇다면 김소희에게 있어 판소리는 단순한 이야기의 음악적 전달이 아니라, 현재적 삶에 충실하는 진정한 모습의 구현이었던 것이라고 할 수 있다. 숨 쉬고 땀 흘리는 이 삶의 현장에 대한 중요성이 강조되면서, 그들의 미래가 어떻게 되었다는 한가한 뒷얘기마저도 거부하였던 것이다.

　여기에서 우리는 김소희의 판소리에 대한 자세를 하나 더 언급할 필요가 있다. 그는 판소리를 살아있는 장르로 인식하였다. 상황과 대면하고, 이를 자신 속에 끌어들이면서 변화하는 것만이 판소리가 살아 나갈 수 있는 길이라고 인식하였던 것이다. 그의 <춘향가>가 부분적으로 변화하는 것은 이러한 끊임없는 모색의 결과이다. 옥중에서 어사와 춘향이 만났을 때, 춘향은 향단에게 자신이 감추어 둔 가락지 비녀를 팔아 어사의 의복 일습(衣服一襲)을 장만해줄 것을 부탁한다. 이 장면에서 춘향모는 죽어가는 딸에 대한 푸념을 늘어놓는다. 이는 비극적인 장면을 희화화시키기 위하여 첨가한 것이 아니다. 오히려 이 비극적인 장면에 거리를 설정함으로써 비극적 상황을 더욱 객관화시키고 있는 것이다. 그런데 이 장면은 1977년의 녹음에서는 원래 채택하지 않았던 것이다. 이 부분은 동초 김연수의 <춘향가>에 있는 부분인데, 이것이 이 장면의 효과를 극대화시킬 수 있다는 인식에서 자신의 <춘향가>에 끌어넣은 것이다. 끊임없이 판소리의 길을 모색하고, 이를 위하여 자신의 어떤 고정 관념을 설정하지 않았을 때 이러한 태도가 가능하다는 점에서, 이는 판소리 명인이 나아갈 한 방향을 제시한 것으로 생각할 수 있다.

전통 물려주기

김소희는 당대 최고의 스승들과 만났던 행운을 후진들도 맛볼 수 있게 하였다. 그는 자신의 판소리 연마뿐만 아니라, 제자의 양성에도 심혈을 기울였던 것이다. 그의 제자 사랑은 끔찍할 정도였다고 한다. 제자 되기가 어렵지, 한번 되면 자상한 어머니와 추상같은 스승으로서의 모습으로 제자를 대하였다. 좋은 제자 될 사람이 있으면 직접 찾아가 받아들였다. 이런 그이기에 그의 문하에는 수많은 제자가 몰려들었다. 송만갑과 만나는 인연만 있어도 그와의 사제관계를 내세웠던 것처럼, 김소희 또한 수많은 사람들이 그의 제자였음을 자랑하였다. 이 시대 명창의 위치에 있는 대부분의 사람들이 그와의 인연 속에서 자신의 현재를 설명하고 있는 것이다.

그의 문하에서 명창으로 성장한 사람들로는 안향련(安香蓮)과 김동애(金洞愛), 신영희(申英姬), 안숙선, 이명희(李明姬) 등을 들 수 있다. 성창순(成昌順)과 오정숙(吳貞淑), 장영찬(張泳贊) 등도 그와의 사제 관계를 형성하였다. 안향련과 김동애는 그 절정기에 유명(幽冥)을 달리함으로써 스승인 김소희를 가슴 아프게 하였다. 그래서 제자 복이 없다는 말을 하기도 했다. 그러나 그와 같은 시대를 살아갔던 모든 연창자들이 그의 영향권 안에 있었다는 것만으로도 그의 생은 값진 것이었다.

김소희는 제자들의 교육에 있어 남다른 방법을 선택한 것으로 보인다. 각각의 제자 재질이나 능력에 따라 다른 방법으로 교육하였다. 십 년을 걸려 한 바탕을 전수하는 제자가 있는가 하면, 몇 달 안에 한 바탕을 떼게 하는 제자도 있었다. 상청을 불러야하는 대목도 제자에 따라서는 중청이나 하청으로 내려 가르쳤고, 난해한 목을 이해하는 정도가 아니면 쭉 펴서 소리하도록 하였다. 이는 연창하는 사람의 감정과 생활이 자연스럽게 나타나야만 한다는 김소희의 지론이 교육에 반영된 것으로 보인다. 그가 억지로 만들어내는 소리를 부정적으로 본 것은 스스로의 천부적인 소리 능력에서 연유한 것이다. 또한 반드시 북의 반주 속에서 소리를 하게 하였는데, 되도록 당대 최고의 명고수를 대동하여 수업을 하였다. 소리는 그냥 하더라도 고수는 제대로의 고수라야 한다는 것이었다. 이를 통하여 북에 눌리지 않고, 자신의 기량을 드러낼 수 있는 담대함을 길러주었던 것으로 보인다.

김소희는 국악 교육의 제도화에도 남다른 관심을 기울였다. 박귀희, 박초월과 함께 1955년에 한국민속예술학원을 설립하여 운영하였고, 이것이 현재의 국악예술고등학교로 발전하였다. 이것이 국악인의 양성과 국악의 현대화에 미친 공로는 지대한 것인데, 그 근저에는 판소리의 체계적 교육에 대한 김소희의 강한 집념이 놓여 있다.

김소희는 교유의 폭이 치우치지 않았으며, 엄격한 격조를 유지한 분이었다. 그래서 그가 가졌던 공식적인 직함이란 국악협회 이사장과 국악예술학교 이사장이 거의 전부였지만, 많은 사람들은 현실과 타협하지 않고 화려한 외양에 연연해하지 않았던 그를 국악인의 사표로 삼는 데 주저하지 않았다.

김소희의 청아하고 미려한 음성은 타고난 것이었지만, 그것만이 전부가 아니었다. 그것은 그의 청순하고 고고한 인격 위에서만 가능했기 때문이다. 그는 예술 앞에서 어떤 요소와도 타협하는 일이 없었다. 그리고 예술을 지키기 위하여 후퇴하는 일도 없었다. 그런 자기 절제를 통하여 김소희는 진정한 예술가로서의 삶이란 어떠해야 하는가를 극명하게 보여주었다고 할 수 있다.

3. 송순섭 선생의 판소리 세계

운산 송순섭 선생과의 만남은 1987년 광주에 있는 남도국악단에서 이루어졌다. 선생은 당시 창악부장으로 계셨고, 나는 남도국악단의 운영위원으로 참여하고 있었다. 판소리 연창자로서 성음에 노력을 기울이는 것은 당연한 일이지만, 사설이 갖는 의미를 깊이 천착하는 선생의 열정이 퍽 인상 깊게 다가왔다. 신재효는 <광대가>에서 인물과 사설, 너름새와 득음을 판소리의 사체라 하였는데, 그는 특히 사설의 정확한 전달이 중요하다는 확고한 생각을 가지고 계셨다. 그래서 선생은 <적벽가>나 <수궁가>를 연창하면서 관객에게 주어진 사설과 비교해보라는 말까지도 하셨다. 사설이 갖는 의미를 정확하게 파악하는 것은 그 사설이 드러내고자 하는 분위기의 파악과 일치한다고 할 수 있다. 어느 정도의 역량에 도달하면 다음은 그 사설이 가지고 있는 의미를 관객에게 호소력 있게 전달하는 능력에서 연창자의 차별이 있게 마련이다. 이태리 가곡을 그쪽 언어로 부르는 것은 그래서 그 언어가 가지고 있는 속 의미를 이해하지 못한 채 선율의 흉내만 내는 것이라고 할 수 있다. 그런데도 사설의 중요성을 깊이 인식하는 연창자를 만나는 것은 쉬운 일이 아니었다. 그런데 선생을 만나게 된 것이다.

서울에 와서도 지속적으로 선생을 만나면서 그 활동을 지켜보는 것이 나에게는 퍽 즐거운 일이었다. 이 기간 중에 선생은 왕성하게 활동하셨고, 가끔은 "정교수, 내 소리가 아주 좋아졌단 말이시." 하면서 즐거워하는 소회를 전화로 알려주시곤 하였다. 인간문화재로 지정되면서 그의 공연 활동은 더욱 바빠졌지만, 자신을 부르는 곳만 있으면 서울과 부산, 순천과 제주도를 부지런히 오르내리고 있다.

운산(雲山) 선생과의 만남

송순섭(宋順燮) 선생은 현재 진행형이다. 그의 나이는 이제 겨우 70이다.[8] 예전에야 인생칠십 고래희(人生七十古來稀)였지만, 지금의 고희는 새로운 인생을 설계하기에도 괜찮은 나이이다. 평균 수명이 사오십일 때 칠십의 나이는 상노인이었지만, 2004년 현재 우리나라 평균연령은 73세라고 한다. 그러니 팔십, 구십까지 건강하게 산다면야 얼마든지 자신의 생활을 새롭게 펼칠 수 있지 않겠는가! 송순섭 선생은 더구나 한참 나이의 젊은이도 할 수 없을 만큼 전국을 누비고 있다. 그야말로 동에 번쩍, 서에 번쩍 그 힘든 공연 여행을 마다하지 않는다. 마치 젊었을 때 못다한 여행과 수련을 다 만회하려는 듯, 왕성한 정력으로 삶을 즐기고 있는 것이다. 그런 선생의 생애이니, 완결형으로서의 정리를 도모하는 것은 부질없는 일이 될 것이다.

선생의 예술 또한 현재진행형이다. 그는 50여 세가 넘은 나이에 젊은이와 같은 패기로 판소리 명창부에 나가 문화부장관상을 받았고, 그리고 그만 두었을 법한데, 다시 대통령상에 도전하였다. 이미 명창인데 무슨 도전이냐 하였지만, 그래도 최고의 훈격(勳格)인 대통령상을 위해 다시 도전하였고, 그리고 제 20회 전주 대사습 판소리 명창부에서 육십에 가까운 나이로 대통령상을 받았다. 그 나이에 경연대회에 나가기가 그리 쉬운 일인가? 그러나 그는 서슴없이 나갔다. 그에게 있어 목표를 설정하고 이에 도전하는 것은 그의 존재 이유이기도 하기 때문이다. 이것이 그를 판소리의 최고 영예의 자리에 올려놓았다. 2002년 드디어 중요무형문화재 제5호 판소리의 보유자로 지정되었기 때문이다. 그야말로 살아 있는 문화재인데, 그는 그것으로 끝나지 않았다. 그의 예술은 나날이 성장하고, 그래서 그의 변화를 보는 것은 우리 모두의 즐거움이다. 그래서 그의 예술을 완결형으로 정리하려는 것 또한 생애와 마찬가지로 부질없는 일이 될 것이다.

그러나 우리가 생애를 정리하는 것은 꼭 그 삶을 마무리하는 의미로 하는 것만은 아니다. 완결되지 않은 생의 한 토막 또한, 자신은 물론 주변의 사람에게 감동과 편달의 의미로 작용할 수 있는 것이기 때문이다. 특히 운산 선생의 살아가는 모습은 여느 삶과 같지 않아 그 자체로서 우리에게 진한 감동을 전해준다. 그와 만나면서 맛보았던 아름다운 영상들은 그래서 나름대로의 의미를 지니게 되는 것이다.

　1987년 광주 남도국악단 사무실에서 선생을 처음 만났을 때, 그는 퍽 지친 모습이었다. 서른셋의 나이에 시작했던 오랜 부산 생활을 접고 판소리의 본거지인 광주에 왔지만, 그러나 그는 그 귀향(歸鄉)이 퍽 서먹했던 것 같았다. 그랬을 것이다. 온몸으로 젊음을 던졌지만, 그는 다시 돌아올 수밖에 없었고, 그리고 그가 앉아 있기에는 국악단의 의자가 너무 작아 보였기 때문이다. 운영위원으로 참여하면서 바라본 그는 그렇게 퍽 추운 모습으로 국악단의 창악부장 자리를 지키고 있었다. 옆에는 비슷한 또래의 김성곤 명고(名鼓)가 또 그렇게 앉아 있었고 그 험난한 시절을 그는 인고(忍苦)하면서 후일의 대성을 기다리고 있었다.

　명창이 탄생하기 위해서는 30년의 세월이 걸린다고 했다. 선생에게 배우기를 10년, 독공(獨工)하기를 10년, 그리고 귀명창과 만나기를 10년 - 이렇게 하여 역사와 자신, 그리고 관객에게 떳떳이 설 수 있는 명창은 탄생한다는 것이다. 그가 판소리와 만나는 것은 20세가 넘은 나이에서였다. 그에게 있어 판소리의 텃밭은 이미 존재한 것이었지만, 공식적인 경력은 공대일(孔大一) 선생에게서 판소리를 배우면서 시작되었다. 그리고 김준섭(金俊燮) 선생을 거쳐 그에게 있어 역사적 전기(轉機)가 된 박봉술(朴奉述) 선생과의 만남이 이루어졌다. 그가 특장(特長)으로 여기는 <적벽가>는 바로 송만갑 제를 이어온 박봉술 선생의 것이기 때문이다. 그 만남이 그의 역사를 개인적인 차원에서 판소리사적인 차원으로 끌어올린 것이다. 처음 만났을 때야 그 깊은 사정을 모르는 것이지만, 역사적인 만남으로 끌어올리는 선생과의 만남이란 얼마나 행운이 되는 것인가! 그래서 사람들은 그 별조차 쬐인 적이 없건만 송만갑의 제자였음을 내세우는 것이 아니겠는가? 그는 그런 행운의 만남을 박봉술 명창을 통하여 이룩하였던 것이다.

자신도 힘들었던 부산의 생활을 하면서 그는 노쇠해진 스승을 모시느라 분주했고, 공연의 장소를 만들어 드리기 위해 부산으로 모시기도 했다. 이러면서 그는 박봉술 명창에게서 <적벽가>, <수궁가>, <흥보가>를 온전히 전수받을 수 있었다. 여기에 공대일 선생에게 이수한 <흥보가>와 김준섭 선생의 <심청가>, 김연수 선생의 <춘향가> 이수를 통하여 다섯 바탕의 판소리가 운산이라는 큰 호수로 모아질 수 있었다.

그는 모여진 값진 유산을 예전의 구전심수(口傳心授)로 머물러 두게 하지 않았다. 1987년에는 박봉술 선생에게 이어받은 동편제 <수궁가>를 전라남도에서 발간하였고, 1991년에 <흥보가>와 <수궁가>, <적벽가>를『동편제 판소리 창본』이라는 이름으로 한샘출판사에서 펴냈으며, 이어 같은 출판사에서『동편제 흥보가 창본』을 발간하였다. 2004년에는『동편제 적벽가 창본』을 민속원에서 발간하였다.

『동편제 판소리 창본』은 경기대학교에 있었던 전형대 교수와의 공편으로 발간되었는데, 그런 인연으로 우리 셋은 전라남도의 여러 곳을 여행하기도 하였다. 운주사에서 와불(臥佛)을 보며 역사를 생각하고, 산하(山河)의 아름다움을 예찬하면서 우리는 그렇게 홀홀한 행장(行裝)을 즐길 수 있었다. 지금은 전형대 교수가 세상을 하직하여 추억만으로 남아 있지만, 운산 선생의 기억 속에서도 그 여행은 의미 있는 것으로 남아 있을 것이다. 전형대 교수와의 편저로, 그리고 나의 책 속에 그의 판소리는 영원히 남아 있을 것이기 때문이다.

나는 운산 선생의 <적벽가>를 여러 곳에서 세월의 차이를 두어가면서 들어볼 수 있었다. 순천의 공연장에서, 광주의 문화관에서, 서울의 전수관에서, 그리고 최근에는 광주의 문화예술회관에서 제자와 입체창(立體唱)을 하는 모습을 보았다. 그리고 그에게는 객지인 서울의 여관에서도 그의 지나온 역정을 잠깐 잠깐 들을 수 있었다. 띄엄띄엄 시간을 지나 만나면서 느꼈던 것은 경이로움이었다. 그의 소리는 항상 가만히 있지 않았기 때문이다. 순천에서 들었을 때, 이렇게 했으면 더 좋을 텐데 했던 것은 그 다음의 광주 공연에서 말끔히 고쳐져 있었다. 그래서 그의 새로운 공연을 보는 것은, 그의 소리 내력을 아는 사람에게 있어서는 항상 즐거운 몰입일 수 있는 것이다.

소리 현장에서 그는 언제나 당당하다. 소리의 굳셈은 물론이고, 잘못 기억하여 틀린 글자 있는지 확인해 보라는 그 자신감에서 청중은 큰 산을 앞에 한 듯한 느낌을 받는다. 그에게 역사를 넘겨준 박봉술 선생의 그 깊은 공력에 더하여 그는 정확한 사설의 전달이라는 또 하나의 매력을 선사하고 있는 것이다.

신재효는 판소리 연창자가 갖추어야 할 네 가지 요건으로 인물치레와 사설치레, 득음, 너름새를 들었다. 사설치레가 반드시 정확한 전달만으로 한정되는 것은 아니지만, 의미가 제대로 전달되기 위해서는 사설을 정확하게 기억하고 발음해야 한다. 그것은 판소리 연창자가 갖추어야 할 기본이 되는 것이다. 판소리가 득음으로 실현된다 하여 사설의 정확한 전달을 소홀히 하거나 말을 우물우물한다면, 그 자체가 관객의 접근을 차단하는 것이라고 할 수 있다. 그래서 정확하게 사설을 전달하는 그의 판소리는 관객을 편안하게 판소리의 세계로 들어오게 한다. 관객을 편안하게 한다는 것은 연창자가 갖추어야 할 중요한 덕목이라고 할 수 있다. 관객을 내쫓는 연창자는 관객이 판소리를 완성하는 중요한 구성 요소라는 것을 몰각(沒覺)한 것이다. 판소리의 융성을 위해서도 관객을 배려하는 태도는 반드시 필요한 것이다. 그런 점에서 그는 관객의 가치를 소중히 여기는 연창자이다.

그는 태생으로부터 판소리와 깊은 연관을 맺지는 않았다. 20이 넘은 나이에 판소리와 본격적으로 만났고, 그래서 그는 더 의식적으로 노력을 해야 했다. 생활이 그냥 판소리였던 사람들에 비하여 그는 더 각고(刻苦)의 노력을 기울여야 했던 것이다. 모든 세상 물정이란 양면적인 것이어서 그가 어린 나이에 판소리에 입문하지 않은 것은 득(得)이 되기도 하고, 또 해(害)가 될 수도 있다. 젊은 나이의 그에게 있어 그것은 아픈 상처였을 것이다. 말을 배우면서부터 생활처럼 판소리를 누려온 사람들, 심지어는 뱃속에서부터 판소리와 교유한 사람들 틈에서 그는 깊은 소외와 절망을 경험하였을 것이다. 어린 나이의 기억력과 이미 스물을 넘은 나이의 기억력이 비교나 되는 일인가?

그러나 그는 그 어려움을 이기고 우뚝 섰다. 그의 스승들이 문화재로서의 삶을 누리다 타계(他界)하던 나이에, 그는 인간문화재가 되었다. 이런 나이가 되자 느지막하게 판소리에 입문한 것은 오히려 득이 되고 있다. 비가비로서의 교양과 연륜이 그를 한층 더 중후하게 만들고 있기 때문이다. 그는 젊은 나이에 문화재가 되어 훨훨 날리지 못했던 것을 아쉬워 할지 모른다. 그러나 '산위에 떠도는 구름처럼[雲山]' 그 오랜 방랑과 좌절의 날이 있었기에 그의 미래는 항상 밝다. 칠십의 나이인데, 그의 '미래가 밝다'고 말할 정도로 우리는 그의 정력적인 활동을 기대하고 있는 것이다.[9]

송순섭 판소리 <흥보가> 출간의 의의

송순섭 명창의 판소리 <흥보가>가 책으로 엮어진다. 송순섭 선생이 자신의 사설을 책으로 엮은 것은 이번만이 아니다. 이미 1987년 박봉술 선생에게서 이어받은 『동편제 수궁가』를 발간하였고, 1991년에는 <흥보가>와 <수궁가>, <적벽가>를 『동편제 판소리 창본』이라는 이름으로 묶어 냈고, 2004년에는 『동편제 적벽가 창본』을 발간하였기 때문이다. 판소리 세 바탕을 엮어 묶은 것 중 이미 <수궁가>와 <적벽가>가 단행본으로 발간되었으니, 마땅히 <흥보가>의 단행본 발간이 기다려지고 있었다. 그는 기대를 어기지 않고 <흥보가>를 발간하게 되었으니 자신에게 부여된 사명을 일단 완수한 것으로 보인다. 그 세 바탕 소리가 자신의 오늘을 있게 한 박봉술 명창의 내림 소리이기 때문이다.

박봉술 선생에게서 그는 사설에 잘못된 부분이 있으면 고쳐 불러도 된다는 말을 여러 번 들었다고 한다. 당연한 듯한 말이지만, 이는 참 어려운 말이다. 사설이란 음악과 혼연일체가 되어 있어, 그 사설을 바꾸면 무언가 지금까지 불러온 소리와는 다른 듯 느껴지기 때문이다. 판소리가 호남의 언어로 해야 제 맛이 난다는 것도 말과 음악의 긴밀한 결합을 의미한다고 할 수 있다. 그래서 어떤 명창은 사설이 조리에 맞지 않는다고 하는 제자에게 목침을 던지면서 축출(逐出)하기도 했던 것이다. 자신의 예술에 대한 강한 자존심은 능히 그런 행동으로 내몰 수 있을 것이다. 그래서 제자에게 자신의 소리를 수정할 수 있게 하고, 더구나 자신과는 다른 계통의 소리를 배우게 하는 것은 선생의 제자에 대한 사랑 이상의 다른 의미를 갖는다.

사실은 필자도 1993년 『판소리문학론』을 발간하면서 그 책의 부록으로 송순섭 명창의 <적벽가>를 실은 일이 있었다. 여기에 실으면서 선생과 만나 잘 전달되지 않는 부분을 일일이 교정했던 시간을 가질 수 있었고, 그것은 퍽 소중한 기억으로 나에게 남아 있다. 당연히 그가 불렀던 여러 소리들을 비교하면서 최선의 것을 수록하려고 많은 노력을 기울였다. 그래서 그의 소리를 있게 한 박봉술 명창의 <적벽가>와 또 이미 발간된 『동편제 판소리 적벽가』, 그리고 그가 여러 현장에서 불렀던 소리를 같이 놓고 비교한 일이 있었다. 그런데 신기하게도 각각의 자리에서 불려진 사설은 미세하나마 조금씩의 변화를 보이고 있었다. 단어가 정련되고, 문장의 호응이 바로 잡혀지기도 했었다. 수정되어야 할 곳이 있어 송 선생과 상의하면 장시간의 논의를 거쳐 또 그렇게 하는 것이 좋겠다 하였다. 그렇게 동의를 거쳐 수록하였는데, 다음 번의 연창에서는 그 수정된 것이 그대로 반영되는 것이었다. 그것이 단순히 사설의 측면만이겠는가!

아, 이것이 오늘의 송순섭을 있게 한 것이구나, 그렇게 생각이 되었다. 20이 넘어 온전한 판소리의 길로 들어선 사람, 참 어려운 일도 많았을 텐데 그런 노력과 완성을 향한 집념이 그를 인간문화재로 우뚝 서게 했을 것이다. 아이가 옹알이하면서 말을 익혀가고 주변에서 들리는 소리와 자신의 소리를 일치시켜 나가듯이, 그는 자신의 소리를 끊임없이 반추하는 것이었다. 임방울 명창은 혼자 있는 자리에서 항상 가만히 있지 않고 중얼중얼거렸다는 말을 들은 일이 있다. 그것은 아마도 자신의 소리와 신체를 일치시킴으로써 혼연일체의 폭발적 감흥을 전달하고자 하는 예인의 자세일 것으로 생각한다. 송순섭의 가만히 있지 않음 - 그것은 정체(停滯)를 거부하고 완성을 지향하고자 하는 그의 집념에서 비롯하는 것으로 볼 수 있다. 부산에서의 고달픔, 그리고 광주에서의 옹색하고 추운 계절이 있었기에 그는 그런 자세만이 그의 살 길이라 생각했을 것이다. 그래서 자리가 바뀌면서 듣는 그의 소리는 항상 새롭다.

이처럼 부단한 되새김질의 과정을 거쳤기에 그의 <흥보가>는 장엄하면서도 퍽이나 흥겹다. 형제간의 화목을 말하는 자리에서 그는 근엄한 도덕군자가 되지만, 가난을 벗어나 새로운 삶의 터전을 말할 때는 어린 아이처럼 천진난만한 모습으로 돌아간다. 비장과 골계, 웃음과 울음의 교체라는 판소리의 본질은 그의 <흥보가> 연창의 자리에서 여실하게 드러나고 있는 것이다. 쫓겨나는 흥보 가족의 모습을 얘기할 때, 우리는 다시는 기쁜 일이 없을 것 같은 처연함을 갖는다. 그러나 부자가 된 흥보의 집에서 벌어지는 감칠 맛 나는 상차림은 언제 그런 일이 있었느냐는 듯 흥겹기만 하다. 참 어울릴 것 같지 않은 그의 체구가 이 자리에서는 또 그렇게 잘 어울리도록 바뀌는 것이다. 그래서 그의 사설을 읽다 보면 현장에서의 그를 떠올리게 된다. 이야말로 말과 소리와 몸짓이 그의 신체 속에서 융합되어 터져나오기 때문일 것이다. 그리고 하나 더 추가한다면, 그의 사설은 정확하다. 관객에게 이야기를 잘 전달하는 것은, 그렇게 해도 되고 하지 않아도 되는 선택 사항이 아니다. 소리꾼이면서 이야기꾼이 바로 판소리 연창자이기에, 사설을 정확하게 전달하는 것은 판소리의 연창자가 갖추어야 할 필수적 요건인 것이다. 그런 점에서 그는 관객의 가치를 소중하게 여기는 사람이다.

그에게 남아 있는 일은 음반으로 남아 있는 박봉술 명창의 <춘향가>를 다시 살리는 일이라고 한다. 그럴 수도 있을 것이다. 동편제의 명창으로 우뚝 서 있는 그로서는 꿋꿋하고 장엄한 동편제 판소리의 전 바탕을 남겨야 할 사명을 가지고 있기 때문이다. 더구나 송순섭 명창이 잇고 있는 소리가 전승이 끊긴 김세종, 장재백(張在伯)의 것이라는 평가도 있는 만큼, 그에게는 판소리의 다양성이나 고제의 소리를 전승해야 할 책무도 아울러 부과되고 있는 것이다. 그러나 그의 소리는 이제 박봉술 명창을 포괄하면서 '송순섭의 소리'로 향하고 있다. 자신의 소리를 가진 그이기에, 우리는 창을 잃은 박봉술 명창의 <심청가>도 그에 의하여 다시 나타나, 지금 불려지고 있는 <심청가>와는 다른 맛을 느끼게 할 것으로 기대하고 있다. <흥보가> 발간이 그가 한 일의 완성이 아니라, 앞으로 해야 할 일의 출발인 이유가 여기에 있다.[10]

4. 정순임과 서편제의 종가 소리

지금은 고희를 훌쩍 넘은 나이이지만, 선생을 직접 만난 것은 50을 갓 넘은 중견 명창으로서의 모습이었다. 박송희 선생에게서 <흥보가>를 이수하였고, 그래서 연말이면 우리는 박송희 선생님과 친구, 그리고 몇 명의 제자들과 서울 시내 외곽의 음식점에서 식사를 하면서 흥겨운 소리판을 벌이곤 했었다. 곱게 늙어 가시는 선생과 만난 것이 벌써 25년이 되었으니, 참 오랜 기간 소식을 듣기도 하고, 또 만나 한 서린 서편제의 원형에 취하곤 하였다. 선생이 장월중선 선생의 따님이고, 그래서 이날치로부터 이어지는 박동실의 <심청가>를 이어 받았다는 사실은 잘 알려진 사실이다. 그리고 해마다 3.1절이 되면 탑골공원에서 <유관순 열사가>를 부르면서 그 말미에 태극기를 꺼내어 힘차게 "대한독립만세"를 외치는 모습은 뉴스를 통하여 전국에 알려지기도 하였다.

선생의 <심청가>는 족보가 있는 소리이다. 이날치로부터 김채만을 거쳐 박동실로 이어진 소리는 흔히 서편제라고 말하는 보성소리와는 다르고, 또 당연히 송흥록으로부터 비롯되는 동편제의 소리와도 구별이 된다. 그들은 모두가 예인이어서 서로 교유하고, 알량한 출신의 문제로 사람을 굴레지었던 신분제의 설움을 공유하였다. 그렇지만 서로의 다른 소리를 인정하고 그 각각의 소리가 가지고 있는 결을 존중하였다. 그런데 세상은 큰 흐름만 남기고 소소한 흐름을 무시하고, 드디어는 소멸시키곤 하였다. 수많은 생명의 종(種)들이 사라지는 것처럼 그들이 가지고 있는 소중한 결들이 그래서 사라지는 운명을 받아들였던 것이다. 지금의 인간문화재 지정은 그런 점에서 큰 흐름을 보존한다는 긍정적인 면과 함께 각 소리가 가지고 있는 결을 파묻고 말았다는 잘못도 같이 가지고 있는 것이다.

박동실을 통하여 선생으로 이어진 <심청가>는 사라져 없어진 서편제의 원형을 간직하고 있는 소리이다. 박동실로부터 직접 전수받은 분이 장월중선과 한애순이었는데, 그 두 분이 다 돌아가시고 오로지 남은 사람은 선생 밖에 없는 것이다. 그런 전통을 바탕으로 하고 있기에 선생의 <심청가>는 가슴 저 아래로부터 끓어오르는 한을 드러내되, 잘 새김질하여 결코 슬픔 속에 머물러 있지 않게 한다. 이 소리가 혹시 사라질까 두려워 선생은 열심히 제자들에게 전수하고 있다.

　그런 소리를 간직하면서 또 선생은 어머니를 이어 경주에서 소리판을 잘 일구고 있다. 흔히 경상도가 판소리의 불모지라고 하지만, 그것은 지금의 사람들이 진실을 회피하고 현재만을 바라보는 데서 생긴 오해이다. 긴 이야기를 일상의 말과 노래로 엮어가는 공연 형태는 전국 어디에나 있었던 것이다. 그래서 각각의 지역에서 갈고 닦은 소리를 중앙인 서울에서 세련되게 다듬었고, 중앙에서는 멀리 떨어진 함경도에 가서 그 사람들까지도 감동을 시켜야 소리가 완성될 수 있다고 하였던 것이다. 전라도 지역을 출생의 기반으로 삼았던 송흥록은 대구 감영의 맹렬이를 배우자로 삼기 위하여 대구로, 그리고 진주로 떠돌았다. 그리고 맹렬이와 함께 하는 보금자리를 남원에 마련하였고, 다음에는 함안군의 칠원으로 옮겼고, 종국에는 함경도 함흥에서 그 삶을 마감하였던 것이다.

　그러니 장월중선이 경주를 자신의 터전으로 삼고, 그리고 정순임이 어머니를 따라 여기에 정착한 것은 판소리의 역사를 회복하고 전파하는 소중한 선택이었던 것이다. 이를 기념하기 위하여 선생은 어머니를 기념하는 '판소리명가 장월중선 명창대회'를 매년 경주에서 개최하고 있다. 장월중선은 일찍이 판소리 연창자들이 최고의 명예로 생각하는 동리대상을 여섯 번째로 수상하였는데, 그 딸인 선생은 꼭 20년 지난 2016년 26회 동리대상을 수상하였다. 송만갑의 제자인 장판개 명창의 가계 속에서 예인의 줄기를 소중하게 지켜온 선생은 나이도 잊은 채 열심히 소리밭을 일구고 있다.

　문화 행사가 한껏 펼쳐지니 10월을 문화의 달이라고 한다. 그리고 우리의 소중한 자산으로 자랑하고 싶은 푸른 하늘이 있어서 10월은 중요한 손님을 모시는 행사에 적격(適格)으로 여겨지는 달이다. 2010년 푸르른 문화의 달에 우리는 정순임 명창의 <심청가>를 완창으로 듣는다. 정순임(鄭順任) 명창의 소리가 어디 <심청가>뿐이겠는가. 그에게는 전통 판소리를 가업으로 이어왔기 때문에, 어느 작품 하나를 따로 떼어 말할 필요가 없기 때문이다. 가전(家傳)이란 참으로 행복한 전통일 수 있고, 또는 억지로 떠맡겨진 멍에일 수도 있다. 자신에게 주어진 힘든 전통의 무게를 지금의 나이가 되도록 행복하게 일궈온 사람이 바로 정순임 명창이다.

집안으로 따지면 정순임 명창은 몇 되지 않는 판소리 명가(名家)에 속하는 인물이다. 천형(天刑)과도 같았던 예인(藝人)에 대한 차별을 이길 수 없어 자신의 가계를 훌훌 떠날 수밖에 없었던 시대, 그 어려움을 이겨낸 자랑스러운 집안들이 있어 우리는 세계를 향해 우리의 것이 있노라 자랑할 수 있다. 그 고난을 이겨내지 못하였다면, 우리는 자랑스러운 예술의 역사를 가질 수 없었던 것이다. 그 안쓰럽고 찬란한 가문의 끝 언저리에 바로 정순임 명창이 놓여 있다. 줄줄이 따지면 판소리 거문고의 명인인 장문근과 가야금 명인인 장수향, 그리고 아쟁의 정경호와 가야금병창의 정경옥이 그의 주위에 펼쳐져 있다. 여기에 판소리의 명인으로 우뚝 선 장판개와 장영찬, 그리고 만능의 재주꾼이었던 장월중선(張月中仙)은 정순임 명창의 판소리적 토양을 탄탄하게 다져 주었다. 정순임 명창은 그런 높은 산이 있어 이를 목표로 삼아 노력하고 정진하였을 것이다 .

일찍이 신재효는 판소리 연창자가 갖추어야 할 요소로 득음과 사설, 인물, 너름새를 들었다. 판소리의 사설에 대한 깊은 이해를 청중에게 감동적으로 전하기 위해 연창자는 소리의 깊은 속내를 터득해야만 했다. 그리고 이것이 청중과의 일체감으로 표출되기 위하여는 그에 합당한 엄정한 용모와 몸짓도 요구될 것이다. 정순임 명창은 모친인 장월중선 선생과 정응민, 박송희, 정광수, 오정숙 선생 등의 훈도를 받아 자신의 소리세계를 구축하였다. 또한 판소리의 연극적 성격을 깊이 인식하였기 때문에, 그가 펼치는 발림은 참으로 감칠맛이 있다. 오랜 시간 청중의 시선을 꼭 묶어놓게 되는 것은 그래서 저절로 이루어진 것이 아닌 것이다.

이 달에 정순임 명창을 통하여 접하는 것은 이날치 판 <심청가>이다. 이 소리는 장월중선 선생이 명창 박동실로부터 전수받은 것이고, 그 윗대에는 바로 전설적인 명창 이날치가 놓여 있다. 이날치는 판소리 서편제의 독보적 위치를 차지하고 있으며, 그의 소리 법례나 득음의 경지는 타인의 추종을 불허할 만큼 신화적인 존재로 알려져 있다. 송흥록을 이어 동편제의 거두로 일컬어지는 박만순이나 서편제를 창시하였다고 하는 박유전에게서도 자유로웠던 유일한 인물이 바로 이날치라고 할 수 있는 것이다. 그만큼 그의 소리는 동편이나 서편의 소리에서 저만큼 떨어져 있는 독특한 모습의 것이라고 할 수 있다.

그러나 동편이나 서편이 무슨 의미를 갖겠는가? 득음의 경지에서 인생 만사를 진술하고 곡진하게 형상화하였다면, 그래서 사람들을 울고 웃게 하며 감동시킬 수 있다면 그것으로 판소리의 사명은 다하는 것이 아니겠는가. 우리 가슴 속에 맺힌 한과 환희를 올올이 펼쳐내어 예술로 승화시켰다는 점에서는 모두가 한 가지인 것이다. 그런데도 우리는 이 사람의 소리와 결을 또 저 사람, 저 지역의 것과 구별한다. 그래서 대가닥과 명인의 유파는 각각의 모습을 달리하게 된다. 그런 다양성이 있어 우리의 판소리는 붉게 익은 감과 떠다니는 구름, 그리고 남과 북을 오가는 철새를 안은 풍성한 가을 하늘을 닮았다. 이날치는 그런 감동적인 소리를 남겨주었고, 그의 소리는 김채만과 박동실을 통하여 장월중선에게, 그리고 정순임 명창에게 연면하게 내려온 것이다.

이 <심청가>는 송흥록에 의하여 예술적 세련화의 길을 걸었던 동편제 소리 이전의 판소리 모습을 간직한 것으로 평가되고 있다. 그래서 이날치 판 <심청가>는 다른 창본과 달리 교훈적 윤색 없이 소박한 모습을 유지하고 있으며, 일상적 삶을 영위하는 사람들의 평범한 생활과 무속적 세계관이 표명되어 있다. 정순임 명창이 전하고 있는 판소리를 들으면서 판소리사의 깊이를 느낄 수 있는 이유가 여기에 있다. 심청의 효성과 우리의 내면 깊숙하게 존재하는 감동을 끌어내는 소리의 마력, 그리고 감칠맛 나는 발림을 통하여 판소리의 세계 속에 흠뻑 빠져들어 보자.[11]

3장

자료에서 만난 사람들

3장_자료에서 만난 사람들

1. 김세종의 소리 인연과 춘향가의 전승

세 사람과 만나는 김세종의 판소리 여정

김세종(金世宗)은 전북 순창(淳昌) 출신의 명창이다. 대부분의 판소리 연창자들이 그러하였듯 그도 무계(巫系) 출신이었고, 따라서 그들의 고달픈 인생에서 벗어나기 위하여 판소리 연마에 힘을 기울였다. 그들은 태생적으로 소리와 깊은 연관을 맺는 것이지만, 어떤 사람은 판소리 연창자로, 그리고 각종 연희의 재주꾼으로, 또 아내를 도와 굿판을 마무리하는 인생으로 각각 갈려나갔다. 김세종은 자신의 집안 소리를 이어받아 굳건히 명창의 반열에 오를 수 있었다. 그러나 그 탈태(脫胎)의 과정은 지극히 험난했을 것이다. 이 과정 속에서 그는 자신이 나가야 할 기반의 소리를 확인하고, 이를 바탕으로 자신의 소리를 숙성시키고, 그리고 대가의 위치에서 자신의 소리를 후세에게 전수하는 세 가지의 만남을 보여주었다. 이것은 김세종의 처음과 중간, 그리고 끝을 이루는 하나의 완결된 세계의 모습이라고 할 수 있다.

김세종은 전래의 판소리 가문에서 태어나 스스로 나갈 길을 결정하였다.[1] 무계의 신분으로 태어난 그로서는 창우(唱優)의 길 외에 다른 선택이 있을 수 없었을 것이다. 그래서 자신에게 주어진 일을 천분으로 여기고 열심히 연마하였다. 그리고 어느 정도의 성취를 이룬 뒤, 그는 당대 최고의 명창인 송흥록을 찾아 남원으로 간다. 송흥록은 수많은 일화를 통하여 이미 전설적 인물로 변모한 사람이다. 그는 자타가 공인하는 가왕으로서의 면모를 보여주었고, 따라서 판소리사의 이쪽과 저쪽을 구분하는 접점에 놓여 있었다. 판소리의 예술화와 관련되어 지적되는 진양 장단의 판소리 수용도 그가 없이는 말할 수가 없다. 또한 판소리가 남도 음악과의 결합으로 귀일(歸一)되는 것도 그를 중심으로 하여 이루어졌다. 그만큼 그의 족적은 판소리사의 한 중심에서 커다란 자장(磁場)을 확보하고 있는 것이다. 또한 그의 집안에서 송광록과 송우룡, 송만갑을 배출시킴으로써 판소리 명가가 성립되기도 하였다. 박기홍(朴基洪)이 말한 바와 같이 '전래의 법통을 지닌 명문'을 만든 신화적 인물인 것이다.

더 나은 세계로 비상하기 위해 김세종은 폭 넓은 견문이 필요했고, 그래서 송흥록을 찾아갔다. 그러나 송흥록은 그를 제자로 거두지 않고 오히려 자신이 연마한 문중의 소리를 더욱 발전시킬 것을 주문하였다. 같은 음악권인 남원과 순창은 바로 지척이었고, 또 서로 무계로 얽혀져 있었기에 송흥록은 김세종의 존재를 충분히 인지하고 있었을 것이다. 좁은 국토 안에서, 더구나 같이 설움 받는 무계의 창우 세계에서 그들의 *끈끈한 연관*은 충분히 예상할 수 있기 때문이다. 그들의 통혼권(通婚圈)이 지역의 원근과 관계없이 이루어질 수 있었던 것도 그러한 이유에서였다. 송흥록은 이렇게 충고하였다.

너희 김씨 집안 소리가 우리 송가 집안 소리만 못한 점이 무엇이냐. 돌아가서 너희 김씨 집안 소리를 배워라.[2]

　이 발언이 사제관계를 맺을 수 없다는 매몰찬 것이 아니라는 점은 둘이
다 알았을 것이다. 대가는 대가대로 자신의 발언이 판소리의 다양성을 위
한 확산임을 보여주었고, 젊은 김세종은 또 대가의 충고를 자신의 소리를
연마하는 계기로 삼아 더욱 매진하였기 때문이다. 그래서 김세종의 소리는
같은 동편에 속하되, 또 하나의 다른 계통으로 분류될 수 있었다.

　김세종은 그러나 자신의 문중 소리를 바탕으로 하되, 스스로 판소리사에
기여할 수 있는 또 하나의 인연을 만들었다. 송흥록이 거주하던 남원이 동
편으로 평야를 통하여 연결되어 있다면, 높지 않은 산 하나를 건너 서편으
로 가면 신재효가 판을 벌이고 있는 고창이 이어진다. 신재효는 판소리 연
창자에 대한 지원과 교육, 그리고 판소리 사설의 개작과 단가의 창작 등을
통하여 판소리사의 주역으로 등장한 인물이다. 신재효의 활동에서 특히 주
목을 요하는 것은 그가 판소리를 배우러 오는 수습생을 모아 전문적인 음
악교육을 집단적으로 실시하였다는 점에 있다. 수많은 판소리 수습생을 먹
이고 재우며 소리와 이론을 가르쳤다는 점에서 그는 판소리사에 있어 최
초의 근대적인 집단 교육을 한 인물로 기억될 수 있는 것이다.[3]

　그러나 그는 판소리를 바라보고 이를 비평하는 이론가일 뿐, 연창을 실
제로 구현하는 실기자가 아니었다. 장소를 제공하는 등 판소리 전승의 환
경을 만들었지만, 직접 판소리 실기를 훈련시킬 수는 없었던 것이다. 김세
종이 바로 이웃의 신재효를 만난 것은 따라서 신재효를 위해서도, 또 김세
종을 위해서도 대단히 뜻깊은 일이었던 것이다. 신재효의 판소리사적 기여
의 상당한 부분은 김세종과의 만남이 있어 가능했던 것이고, 김세종이 판
소리의 이론을 확립하고 이를 직접 적용함으로써 판소리의 발전이 이루어
진 것은 신재효와의 만남에 상당한 빚을 지고 있는 것이다. 이론과 실제의
조화로운 만남이 그 둘 사이에서 이루어졌다고 할 수 있다.

　수많은 명창들이 신재효를 찾아왔고, 판소리의 발전을 같이 논의하였을

것이다. 그 자리에서 언제나 김세종은 논의의 중심에 서 있었을 것이고, 신재효의 발언 하나하나는 김세종과의 논의를 거친 것이었다. 현재 접할 수 있는 그들의 발언이 상당 부분 겹쳐 있는 것은 충분이 수긍될 수 있는 것이다. 김세종은 교학상장(敎學相長)의 현장, 판소리 비평의 한 중심에서 자신의 소리를 키워나갔고, 그래서 그 성가(聲價)는 정점에 놓일 수 있었다. 1885년 9월 전라감영에서 잔치를 하고 돈 쓴 내력을 기록한 '연수전중용하기'라는 문서에는 연창의 사례로 이날치와 장재백이 50냥씩을 받고, 김세종은 100냥을 받았다고 기록되어 있다.4) 당대의 명창인 이날치의 배가 되는 사례금을 받은 것은 당대인의 그에 대한 평가를 잘 보여주고 있다.

긴 세월이 지난 후 김세종은 대가 앞에서 자신의 능력을 평가받고 싶어하는 젊은 연창자를 만나게 된다. 그가 송흥록과 만났고, 또 신재효와 만난 것처럼 그 젊은 연창자도 그의 발언에 따라서는 희망과 실망이 교차할 수 있었을 것이다.

> 이동백이 김세종을 찾은 것은 약관 스무 살 때였다. 하늘을 찌를 만한 열정과 패기가 있었지만 마음은 조마조마했다. 공손히 찾아온 뜻을 아뢰었다.
> "그러냐? 소리나 한번 해봐라."
> 이동백은 몸가짐을 바로하고 단가부터 낸 후 사생결단 <춘향전> 한 바탕을 불렀다. 첫 시험인 셈이었다. '에라, 거 안 되겠다.' 한 마디면 명창의 꿈을 접어야 했다.
> "허, 인제 명창 하나 나오게 됐다. 길이 바로 잡혔으니 꼭 그대로만 나가라."
> 김세종은 아주 좋아하며 이동백의 재질을 인정했다. 자신을 얻은 이동백은 얼마간 김세종의 지도를 받았고, 마침내 대성하였다.5)

이동백의 대성이 꼭 김세종의 이 발언에 의하여 이루어진 것은 아닐 것이다. 그러나 젊은 연창자의 미래를 축복하고, 대견하게 그 길을 지켜보는

대가의 풍모는 이동백의 나가는 길에 깊은 인상을 주었을 것이다. 이 기억
은 이동백의 마음속 깊이 각인되어 있었기에 아름다운 일화로 존속될 수
있었다. 대가인 김세종과 젊은 이동백이 만나는 이 모습은 이율곡(李栗谷)이
처음 이퇴계(李退溪)를 만나 평생의 지침을 얻었던 모습과 대단히 유사하다.

23세가 되던 해 봄 율곡은 성주의 처가에서 강릉으로 가는 길에 예안에
머물고 있던 58세의 퇴계를 심방(尋訪)하였다. 2박 3일의 짧은 만남이었지
만, 시간의 길고 짧음이 문제가 되지는 않는다. 이 만남에 대하여 퇴계는
이렇게 회고하고 있다.

> 일전에 서울에 사는 선비 이이가 성산으로부터 나를 찾아왔었네. 비 때문
> 에 사흘을 머물고 떠났는데, 그 사람이 밝고 쾌활하며 기억하고 본 것이 많
> 고 자못 우리 학문에 뜻이 있으니 '후생이 두려울 만하다'라는 옛 성인의 말
> 씀이 참으로 나를 속이지 않았네.[6]

'아직 사회에서 인정받지도 못하였고, 이제 막 껍질을 깨고 나온 병아리
처럼 어수룩한 상태였던' 율곡에게 퇴계는 '후생가외(後生可畏)'의 마음을
표하면서 학문의 발전을 같이 논의하였다. 퇴계와 율곡의 이러한 만남이
우리 유학의 발전을 가속화시켰던 것처럼, 김세종과 이동백의 만남은 판소
리의 전승과 융성에 큰 기여를 하였다. 물론 유학이 지배세력의 이념적 지
향이라는 점에서 사회 전반에 큰 영향을 끼쳤지만, 판소리는 그 향유집단
이 천민이었다는 점에서 오랫동안 사회의 주도문화가 될 수 없었다. 그래
서 그들의 만남은 앞의 두 사람처럼 기록으로 남아 한국의 문화사에서 중
요한 만남으로 인식될 수 없었다. 상층문화와 하층문화를 바라보는 우리의
역사와 환경이 그들의 만남을 그렇게 차별하였던 것이다. 그러나 김세종과
이동백의 만남을 통하여 현재를 가능하게 한 기반문화의 전승이 이루어졌

다는 점에서, 두 사람의 만남은 반드시 기억되어야 할 필요가 있다.

김세종제 <춘향가>의 전승

김세종은 판소리 전승의 중심에 놓여 있다. 특히 현대 판소리의 한 보루(堡壘)를 담당하고 있는 보성소리는 정응민이 보성에 거주하면서 판소리를 다듬고 연창자를 교육하면서 이루어진 소리의 유파를 가리키는데, 여기에는 박유전으로부터 비롯되는 강산제 소리와 김세종제의 <춘향가>가 포함되어 있다. 보성소리 안에는 김세종제 <춘향가>와 강산제 <심청가>, 그리고 정응민으로 상징되는 정씨 가문의 내림소리가 혼재되어 있는 것이다. 정재근과 정응민으로 이어지는 보성소리는 정재근과 박유전의 만남으로부터 비롯된다.[7] 그런데도 박유전에서 제자로 이어지는 강산제와 보성소리가 동일한 대상을 가리킬 수 없는 것은 여기에 바로 김세종의 <춘향가>가 포함되어 있기 때문이다.

순창에서 태어나고, 자가(自家)의 법통을 이으며 헌종·철종·고종의 삼대에 동편의 판소리를 지탱해 왔고, 그리고 신재효의 문하에서 체계적인 판소리의 실기 교육을 담당했던 김세종은 반도의 저 아래에 있는 보성의 강산제에서 자신의 전통 소리 흔적을 남겨 두었다. 그런 전승의 흐름에는 동편이나 서편의 경계가 존재하지 않았다. 보성소리는 김세종제 <춘향가>가 있음으로써 그 소리의 다양성과 전승의 역동성을 발휘한다는 점에서 김세종제의 보성소리 편입은 중요한 의미를 갖는다. 이와 함께 김세종의 소리는 보성소리에 편입됨으로써 그 명맥을 잇게 되었다. 이는 마치 동편의 소리를 뛰어넘어 서편의 소리와 융합한 송만갑이 있음으로써 동편 소리의 궤적을 더 진술하게 확인할 수 있는 것과 마찬가지이다.

살아 있는 존재는 환경의 변화를 받아들이고 이에 적응하기 위하여 스스로를 변화시키는 존재이다. 계절이 바뀌면 그에 맞도록 털갈이를 하거나 옷을 갈아입는 것이다. 계절이 바뀌는데도 전혀 환경의 변화를 받아들이지 않는다면, 이는 누더기 옷을 걸친 허수아비일 뿐인 것이다. 그렇게 김세종의 소리는 남도의 저 아래로까지 흘러 들어가 자신의 생명을 존속시켰고, 또 보성소리는 새로운 소리를 받아들임으로써 자신을 강건하게 변화시켰다.

보성소리에 있어 김세종제 <춘향가>를 배제하지 않고 포용한 것은 따라서 자신을 살리는 길이기도 하였다. 김세종 소리가 갖는 중요성의 인식은 일찍이 정응민의 발언에서 확인할 수 있다. 정응민은 이 <춘향가>의 중요성을 인식하고, 그 전승이 보성소리를 윤택하게 한다는 사실을 교육 속에서 강조하였던 것이다.

> 이 소리는 조선 8명창의 한 분인 대명창 김세종 선생님 제이다. 동편제 소리로, 통성으로 우조를 주로 쓰니 단단히 각오하여라. …… 소리를 변질시키는 것은 정절을 버리는 것과 같으니라. 절대로 소리를 만들지 말고 옛 것 그대로 하여라.[8]

앞의 것은 제자인 성우향(成又香)에게 <춘향가>를 가르치면서 한 말이고, 뒤의 말은 전승에 있어 기본을 지켜달라는 유언이라고 한다. 서편 소리의 중심지로 부각된 보성에 동편의 김세종제 <춘향가>가 전승된 것은 정재근이 고창의 김찬업(金贊業)을 만나면서 이루어졌다. 김찬업은 박만순(朴萬順)의 문도(門徒)로 알려져 있지만, 그 시기로 볼 때 신재효의 문하에서 실기 교육을 담당했던 김세종과의 조우(遭遇)를 쉽게 연상할 수 있다. 특히 김찬업의 <춘향가>에 대한 비평은 김세종의 이면론과 상당한 일치를 보이고 있다. 그리고 이는 다시 신재효의 이론과 연결되어 판소리를 설명하는 중요한 틀로 인식되고 있다. 이 이면론은 판소리라는 문화 현상을 설명하는 이론의 하나로 자리잡고 있는데, 이러한 이론이 확립됨으로써 판소리는 현재에 이르기까지 그 완벽한 전승과 복원이 가능하게 되었다. 이론의 중요성은 이들의 판소리에 대한 심도 있는 이해에서 확인되고 있는 것이다.

그러나 김세종의 소리가 보성소리의 하나로 포용되었다는 것은 정응민의 발언에서 확인될 뿐, 그 실상이 명확하게 드러나고 있지는 않다. 따라서 김세종의 소리로 직접 언급될 수 있는 대상을 구체적으로 점검할 필요가 있는 것이다. 맨 처음 언급할 수 있는 자료는 『조선창극사』에서 김세종의 더늠으로 소개하고 있는 <춘향가> 중 '천자뒤풀이' 대목이다.

① 이때 도련님이 춘향을 애연히 보낸 후에 미망이 둘 대 없어 책실로 돌아와 만사에 뜻이 없고, 다만 생각이 춘향이라. 말소래 귀에 쟁쟁 고운 태도 눈에 삼삼. 해 지기를 기다릴새 방자 불러, "해가 어느 때나 되었느냐?" "동에서 아구 트나이다." 도련님이 대로하여 "이놈. 괘씸한 놈. 서으로 지는 해가 동으로 도로 가랴. 다시금 살펴보라." 이윽고 방자 여짜오되, "일락함지(日落咸池) 황혼 되고, 월출동령(月出東嶺) 하옵내다." 저녁상 들이거늘, 한 술을 뜨려 하니, "맛이 없어 못 먹겠다. 식불감(食不甘) 침불안(寢不安) 전전반측(輾轉反側) 어이 하리? 글이나 읽으리라." 서책을 보려할 제 책상을 앞에 놓고 서책을 상고하는데 중용, 대학, 논어, 맹자, 시전, 서전, 주역이며, 고문진보, 통감, 사략이라. 천자까지 내어놓고 차례로 읽을 적에 시전이라. "관관저구(關關雎鳩) 재하지주(在河之洲)로다. 요조숙녀(窈窕淑女) 군자호구(君子好逑)로다. 우리들을 이름이다. 아서라. 그 글도 못 읽것다." 대학을 읽을새 "대학지도(大學之道)는 재명명덕(在明明德)하며 재신민(在新民)하며 재지어지선(在止於至善)이라. 춘향이가 지선(至善)이라. 그 글도 못 읽것다." 주역을 읽는데 "건(乾)은 원(元)코, 형(亨)코, 이(利)코, 정(貞)코, 춘향이 코, 내 코, 딱 대인 코 좋고 하니라. 그 글도 못 읽것다." 맹자를 읽을새 "맹자현양혜왕(孟子見梁惠王) 하신대, 왕왈(王曰) 수불원천리이래(叟不遠千里而來)하시니 춘향이 보러 오시있가?" 사략(史略)을 읽어보자. "태고(太古)라 천황씨(天皇氏)는 이목덕(以木德)으로 왕(王)하여 세기섭제(歲紀攝提)하여 제 못 와도

내 가리라. 무인(戊寅) 이십 삼년이라. 초명(初命) 진대부(晋大夫), 위사(魏斯), 조적(趙籍), 한처(韓處)하여 한 가지로 못 간 줄이 지금 후회막급이라." "천지지간(天地之間)에 유인(唯人)이 최귀(最貴)하니 귀한 중에 더욱 귀한 춘향이를 보고지고" "임술지추(壬戌之秋) 칠월 기망(七月旣望)에 소자여객(蘇子與客)으로 범주유어적벽지하(泛舟遊於赤壁之下)할새, 청풍(淸風)은 서래(徐來)하고 수파(水波)는 불흥(不興)이라." "아서라. 그 글도 못 읽것다. 굵지굵직한 천자를 읽으리라. 하날 천, 따 지." 방자 듣고 "여보. 도련님. 점잖이 천자는 웬 일이오?" "천자라 하는 글이 칠서(七書)의 근본이라. 양(梁)나라 주흥사(周興嗣)가 하로 밤에 이 글 짓고 머리가 히엤기로, 책 일름을 백수문(白首文)이라. 낯낯이 색여보면 삐똥 쌀 일이 많아지야." "소인놈도 천자 속은 아옵내다." "네가 알드란 말이냐?" "알기를 이르것소?" "안다 하니 읽어바라." "예. 드르시오. 높고높은 하날천. 깊고깊은 따지. 홰홰친친 가물현. 불타졌다 누루황." "에이놈. 상놈은 적실하다. 이놈 어데서 장타령하는 놈의 말을 드렀구나. 내 읽을게 드러라." "자시생천(子時生天) 불언행사시(不言行四時) 유유피창(悠悠彼蒼) 하날천. 축시생지(丑時生地) 오행(五行)을 맡았으니 양생만물(養生萬物) 따지. 유현미묘(幽玄微妙) 흑적색(黑赤色) 북방현무(北方玄武) 가물현. 이십팔수(二十八宿) 금목수화토지정색(金木水火土之正色)의 누루황. 우주일월(宇宙日月) 중화(重華)하니 옥자쟁영(玉字崢嶸) 집우. 연대국도(年代國都) 흥망성쇠(興亡盛衰) 왕고내금(往古來今)의 집주. 우치홍수(禹治洪水) 기자추연(箕子推衍) 홍범구주(洪範九疇) 너불홍. 삼황오제(三皇五帝) 붕(崩)하신 후 난신적자(亂臣賊子) 거칠황(荒). 요순성덕(堯舜盛德) 장할시고 취지여일(就之如日) 날일. 억조창생(億兆蒼生) 격양가(擊壤歌) 강구연월(康衢煙月)의 달월. 오거시서(五車詩書) 백가서(百家書)를 적안영상(積案盈廂)의 찰영. 세상만사 생각하니 달 빛과 같은지라, 십오야 밝은 달이 기망(旣望)부터 기울 측(昃), 이십팔수(二十八宿) 하도낙서(河圖洛書) 버린 법. 일월성진(日月星辰) 별진. 가련금야숙창가(可憐今夜宿娼家) 원앙금침(鴛鴦衾枕)의 잘숙. 절대가인 좋은 풍류 나열준주(羅列樽酒)의 벌일열. 의희월색야삼경(依稀月色夜三更)의 만단정회 베풀장(張). 부귀공명이 꿈밖이라 포의한사(布衣寒士)의 찰한. 공맹안증(孔孟顔曾) 착한 도덕 계왕개래(繼往開來)의 올래. 남방천리(南方千里) 불모지(不毛地) 춘거하래(春去夏來) 더울서(暑). 인생이 유수같아여 세월이 장차 갈 왕(往). 불한불열(不寒不熱) 어느 때냐 낙엽오동(落葉梧桐)의 가을추(秋). 백발이 장차 우거지니 소년 풍도(風度)를 걸을수(收). 낙목한천 찬 바람 백설강산의 겨울동(冬). 오매불망 우리 사랑 규중심처 갈물장(藏). 부용 작약 세우중(芙蓉芍藥細雨中)의 광윤옥태(光潤玉態) 부를윤(潤). 저러한 천하일색 일생 보아도 나물여(餘). 백년 사자 굳은 맹서 산맹해서(山盟海誓) 일울성(成) 이리저리 논일 적에 부지세월(不知歲月) 해세(歲). 안해 박대 못하는 법 대전통편 법중율(律). 요조숙녀 군자호구 춘향과 마조 앉았으니 법중여(呂)자 이 아니냐".9)

이 대목의 전개되는 내용은 "책실로 돌아온 이도령의 춘향 생각 - 방자에게 해 지는지 물어보고, 그 더딤에 짜증을 냄 - 저녁상을 들이지만 생각이 없어 물리고 글을 읽고자 함 - 『중용』, 『대학』, 『맹자』, 『시전』, 『서전』, 『주역』, 『고문진보』, 『통감』, 『사략』, 『천자문』 등의 책을 들임 - 『시전』의 '관저장(關雎章)'이 자신의 심사를 드러낸 것 같아 물림 - 『대학』, 『주역』, 『맹자』, 『사략』, <적벽부>, 『천자』의 첫 부분을 읽음 - 방자가 자신이 아는 '천자뒤풀이'를 함 - 이를 장타령으로 하는 말을 들었다 하며 스스로 '천자뒤풀이'를 함 - '자시생천 불언행사시 유유피창 하날천'으로부터 '요조숙녀 군자호구 춘향과 마주 앉았으니 법중여자 이 아니냐'까지 이어짐"으로 이루어져 있다. 그런데 이는 '송만갑 전도성 방창(倣唱)'으로 표시되어 있는 것처럼, 김세종의 '천자뒤풀이'를 그대로 기록한 것 같지는 않다. 해당 부분을 상고할 수 없을 때 『조선창극사』는 위와 같은 방식을 자주 사용하고 있는데, 이는 정노식이 전적으로 전도성의 기억과 표현에 의존하여 기술했기 때문에 나타난 결과로 보인다.

이 부분이 송만갑 전도성의 방창으로 기록되어 있기 때문에, 송만갑의 소리제를 보존하고 있는 것으로 평가하는 박봉술 창본 <춘향가>의 해당 부분과 비교할 필요가 있다. 박봉술 창본 <춘향가>는 이보형에 의하여 소개된 사설과 최근 전인삼이 복원 발표한 '전남대본'이 있는데, 사설에 있어서는 커다란 차이가 나타나지 않는다.10) 박봉술 창본 <춘향가>의 해당 부분은 다음과 같다.

　② (자진머리) 나귀등에 선뜻 올라 따랑 따랑 따랑 따랑 동원에 드러와 사

또 잠깐 뵈온 후에 책실로 물러나와 만사가 정이 없고 다만 생각 춘향이라

(아니리) 글을 읽어 예를 채우려고 책을 상고하는데 소학 대학 논어 맹자 시전 서전 주역이며 고문진보 통사력과 이백두의 적벽부며 천자까지 드려놓고 글을 읽는듸 춘향을 떡시리에 고물 적시듯하며 글을 읽것다.

(풍월) 맹자라 맹자견양혜왕 허신대 왕왈쉬불원천리이내허시니 역장유이오구코잇가 재 춘향이라 맹자가 어찌 양혜왕을 보았으리요 우리 춘향이가 나를 보았지 사력이라 태고라 천황씨는 이쑥덕으로 왕하야 석이석지하고 무이이화허라. 방자 듣다 아니 여보 도령님. 왜 그러느냐. 천황씨께옵서 목덕으로 왕하셨단 말은 들었으되 쑥덕으로 왕하셨단 말은 금시초문이요 네 어찌 아느냐. 천황씨께옵서는 일만 팔천세를 사실 양반이라 치하가 단단하야 목떡을 자셨거니와 지금 선비야 목떡 먹엇니 물씬물씬한 쑥떡이 좋으니 공자님이 후세를 생각하여 명윤당에 현몽하시고 팔도 행교 통문하야 쑥떡으로 통일시켰느니라. 하느님이 아시면 깜짝 놀랠 거짓말 마시요. 아서라 이 글 희미희미 하여 못 읽겠다. 굵직굵직한 천자를 읽자. 천자책을 페여 놓고 하늘천 따지 감을현 누루황. 방자 듣다 아니 여보 도령님 사서삼경 다 읽다 인제사 천자를 읽는단 말씀이요 네가 모르는 말이다. 천자라 하는 글이 칠서에 본문이라. 양나라 주흥사가 하루밤에 이글을 짓고 머리가 희였기로 일야에 백수운이라 하느니라. 천자 뜻을 새겨보면 뼈저릴 뜻이 많지야. 소인도 천자뜻을 새겨 보았지만은 뼈커녕 살도 안저립띄다. 아니 네가 천자 뜻을 새겨 봤단 말이냐. 새기기를 이르겠오 어데 그럼 한 번 새겨바라 드러보자. 소인 글은 번개글이요, 높고 높은 하늘 천 깊고깊은 따지 휘휘칭칭 감을현 꾹 눌렀다 누루황. 에이놈 어데서 장타령 하는 소리를 들어보았구나. 양반의 천자논이 따로 있느니라 내 이를 테니 들어보아라.

(중중머리) 천개자시 생천허니 태극이 광대 하늘천 지벽축시 생후허니 오행팔괘로 따지 삼십삼천 공부공허니 인심이 지시 감을현 이십팔수 금목수화 토지정색 누루황 일월이생허여 천지가 명하니 만물을 위하여 집우 토지가 두터워 초목이 생하니 살기를 취하여 집주 인의예지하여 천하지광허니 십이제국에 넓을홍 삼왕오제 붕하신후 난신적자 거칠황 동방계명 일시로 생하니 소광부사 날일 서산낙조 일모공하니 월출동정에 달

월 초시미월 시시로 불어 삼오일야에 촬영 태백이애월 박대로 따린가 점
점 수구려 기울책 하도서 버린범 일월성신 별진 무월동방 원앙금 춘향동
침 잘숙 벼개가 높거든 내팔을 베게 이만큼 오너라 올래 에후리쳐 안고
침방에 드니 설한풍에도 더울서 침실이 온하면 서열을 피하여 이리저리
갈왕 불안불열 어느땐고 영낙오동 가을추 백발이 장차 오거드면 소년풍
도 걸울수 낙목한천 찬바람 백설강산 겨울동 오매불망 우리사랑 규중심
처 감출장 해는 어이 지루헌가 윤일인가 불을윤 이러한 고운 태도 일생
보아도 남을려 이몸이 훨훨 날아 천사만사 이룰성 나는 일각이 여삼추라
일년사시에 비하게 되니 송구영신 해세 조강지처는 박대 못하느니 대전
통편의 법중율 군자호구가 이아니랴 춘향과 날과 서로 마주 앉어 입을
대고 정담을 하면 법중여짜가 이 아니냐 아이고 보고지고.11)

박봉술 창본 <춘향가>는『조선창극사』에서 소개한 송만갑 전도성 방창
부분과는 상당한 차이를 보여주고 있다. 우선 책실로 돌아온 이도령과 방
자의 문답이나『시전』,『대학』,『주역』, <적벽부> 등의 내용이 빠져 있다.
특히 대부분의 창본에서 웃음을 유발하는 부분으로 인용되는『사략』의 '태
고라~' 부분이 빠져 있는 점 등 대체로 간결하게 정리된 듯한 느낌을 주
고 있는 것이다. 판소리 전승에 있어 축약이나 부연, 첨가 등은 전승의 과
정에서 얼마든지 나타날 수 있는 현상이고, 그것이 살아 있는 판소리의 본
질이라고 할 수 있다. 그러나 박봉술의 <춘향가>는 여기에서 나타나는 현
상이 다른 부분에서도 지속적으로 나타나고 있어, 송만갑의 소리를 그대로
따르고 있다는 확신을 가질 수 없게 한다.12)
　일차적으로는 '방자에게 해 지는지 물어보고, 그 더딤에 짜증을 냄 - 저
녁상을 들이지만 생각이 없어 물리고 글을 읽고자 함'의 부분이 박봉술의
<춘향가>에는 전혀 나타나지 않는다. 또한 서책을 읽는 순서도 자못 차이
가 있고, 그 발췌하여 읽는 부분도 같은 계통이라고 말할 수 있는 정도가

아니다. '천자뒤풀이' 부분도 박봉술 창본은 보다 정제된 듯한 느낌을 주고 있는 것이다. 상황이 이러하다면 김세종의 소리로 소개된 『조선창극사』의 해당 부분은 송만갑의 소리를 그대로 인용한 것이고, 송만갑의 소리를 이었다고 하는 박봉술의 소리와도 차이가 있다는 지점에 이르게 된다. 따라서 김세종의 소리를 이어받았다고 보여지는 다른 창본을 검토할 필요가 있다.

③ (즈진모리)나구 등의 선뜻 올나 짜랑 짜랑 드르올 졔 남문 밧 얼풋 지니 동원의 잠관 단여 칙실노 드러와 마음이 흥글샹글 만스가 뜻시 업고 다만 싱각 춘향이라 칙을 샹고ᄒ난듸 논어 밍즈 중용 디학 시젼 셔젼 쥬역이며 고문진보 통스략과 이빅 두시 젹벽부며 쳔즈까지 너여녹코 (말노)글얼 익난듸 말근 졍신은 춘향집의로 발셰 봇짐싸고 등신만 안져 글얼 익난듸 노리 씌염의로 일거가다 춘향 말를 쩍시리여 고물 젹지 두덧 ᄒ것짜 밍즈라 밍즈 견양혜왕ᄒᄒ더 대왕왈 쉬불원쳘니이니 ᄒ신이 밍즈 엇찌 양혜왕을 보왓씨리요 우리 춘향이가 날를 보왓졔 디학을 디려라 디학지도난 지명졍덕ᄒ며 지신민하며 지지어지션인이라. 지춘향이라 수력을 디려녹코 티고라 쳔황씨난 이쑥썩의로 왕ᄒ여 셔그셥졔졔ᄒ여 무이와ᄒ여 십이인이 각일만쳔셰ᄒ다 방즈 엽폐 셧다 여보 도련님 쳔황씨가 목쎡의로 왕ᄒ셧짠 말언 드럿씨되 쑥썩이란 말삼은 금시쵸문이요 네 모르는 마리로다 쳔황씨난 일만팔쳔셰를 스르실 양반니라 이가 단단ᄒ여 목쎡을 즈셰썬이와 지금 션비야 목쎡 먹견는야 물씬물씬한 쑥썩 먹긔로 공즈님이 명윤당의 션몽ᄒ고 각읍 향교로 쑥 즈바 돌엿난니라 여보 ᄒ나님 아르시면 쌈작 놀닐 거진말 말르시요 등왕각셔라 남창은 고군이요 홍도난 신부로다 올타 이 글 너 글릴짜 춘향은 신부 되고 나는 실낭 되여 오날 져녁의 만나보즈 아셔라 이 글 히미ᄒ여 못 보것짜 국직국직한 쳔즈를 디려라 하날쳔 짜지 감물현 누루황 지부 집쥬 널불홍 것 칠황 <u>가갸거겨 지역 잉은 지긋 이을 방즈 엽프 셧짜 여보 도련님 졈잔ᄒ신 도련님이 일곱 살 먹은 아히덜 보난 쳔즈를 본단 말삼이요 그러고 가갸거겨 지역 닝은니 무엇시요</u> 이 즈식 네가 모르난 말이로다 쳔자라 ᄒ는 거시 칠셔의 본문이라 양나라 쥬시변 쥬흥스가 ᄒ로밤의 이 글 짓고 머리가 히엿기로 일야의 빅슈문이라 ᄒ난니라 이 글 뜻셜 낫낫치 삭여보면 쩨쏭 쌀 마듸

가 만느니라 쇼인도 쳔즈논을 시겨 보왓넌이와 쎼쏭컨이는 물쏭도 안이 썬 입씌다 이 놈 네가 쳔즈논을 안단 말린야 알기를 이르깃쑈 알면 일거 보와라 드러보시오 (즁즁머리)놉쏘 놉푼 흐날쳔 집쏘 집푼 짜지 휘휘친친 가물현 쑥 눌넛다 누루황 (말노) 에 이놈 상놈일짜 놉푸면 흐날리요 집푸면 쌍이란 말린야 쳔즈논이 짜로 잇난이라 너 일륵게 드러보와라 (즁머리)쳔긔즈시 싱쳔한이 턱극이 광더 흐날쳔 지벽축시 싱후한니 오향팔괘로 짜지 삼십삼쳔 공부공한이 인심이 지시 가물현 이십팔슈 금목슈화 토지졍싱 누루황 일월이 싱흐여 쳔지가 명한이 만물을 위흐여 집우 토지가 둣터워 쵸목이 싱한이 살기를 취흐여 집쥬 인유이쥬흐여 쳔지가 광한이 십이졔국이 널불홍 삼황오졔 붕흐신 후의 난신젹즈 것칠황 동방이 긔명일시로 싱할가 쇼간부스 날일 셔 산낙죠 일모공한이 월츌동여의 달월 쵸시미월이 시시로 붓터 삼오일야의 찰영 틱빅이 이월을 막더로 쩌린가 졈졈 슈구러 지울칙 흐도낙셔 버린 법 일월셩신 별진 무월동방 원방금의 츈향동침 잘슉 등쑹쎵 입맛츄며 스양말나 벌연 일야동침의 빅년을 기약 온갓 졍담 베풀장 금일한풍이 쇼쇼한듸 금침의 들리라 찰한 베기가 놉쩌던 닉 팔을 베여라 이만금 오느라 올니 에후레 앉고 침각의 든이 셜한풍의도 더울셔 침실이 온흐면 셔으를 피할가 일져리 살왕 불한불열 언의 쎠뇨 염낙오동 가을추 츄상한풍이 귀체를 상할가 즈연이 가득이 거둘슈 츄월흐긔를 스럼타가 그 셜한의 져의 동 쇼흔 더한을 염여마쇼 우리 님 의복 갈물장 이 희가 어이 이리 진고 츄시로 쏫츠 부룰윤 츈향집을 언의 쎠 갈가 이졔도 스오시 나무려 외로이 졍담을 이루지 못한이 츈향 만나 일울셩 나는 일각이 여삼취라 일연스시를 비흐게 된이 숑구영신 희셰 죠강지처난 오륜의 반이라 더젼통편의 법즁율 군즈호구가 이 안인야 츈향과 날과 셔 마죠 물고 아드둑 쪽쪽 쌜거드면 법즁여즈 이 안인야 보고지고[13](밑줄 필자)

④ 춘향을 보닌 후의 책실(冊室)노 도라올 졔 마음이 홍글항글 백사가 졍이 업고 싱각난이 춘향이라 먼 순을 바리본이 공연이 흐읍나고 졈슴을 먹즈흔이 침채(沈菜)국의 목이 멘다 도젹흐다 잡펴난지 가슴은 우둔우둔 약주 과이 먹엇난지 졍신은 어질어질 두 팔의 믹이 업고 두 달이 심이 업셔 이마으난 식은 쌈과 입으로난 션아히 염츰 것 맛슬 못보와셔 노졉(勞漸)을 잡난구

나 정신을 게우 추려 방자를 불너 이 아 방자야 일어다난 나 죽것다 우흥(寓
興)을 흐여보게 서책이나 가져오라 방자가 예 흐던이 왼갓 서책 다 듸일 졔
중용 대학 논어 맹자 시젼 서젼 주역 예기 질질(帙帙)이 듸려논이 추례로 일
거갈 졔 글으난 정신업고 춘향만 싱각흐여 노리글노 쒸여간다 시젼 보틈 일
거 보자 관관져구(關關雎鳩) 재하지주(在河之洲) 요조숙녀(窈窕淑女) 군자호
구(君子好逑) 우리 춘향 너 짝이졔 서젼을 일거 보즈 일약계고졔요(日若稽古
帝堯)흔듸 우리 춘향 보신잇가 주역을 일거 보즈 건(乾)은 원(元)코 형(亨)코
이(利)코 정(貞)코 춘향이 코 두 코을 마죠 딘이 좃코 삼경(三經)을 문력(文力)
센이 어려워 못일썻다 사략(史略)이나 일거 보즈 태고라 천황씨난 이쑥쩍으
로 왕(王)흐야 방자 허허 웃고 셔울 사람 시골 사람 판(板)쇽이 달으구려 남
원 사람으난 태고 천황씨가 목덕(木德)으로 왕 힛난듸 쑥쩌 말이 웬 말이요
천황씨 만팔천 세 나이 오쪽 만흥신야 말년의 낙치(落齒)흐샤 목덕은 못 잡
습고 물은 것슬 잡슈노라 쑥쩍만 차즈쓴이 관학(舘學)의셔 공론(公論)나셔
사람 판을 고쳣기로 각도 각읍 통문 낫다 아셔라 즑글 책 글즈로 바로 익즈
흐날쳔 짜지 방자가 쏘 우셔 양반임은 치되난듸 도령임은 너리되요 삼경 익
다 사람 익다 이번은 천자 잇쇼 이 애야 네 모른다 천자라 흐난 것시 칠셔
의 조상이라 별별 맛시 다 잇슨이 나 일글게 들어보라 자시(子時)의 생쳔(生
天)흐이 광대무사변(廣大無私邊) 호호탕탕(浩浩蕩蕩) 흐날쳔 축시(丑時)의 생
지(生地)흐이 만물장생(萬物長生) 짜지 삼월춘풍(三月春風) 호시절(好時節)의
현조남남(玄鳥喃喃) 가물현 금목수화(金木水火) 오행(五行) 중의 토지정색(土
之正色) 누루황 금풍삽이석기(金風颯而夕起)흔이 옥우쟁영(玉宇崢嶸) 집우 안
득광하천만간(安得廣廈千萬間)의 살기 죠흔 집쥬 구년 치수(九年治水) 어이
흐리 하우천지(夏禹天地) 너불홍 세상 만물(世上萬物) 밋지 마쇼 황당흐다
거칠황 요간부상 삼백척(遙看扶桑三百尺)의 번듯 도다 날일 일락함지(日落咸
池) 져문 날의 월상동곡(月上東谷) 달월 화당빈객(華堂賓客) 죠흔 잔치 유쥬
영준(有酒盈樽) 촬영 부귀영화 즈랑 마쇼 일중즉측(日中則仄) 지울칙 하도낙
서(河圖洛書) 잠간 본이 일월성진(日月星辰) 별진 원앙금침 펼쳐 노코 훨훨
벗고 잘슉 양각(兩脚) 번듯 츄어든이 사양 말고 벌릴열 등쏭쏭 입 맞춘이 왼
갓 정담 배풀장 달 가운듸 잇난 집을 남원의 와 닷시 본이 광한루란 찰흔
추천(秋千)흐든 우리 춘향 방자 짜러 올너 옥(玉) 얼골의 구실 쑴윈 좀 익셧
나 더울셔 황혼으로 기약흐고 춘향 몬져 갈왕 어셔 다시 보고 시퍼 일각삼

추(一刻三秋) 가을츄 무엇스로 우흥(寓興)하고 만권 서책(萬卷書冊) 거둘슈 노루글 흐로 공부 삼동족(三冬足)의 겨으둥 대문 대문(大文大文) 다 보아도 모도 춘향 감츌장 오늘 히 그리 진이 윤시든가 불을윤 뭇고 뭇고 쏘 무러도 희가 그져 나무려 이성지합(二姓之合) 죠흘씨고 춘향 성자(姓字) 이뢸셩 다 졍흐 우리 부부 백세 해로 힛세 금슬종고(琴瑟鐘鼓) 질길 젹의 오음육률(五 音六律) 법중율 춘향 입이 니 입흐고 두 입 훈틔 붓허씨면 법즁여ㅈ 이 안이 야 고함을 질너논이[14]

⑤ 이 애 방자야 책실로 돌아가자 책실로 돌아와 글을 읽는디 혼은 벌써 춘향집으로 건너가고 등신만 앉아 놀이글로 뛰어 읽것다 맹자견양혜왕하신 데 왕왈 쉬불원천리이래하시니 역장유쉬익어오국호이까 이 글도 못 읽것다 대학을 듸려라 대학지도는 재명명덕하며 재신민하며 재지어지선이니라 남 창은 고군이요 홍도는 신부로다 홍도 어이 신부 되리 우리 춘향이 신부 되 지 태고라 천황씨가 이쑥떡으로 왕했것다 방자 옆에 섰다 질겁하고 여보시 오 도령님 태고라 천황씨가 이목덕으로 왕했었다는 말은 들었으나 쑥떡으로 왕했단 말은 금시초문이요 이 애 네가 모르는 말이로다 태고라 천황씨 때에 는 선비들이 이가 단단하여 목떡을 자셨거니와 지금 선비들이야 이가 단단 치 못하니 어찌 목떡을 자시겠느냐 공자님이 후세를 생각하여 물신물신한 쑥떡으로 교일하고 명륜당에 현몽하셨느니라 도령님 말씀은 하나님이 깜짝 놀랠 거짓 말씀이요 이 애 천자를 듸려오느라 아니 일곱살 자신 배 아니신 데 천자는 어찌시려고요 네가 모르는 말이다 천자는 새겨들으면 그 속에 천 지 우락 장막이 다 들어 있느니라 방자 천자를 듸려놓니 도령님이 천자 뒷 풀이를 허는디 자시에 생천하니 불언행사시 유유피창 하날천 축시에 생지하 여 금목수화를 맡았으니 양생만물 따지 유현미묘 흑정색 북방현무 감을현 궁상각치우 동서남북 종앙토색 누루황 천지사방이 몇 만리 하루광활 집우 년대국토 흥망성쇠 왕고내급 집주 우치홍수 기자추연 홍범이 구주 넓을홍 전원이 장무 호불과 삼경이 취황 거칠황 요지성덕 장헐시구 취지여일 날일 억조창생 격양가 강구연월 달월 오거시서 백가어 적안영상 찰영 이 해가 왜 이리 더딘진고 일중지책의 지울책 이십팔수 하도낙서 진우천강 별진 가련금 야숙창가라 원앙금침 잘숙 절대가인 좋은 풍류 나열 진주 별열 의희월색 삼

경야 탐탐정회 베풀장 부귀공명 꿈 밖이라 포의한사 찰한 인생이 유슈같이
세월이 절로 올래 남방철리 불모지 춘거하래 더울서 공부자 착한 도덕 이왕
지사 갈왕 상성이 부서방지에 초목이 황락 가을추 백발이 장차 오거드면 소
년풍도 거둘수 낙목한천 찬 바람에 백설강산 겨우동 오매불망 우리 사랑 귀
중심처 감출장 부용작약 세우중에 날광윤어택 부를윤 저러한 고운 태도 일
생 보아도 남을여 이 몸이 훨훨 날아 천사만사 이룰성 이리저리 노니다가
부지세월 햇세 조강지처는 박대 못 하니 대전통편의 법중율 춘향과 날과 단
둘이 앉어 법중여자로 놀아보자 소리를 허여노니[15]

③은 장재백의 <춘향가>, ④는 신재효본 동창(童唱) <춘향가>, ⑤는 성
우향의 <춘향가> 중 해당 부분을 발췌한 것이다. 주지하는 바와 같이 장
재백은『조선창극사』에서 '전북 순창 출생이며 김세종의 직계문인으로 동
편조의 본령을 계승한 당시 명창 중 일인'으로 소개하고 있다. 김세종과
같은 지역적 기반을 가지고 있다는 점에서, 그를 김세종의 직계문인이라고
소개한 것은 적실한 지적이라고 할 수 있을 것이다. 더구나 이들은 지역적
기반과 함께 무계라는 계층적 특성을 공유하고 있다.

또한 김세종과 신재효는 떼려야 뗄 수 없는 밀접한 관계를 가지고 있다.
신재효의 판소리에 대한 논의는 상당 부분 김세종의 논의와 겹친다고 할
수 있을 정도인 것이다. 특히 판소리의 연기에 대한 두 사람의 견해는 놀
랄 만큼 일치하고 있어 두 사람의 진지한 논의와 공감이 전제되었다고 할
수 있다. 또한 신재효의 개작 사설이 가지고 있는 성격으로 '합리성과 아
정(雅正)의 추구'를 말하는데, 김세종 또한 유생들과의 논의를 통하여 일정
한 정도 비속성(卑俗性)을 제거하고자 하였다는 점에서 상당한 일치를 보여
주고 있다.[16]

성우향은 정응민의 판소리를 가장 깊이 있게 받아들인 연창자로 알려져
있다. 정응민이 전수한 성우향의 <춘향가>는 앞에서도 언급한 바와 같이

정재근이 김찬업에게서 받아들인 김세종의 소리이다. 정응민은 박유전의 강산제와 김세종의 소리를 제자들에게 전수한 교육자로서의 역할을 충실하게 수행한 것으로 잘 알려져 있다. 그를 중심으로 하는 판소리 집단의 형성이 보성소리를 가능하게 했고, 또 현대 판소리를 융성하게 하였다는 평가를 받고 있다.

그러나 그는 자신의 판단에 따라 적절하게 사설을 정리하고 음악을 다듬었다. 이러한 노력은 이미 박유전이나 김세종, 그리고 장재백이나 신재효에게서 익히 보았던 것이고, 그래서 판소리 전승에 있어 당연한 것으로 인식되기도 한다[17]. 앞에서 정응민이 "소리를 변질시키는 것은 정절을 버리는 것과 같으니라. 절대로 소리를 만들지 말고 옛 것 그대로 하여라."라고 말했던 것도 사실은 그 바탕을 버리지 말라는 의미이지 일자일획도 바꾸지 말라는 지적은 아닌 것이다.[18] 살아 있는 판소리를 화석화 하는 것은 올바른 판소리 전승 태도가 아니라고 할 수 있는 것이다. 성우향도 스스로의 판단에 따라 전래되는 <춘향가>에 다른 <춘향가>에 있던 '금옥사설'이나 '쑥대머리', '돈타령' 등을 넣었다고 증언하고 있다.[19] 그래서 성우향의 <춘향가>는 같은 스승의 문하에서 배웠다고 하는 조상현이나 성창순의 사설과 비교할 때, 이들과는 다른 부연과 첨가 등이 쉽게 발견되고 있는 것이다. 예를 들어 '불망기'를 요구하는 대목은 조상현이나 성창순의 창본에서는 발견되지 않는다. 이런 이유에서 판소리 전승의 계통은 미세한 차이에 집착하기보다는 큰 흐름에서 판단해야 할 것이다. 다름의 관점에서 보면 세상 만물은 모두 다른 것이고, 같음의 관점에서 보면 모든 것이 같아 보이기 때문이다.

『조선창극사』에는 각 명창의 소개 뒤에 해당 더늠을 제시하고 있기 때문에, 앞에서 파악한 계통이 다른 자료에도 동일하게 적용될 수 있는지를 확인할 수 있다. 앞에서 제시한 바와 같이 김세종의 문도이며, 동시에 같은 지역, 그리고 같은 계층의 인물이기 때문에 현재 남아 있는 장재백의 자료는 김세종의 소리를 추적할 수 있는 자료가 될 수 있다.

① 적성의 아침 날은 늦인 안개 띠어있고, 녹수의 젊은 봄은 화류동풍(花柳東風) 둘렀는데 자각단루분조요(紫閣丹樓紛照耀)요 벽방금전생영롱(碧房金殿生玲瓏)은 임고대(臨高臺)를 일러 있고 요헌기구하최외(瑤軒琦構何崔嵬)는 광한루를 이름이라. 광한루 경 좋거니와 오작교가 더욱 좋다. 오작교가 분명하면 견우직녀 없을소냐. 견우성은 내려니와 직녀성은 뉘가 될고 오늘 이곳 화림(花林) 중에 삼생 연분(三生緣分) 만나리로다. (진양조 우조)

이도령 "방자야."

방자 "예."

이 "도원(桃源)이 어디메니? 무릉(武陵)이 여기로다. 악양루(岳陽樓) 좋다 한들 이에서 더하며, 충청도 고마수영 보련암을 일렀은들, 이곳 경치 당할소냐." 방자놈 여짜오되, "경개 이러하기로 일난풍화(日暖風和)하여 운무(雲霧) 자저질제 신선이 내려와 이따감 노나이다."

이 "아마도 그러하면 네 말이 적실하다. 운무심이출수(雲無心而出岫)하고 조권비이지환(鳥倦飛而知還)이라. 별우천지비인간(別有天地非人間)이 예를 두고 이름이라."

옥호(玉壺)에 넣은 술을 인호상이자작(引壺觴而自酌)하여 수 삼 배(數三杯) 마신 후에 취흥이 도도하여 담배 푸여 입에다 물고 이리 저리 거닐제 산천도 살펴보고 음풍영시(吟風詠詩)하여 옛 글귀도 생각하니, 경개 풍물은 본시 무정지물(無情之物)이라. 정히 심심할새 한 곳을 우연히 바라보니 완연한 그림 속에 어떠한 일 미인이 춘흥을 못 이기어 방화수류(訪花隨柳) 찾아갈제 만단 교태 부리는구나. 섬섬옥수를 흩날려서 두견화 질끈 꺾어 머리에도 꽂아보고, 철죽화도 분질러 입에다 담박 물어보고, 옥수 나삼(玉手羅衫) 반만 걷고 청산 유수 맑은 물에 손도 씻고 발도 씻고, 물 먹어 양수하며 녹음 수양(綠陰垂楊) 버들잎도 주루룩 훑어다가 맑고 맑은 구곡지수(九曲之水)에 훨훨 띠어보고, 점점낙화(點點落花) 청계변(淸溪邊)에 죄악돌도 쥐어다가 버들가지 꾀꼬리도 우여 풀풀 날려보니 타기황앵(打起黃鶯)이 아니냐. 청산영리(靑山影裡) 녹음 간에 그리 저리 들어가서 장장채승(長長彩繩) 긴긴 줄을

삼색 도화(三色桃花) 벋은 가지 휘휘친친 감쳐 맨데, 저 아이 거동 보소. 맹
낭히도 어여쁘다. 백옥같은 고운 모양 반분대(半粉黛)를 다스리고 단순호치
(丹脣皓齒) 고은 얼굴 삼색도화미개봉(三色桃花未開峯)이 하루밤 세우 중(細
雨中)의 반만 피인 형상이라. 흑운(黑雲)같이 검은 머리 쐴쐴 빗어 전반같이
넓게 땋아 옥룡잠(玉龍簪) 금봉채(金鳳釵)로 사양머리 쪽졌는데, 석웅황(石雄
黃) 진주투심(眞珠套心) 도토락 산호 당기 천대산(天臺山) 벽오지(碧梧枝)에
봉황의 꼬리로다. 세모시 까끼적삼 초록갑사(草綠甲紗) 곁막이 용문갑사(龍
紋甲紗) 도홍(桃紅) 치마 잔살 잡아 떨처 입고 세류(細柳)같이 가는 허리 깁
허리띠 눌러 띠고 삼승(三升) 겹 보선에 초록 우단(羽緞) 수운혜(繡雲鞋)를
맵시 있게 도도 신고 산호지(珊瑚枝) 밀화불수(蜜花佛手) 옥(玉)나비 진주월
패(珍珠月珮) 청강석(靑剛石) 자개향(紫介香) 비취향(翡翠香) 오색 당사(五色唐
絲) 끈을 달아 휘늘어지게 넌짓 찼다. 아름답고 고운 태도 아장거려 흐늘거
려 가만가만 나오더니 섬섬 옥수 넌짓 들어 추천(鞦韆) 줄을 양 손에 갈라잡
고 소소로쳐 뛰어올라 한번 굴러 앞이 높고 두번 굴러 뒤가 높아 앞뒤 점점
높아 갈제 백능보선 두 발길로 소소 굴러 높이 차니 나군옥완반공비(羅裙玉
腕半空飛)라. 녹음속의 홍상(紅裳)자락이 바람결에 내비취니 구만장천백운간
(九萬長天白雲間)에 번개 불이 쏘이는 듯, 앞에 어른 하는 양은 가벼운 저 제
비가 도화 일점(桃花一點) 떨어질제 차려 하고 쫓이는 듯, 뒤로 번듯 하는
양은 광풍에 놀란 나비 짝을 잃고 가다가 돌치는 듯, 무산 선녀(巫山仙女)
구름 타고 양대 상(陽臺上)에 나리는 듯. 한참 이리 논일 적에 녹발(綠髮)은
풀리어서 산호잠(珊瑚簪) 옥비녀가 방초(芳草) 중에 번듯 빠져 꽃과 같이 떨
어진다. 그 태도 그 형용은 세상 인물 아니로다. 이도령이 바라보고 의사 호
탕하고 심신이 황홀하여 얼굴이 달호이고 정신이 산란하고 안정(眼精)이 몽
롱한다. 운운20)

② (진양죠) 적성의 아침날의 느진 안기 씌여잇고 녹슈의 져문 보면 화류
동풍 둘넛난듸 요현귀구화쵸요난 임고더의 일너 잇고 즈각달누분조요난 광
한누가 일음이라 광한루도 죳커니와 오작교가 더욱 죳타 오작교가 분명ᄒᆞ면
견우징여 업실손야 견우셩은 너가 되련니와 징예셩언 뉘기리셔 될고 오날
이곳 화림 즁의 삼셩인연을 만나를 보즈 (말노) 죳타 죳타 반가우지 호남졔

일누라 ᄒᆞᆺ깃다 이 이 방ᄌᆞ야 예 이러한 승지의 슐이 업써 씨겻는야 슐 한
상 밧비 올여라 예 술상 올엿쇼 곡강츈쥬인인취라 너도 먹고 나도 먹고 상
ᄒᆞ동낙 노라보ᄌᆞ 토인이 슐럴 부어 조련님젼 올니거날 ᄒᆞ난 말삼 너의 즁의
뉘가 나이 그 즁 만헌니 후비ᄉᆞ령 쇠쇠가 나이 만쑈이다 그러면 쇠쇠 만첨
쥬워라 후비ᄉᆞ령 슐 바드며 과연 황숑ᄒᆞ옵니다 이 ᄌᆞ식 황숑이고 누렁숑이
고 상ᄒᆞ업시 노난 노름의 무신 쳥탁이 잇쎠랴 ᄉᆞ령 먹고 토인 먹고 도련님
잡슐 ᄎᆞ리여 방ᄌᆞ 엿ᄌᆞ오되 연치 ᄎᆞᄌᆞ 먹울진디 쇼인은 열일곱이요 도련님
은 열여섯 살이온니 뉘가 몬져 먹어야 올쏘릭가 도련님 일른 말삼 ᄒᆞ나만
더 왓드면 나는 슐맛도 못볼 변 ᄒᆞ엿다 지금은 ᄎᆞ려가 별노 죳치 못ᄒᆞ니라
너 만첨 먹어라 도련님 희말의 반갓짐 잣슌 후의 취흥이 도도ᄒᆞ여 (즁즁머
리) 안졋다 이러나 두로두로 건일며 남방을 바리바 팔도강산 누디경기 손고
바 세아릴 졔 장셩일명요농수 디희동두졈졈산 평양 기명 디동문 연광졍 일
넛고 한슈공고마암스 경기도 너 예쥬읍의 쳥심누 일넛고 그 나문 죠흔 경기
삼남의 졔일셩 광한루 변화ᄒᆞ여 쥬린취긱은 벽공의 느려져 슈호문창 쎵실
쇼스 앞푸로난 영쥬각 뒤여로난 무릉도화 힌 빗ᄌᆞ 불근 홍ᄌᆞ 슝이슝이 솟피
고 불근단 푸린쳥은 고물고물 단쳥이라 유믹황잉환우셩은 벗 부르난 쇼리요
화쵸빅졉쌍쌍비난 향기 챳난 거동이라 봉너 방자 영주삼산 안ᄒᆞ의 각가와
물은 본시 은ᄒᆞ슈요 경은 잠관 옥경이라가 옥경이 분명ᄒᆞ면 월궁항아가 업
실손야 (즁머리) 빅빅홍홍난만즁의 엇쩌한 일미인 나오난듸 힉도 갓고 별도
갓짜 져와 갓튼 게집죵과 함기 츄쳔을 ᄒᆞ랴 ᄒᆞ고 난쵸갓치 푸린 머리 두 귀
눌너 고이 짯고 금치를 졍지ᄒᆞ고 나군의 두룬 허리 아립닶고 고흔 틱도 아
장거리고 흐늘거려 가만가만 나온던이 장님 슉슉의 드러가셔 장장치싱 근의
쥴을 휘느러진 벽도가지 휘휘친친 가마 미고 셤셤옥슈를 번듯 드려셔 양 근
의쥴을 갈나 잡고 셧듯 올나 미러갈졔 한 번 굴너 압피 놉고 두 번 굴너 뒤
가 놉파 압뒤 졈졈 놉파갈 졔 머리 우의 푸른 입은 몸을 ᄯᆞ라셔 흔들흔들
난만도화 놉푼 가지 쇼쇼리쳐 톡톡 찬이 슝이슝이 밋친 꼿시 츄풍낙엽 젹의
로 쏫둑 써러져 니리친이 풍무취엽녹엽이라 낙포선여 구름 타고 옥경의로
상ᄒᆞ는 듯 무산선여 학을 타고 요지연으로 니리난 듯 그 얼골 그 틱도난 셰
상 인물리 안이로다 (말노) 도련님이 그 거동을 보시던이 마음이 월젹ᄒᆞ여
두 눈이 캉캄ᄒᆞ고 슘즁이 답답 일신슈죡을 벌넝벌넝 쩔며 슘을 유월 장마
둑겁이 슘쉬듯 헐쩍헐쩍 ᄒᆞ며 방ᄌᆞ를 부루난듸 웃틱은 가만이 두고 아리택

만 달달 썰어 이이 방즈야21)

③ 도련임 드르신 후 네 말 듯고 경기 본이 이게 어듸 인간인야 니 몸이 우화(羽化)하여 천상에 올나 왓다 뒤짐찌고 거르면서 혼즈 탄식ᄒ난 말이 광한누난 죠타마난 항아난 어듸간고 오작교 분명ᄒ니 직녀성을 거의 볼 듯 배회고면(徘徊顧眄) ᄒ노란이 난듸업난 일륜명월(一輪明月) 녹운간(綠雲間)의 오락가락 정신을 게우 수습ᄒ야 유심이 다시 본이 명월은 미인이요 녹운은 녹음이라 출몰 고져 오락가락 츄천ᄒ난 거동이라 심중에 의혹부정(疑惑不正) 보고 보고 쪼 보와도 스람은 스람이나 분명한 선녀로다 봉을 타고 나라간이 진누의 농옥인가 구름 타고 나라온이 양더의 무산 선여 엇지 보면 훨신 멀고 얼는 보면 곳 격짜와 들어갓다 나오난 양 잉쳑금ᄉ직유소요 올나갓다 나리는 양 연축비화낙무연 도련임 실혼(失魂)한 듯 맥 노코 셔셔 보다 방즈다려 무러보와 져 건네 화림(花林) 숙의 추천하는 저 여자가 처녀이냐 신부인야22)

④ 광한루 당도ᄒ야 하마석의 나귀 나려 난간의 비겨 안져 좌우을 살펴본이 적성 아츰날의 느진 안기 쯰여 잇고 녹수 져문 봄의 가난 구름 겨울 은다 요헌기구하최외(瑤軒崎嶇何崔嵬)난 임고대(臨高坮)을 일너 잇고 자각단루분조요(紫閣丹樓紛照耀)난 광한루 경 죠컨이와 오작교가 분명ᄒ니 견우 직녀 업슬손야 견우성은 나련이와 직녀 업셔 한이로다 오날 이곳 귀경 왓다 삼생 인연 만나볼가 방자야 술 듸려라 오날갓튼 죠흔 날의 슐이 업셔 쓰것난야 관청의 급피 가셔 양지수육 대전복(大全鰒)을 니 분부로 달나 ᄒ여 가지고 오난 길의 남문 밧 행화촌의 소주 더만 사오너라 방자 분부 듯고 나난 다시 단여와셔 주안을 올이거날 흔 배(盃)을 가득 부어 후배행수(後陪行首)난 만ᄒ니 져 스람 몬져 쥬라 황송ᄒ여 못 먹것쇼 황송이나 누렁숭이나 파탈(擺脫)ᄒ고 노난 노름 상하동낙 관계ᄒ랴 도령임도 죠금 먹고 안석의 비겨 안져 사면을 바러본이 주란화각(朱欄畵閣)은 벽공(碧空)의 다엇난듸 수호문총(繡戶門牕) 쎵실 쇼사 앞푸로난 영주각(瀛洲閣) 뒤의로난 무릉도원 힌 빅자 불글 홍자 숑이숑이 곳시 피고 불글단 푸를쳥은 고물고물 단청(丹青)이라 유막(柳幕)의 우난 황죠(黃鳥) 벗 부른난 쇼래ᄒ며 화방(花房)의 나난 백졉(白

蝶) 향기 츠즈 춤을 춘다 봉래(蓬萊) 방장(方丈) 안이 가도 몸이 신선 된 듯
니 몸윈 선관(仙官)이요 이 곳슨 옥경(玉京)인이 월궁 항아 어더 잇나 배회고
면(徘徊顧眄) 호오란이 홍홍백백 난만중(紅紅白白爛漫中)의 엇더흔 게집아해
진멋지게 논난다 밉시 잇게 싱긴 아해 태도잇게 싱긴 아해 귀인잇게 싱긴
아해 훨신 벗게 싱긴 아해 눈물나게 싱긴 아해 정신 노케 싱긴 아해 추천을
흐랴할 제 장장채승(長長彩繩) 그르쥴을 휘여진 벽도 가지 휘휘층층 감아 미
고 션듯 올나 발 굴을 졔 흔 번 굴너 압피 놉고 두 번 굴너 뒤가 놉파 압뒤
점점 졀노 놉파 회회약마 고수제(回回躍馬高樹齊) 오락가락 노난 기동 스람
장즈 다 녹인다 진루 농옥(秦樓弄玉) 봉을 타고 옥경으로 올의난듯 무산 신
녀 굴음되여 양대상의 니리난듯 그 얼골 그 태도난 세상 인물 안이로다 도
령임 한흔 보고 정신이 캄캄 가삼이 답답 토육(吐肉)의 쥐가 나고 눈의 동자
봇짐 싸고 코 궁기 쎅쎅 억기로만 헐덕헐덕 쇠야치갓치 음민하고 잡바진이
방자 졋턱 셧다 도령님 이게 웬일이요23)

⑤ (진양조) 적성의 아침 날에 늦은 안개 띠어 있고 록수의 저문 봄에 화
류동풍 둘럿난듸 요헌기구하최외난 광한루를 이름이로구나 광한루도 좋거
니와 오작교가 더욱 좋다 오작교 분명허면 견우 직녀 없을소냐 견우성은
내가 되려니와 즉녀성은 뉘가 될꼬 오날 이곳 화림중에 삼생연분 만나볼까
(아니리) 좋다 좋다 과연 호남의 제일루로구나 이 애 방자야 예 이러한 좋
은 경치 중에 술이 없어 쓰겠느냐 술이나 한 잔 가져오너라 방자 술상을 차
려놓으니 도령님이 좋아라고 이애 방자야 예 오늘 술은 상하동락으로 연치
찾아 먹을 테니 너희 중에 누가 나이를 더 먹었느냐 방자 엿자오되 도령님
말씀 그러하옵시니 아마도 제 후배사령이 낫살이나 더 먹은 듯하옵니다 그
러면 그 애 먼저 부어주어라 후배사령 먹은 후에 방자도 한 잔 먹고 도령님
도 못 자시는 약주를 이삼배 자셔노니 취흥이 도도하여
(중중머리) 앉었다 일어서 두루두루 거닐며 팔도강산 누대경개 손꼽아 혜
아릴 제 장성일면용용수 대야동두점점산 평양 감영의 부벽루 연광정 일러있
고 주란취각은 벽공에 늘어져 수호문창 덩실 솟아 앞으로는 영주각 뒤로난
무릉도화 흰 백자 붉은 홍자 송이송이 꽃피우고 붉을단 푸를 청은 고물고물
이 단청이라 유막황앵환우성은 벗 부르는 소리라 물을 보니 은하수요 산을

보니 옥경이라 옥경이 분명허면 월궁항아 없을소냐

(자진중중머리) 백백홍홍난만중 어떠한 미인이 나온다 해도 같고 달도 같은 어여쁜 미인이 나온다 저와 같은 계집아이와 함께 그네를 뛰랴 허고 휘늘어진 벽도가지 휘휘칭칭 잡아매고 섬섬옥수를 번듯 들어 양 그네줄을 갈라 쥐고 선뜻 올라 발구를 제 한 번을 툭 구르면 앞이 번듯 높았고 두 번을 툭 구르면 뒤가 번듯 솟았네 난만도화 높은 가지 소소리쳐 툭툭 차니 춘풍취하나공설이요 향화습의난온이라 그대로 올라가면 요지 왕모를 만나볼 듯 그대로 멀리 가면 월궁항아 만나볼 듯 입은 것은 비단이나 찬 노리개 알 수 없고 오고간 그 자취 사람은 사람이나 분명한 선녀라 봉을 타고 내려와 진루의 농옥인가 구름 타고 올라가 양대의 무산선녀 어찌 보면 훨씬 멀고 어찌 보면 곧 가까와 들어갔다 나오는 양 연축비화낙무연 도령님 심사가 산란하여 이 애 방자야[24]

①은 『조선창극사』에서 장재백의 더늠으로 소개한 '적성가' 부분인데, 광한루에서 바라보는 풍경 바로 뒤에 그네를 뛰는 춘향의 의상과 행동 등을 세밀하게 묘사하여 춘향을 중심으로 하는 서술이 진행되고 있다. 특히 명승 누각으로 중국의 낙양루와 함께 '충청도 고마 수영 보련암'을 제시하고 있는데, 이는 <춘향전> 전승의 관례를 따른 것으로 보인다.[25] 그런데 필사본으로 남아 있는 장재백 창본 ②는 광한루 풍경 뒤에 도령이 방자, 사령들과 술을 기울이며 수작하는 대목이 장황하게 제시되고, 이어 명승 누각의 나열과 그네 뛰는 춘향이 등장함으로써 도령 중심의 서술이 이루어진다. 특히 명승 누각과 춘향의 등장, 행동 서술 부분은 성우향의 <춘향가>와 거의 일치한다는 점을 주목할 필요가 있다. 앞의 논의에서 김세종의 소리를 송만갑의 것으로 대치한 정황으로 보면, 어느 것이 장재백의 본래 모습을 잘 드러내고 있는가에 대하여는 더 고찰할 필요가 있는 것이다. ③은 신재효본 남창 <춘향가>의 해당 부분이다. 여기에서는 방자의 사면 경개 설명이 있고, 그 뒤에 춘향의 추천 대목이 이어진다. 따라서 도령의

경개 설명으로 이루어지는 '적성가'는 없고, 춘향의 추천대목은 다른 창본과 별 차이를 보이지 않는다. ④는 신재효본 동창 <춘향가>의 해당 부분인데, 대체로 장재백의 필사본 <춘향가>와 유사한 형태로 이루어져 있다. 다만 이도령과 사령들의 격의 없는 농담 장면이 절제되어 나타나는 차이가 있을 뿐이다. ⑤는 성우향 창본 <춘향가>의 해당 부분으로 장재백이나 신재효의 사설과 유사한 모습을 지니고 있다.

여기에서 박봉술 창본 <춘향가>를 따로 제시하지 않은 것은 장재백 <춘향가>와의 깊은 관련성 때문이다. 송만갑의 소리를 계승하였다고 말하는 박봉술의 소리는 송만갑의 소리 전반과의 비교가 선행되어야 하지만, 지금까지의 검토만으로 볼 때는 오히려 장재백의 소리와 같은 계통에 놓여 있는 것이다.[26] 물론 창본 전체를 아울러 검토할 때, 이러한 지적은 타당성을 갖게 될 것이다. 이렇게 보았을 때, 박봉술의 소리, 장재백 창본과 신재효의 동창[27], 그리고 성우향의 사설은 같은 계통에 놓이게 되는 것이다.

박봉술은 같은 동편의 소리이기는 하지만, <춘향가>의 앞부분에서 송만갑보다는 김세종-장재백의 소리를 받아들여 판을 구성한 것으로 보인다. 송만갑과 박봉술의 창본에서 나타나는 차이가 곧바로 송흥록이 말한바 '송씨 문중의 소리와는 다른 김씨 문중의 소리'라고 할 수 있을 지는 의문이다. 송만갑은 '기존의 동편제와는 다른 자신만의 개성적인 창법을 개발하고 이를 대중화시킴으로써 판소리의 새로운 지평을 열어간' 인물이기 때문이다. 송만갑을 전적으로 계승하였다고 하는 김소희의 <춘향가>마저도 장재백의 <춘향가>와 밀접한 관련을 맺고 있기 때문에, 김세종의 판소리사적 자장은 더욱 확대될 수 있는 것이다.[28] 세대와 지역을 뛰어넘어 김세종의 소리가 연면히 남아 있는 모습을 여기에서 확인할 수 있다.

이상의 검토를 통하여 천자뒤풀이에서 확인한 송만갑 계열과 김세종

계열의 동편제 사설이 서로 다른 바탕 위에서 이루어졌고, 이는 나름대로의 독자성을 지니면서 서로 발전해 왔음을 확인할 수 있었다. 물론 시간이 흐르고 장소가 바뀌면서 모든 존재는 옛날의 모습을 그대로 유지하지 않는다. 송만갑은 서편의 소리에 근접하면서 자신의 소리를 변화시켰고, 김세종은 신재효를 만나 더 정치하게 다듬어진 자신의 소리를 보성소리에 물려주었다. 성우향의 <춘향가>에 나타난 양반적 취향과 우아하고 섬세한 모습은 그를 가르친 정응민의 성향 때문이기도 하지만, 김세종과 신재효와의 만남을 통하여 이루어졌던 변화에 힘입은 바가 더 크다고 할 수 있다.[29]

김세종의 판소리 이론이 갖는 판소리사적 의미

현재 전승되고 있는 <춘향가>에는 송만갑제로 알려져 있는 박봉술의 <춘향가>, 성우향 등이 부르고 있는 김세종제 <춘향가>, 정광수가 전승하고 있는 김창환본 <춘향가>, 김여란 등이 전승하고 있는 정정렬본 <춘향가>, 오정숙이 전승하고 있는 김연수본 <춘향가>, 김소희가 송만갑과 정정렬의 소리를 중심으로 하여 엮은 만정판 <춘향가>가 있다. 그런데 앞에서 검토한 바와 같이 박봉술이나 김소희의 <춘향가>는 송만갑보다는 김세종-장재백에 보다 더 견인(牽引)된 모습을 보이고 있다. 그만큼 김세종의 판소리사에서 차지하는 위상은 지금까지 알려진 것보다 더 크다고 할 수 있다.

더구나 김세종이 판소리사에서 차지하고 있는 위상은 이러한 판소리 계통의 확장만으로 한정되지 않는다. 『조선창극사』 등을 위시하여 김세종에 대하여 언급한 것 중 가장 중심을 이루는 것은 판소리에 대한 이론 부분이다. 이론은 현상을 설명하면서, 동시에 그 현상의 방향을 결정짓게 하는 방향타(方向舵)의 역할을 한다. 판소리라는 문화 현상은 있었지만, 그래서 판소리에 대한 깊은 이해의 언급은 있었지만, 판소리 현상을 설명하고 그 방향을 제시한 인물로는 신재효와 김세종이 있을 뿐이다. 이 둘이 같은 영역 안에서 서로 이론과 실기를 분담하면서 판소리의 집단적 교육을 감당하였다는 것은 자못 의미심장하다. 집단적인 교육은 구전심수의 개별적인 교육에서는 그렇게 요구되지 않는 틀[體系]을 필요로 한다. 체계를 갖춤으로서 한 현상은 그것을 향유하는 존재의 생몰(生沒)과 관계없이 영속할 수 있게 된다.

신재효와 김세종은 교육의 현장에서 필수적으로 요구되는 이론을 확립하기 위하여 끊임없는 토론을 벌였을 것이다. 지금 보면 당연한 듯이 보이는 신재효나 김세종의 '이면론'이 판소리 현상을 설명하는 하나의 기준으로 확립되기 위해서는 수많은 모색과 연마가 있어야 하기 때문이다. 『조선창극사』에 나타나는 신재효와 김세종의 판소리 이론은 판소리가 공연적 특성을 가지고 있다는 것, 따라서 관객들이 연행되고 있는 판소리에 이의 없이 빠져들어야 한다는 본질적인 논의를 지향하고 있다. 이러한 몰입(沒入)과 차단(遮斷)이 판소리 운용에 있어 어떻게 실현되어야 하는지를 구체적이고 여실하게 설명하고 있는 것이다.

이러한 논의는 필연적으로 판소리의 연극적 속성과 관련을 맺게 된다. 이미 연행을 감상하기 위한 준비를 마친 관객 앞에서 연창자는 말과 소리, 행동을 통하여 관객을 판소리의 세계 속에 끌어들일 의무가 있는 것이다. 그런 점에서 사설의 내용과 맞아 떨어지는 음악, 그리고 동작은 판소리의 성패를 좌우하는 중요한 요소가 된다. 넓은 외정(外庭)에서 판소리가 공연될 때는 그 환경의 제약 때문에 필연적으로 소리의 웅대함이 먼저 요구된다. 예술성보다는 신체적 조건이 우선시됐던 초기 판소리는 이론가의 세련과 탁마를 거치면서 예술성에 한 걸음 한 걸음 다가서게 되었다. 이론이 갖는 의미가 이렇게 심대하고 또 둘 사이의 밀접한 관계를 생각한다면, 지금까지 논의된 신재효의 판소리 이론은 김세종과의 공동 자산으로 인식되어야 할 것이다. 신재효의 이론에 가려 빛을 잃었던 김세종의 진가(眞價)가 다시 조명되어야 하는 이유가 여기에 있다.

　김세종은 판소리사에 있어 전설이다. 그는 앞에서 언급한 바와 같이 조선 말 전북의 한 변방에서 자신의 가문 소리를 가지고 나타났다. 더 나은 소리를 향해 비상하고자 했지만, 진리는 그렇게 먼 곳에 있는 것이 아니라, 자신의 생활 터전에서 멀지 않은 남원과 고창에 있었다. 송흥록과의 만남을 통하여 자신이 가지고 있는 소리의 진가를 알게 되었고, 또 신재효를 만나 자신의 소리에 대한 이론적 설명의 기반을 마련하였다. 녹음기가 없었던 시대에 판소리의 전승은 오로지 스승과 제자의 대면 속에서 이루어질 수밖에 없었다. 항상 대가일 수밖에 없는 스승 앞에서 제자는 영원히 오를 수 없는 장벽을 느꼈을 것이다. 그런데 체계가 갖추어진 이론이 전제된다면, 한 번 듣고 사라질 수밖에 없는 스승의 소리를 이론에 맞추어 다시 복원할 수 있을 것이다. 물론 천혜(天惠)의 소리 바탕까지야 얻을 수 없지만, 대상이 가지고 있는 보편성의 행렬 속에 자신을 위치시킬 수 있는 것이다. 신재효와 김세종에 의하여 판소리의 과학적인 교육이 이루어질 수 있는 기틀이 확립되었다고 할 수 있다. 그가 전설이라고 하는 것은 현재의 판소리를 설명하는 이론을 제공하였으면서도 스스로의 모습은 시대의 변화와 함께 사라졌기 때문이다.

2. 송만갑의 삶과 판소리

판소리의 전설

송만갑(宋萬甲;1866-1939)은 누구도 부정하지 못하는 불세출(不世出)의 판소리 명창이다. 그런 명성에 걸맞을 만큼 그는 모든 판소리 연창자의 우상으로 우뚝 서 있다. 그래서 수많은 제자들이 그를 옹위하였고, 누구나 그의 제자였음을 자랑스럽게 생각하였다. 그만큼 인격적으로도 고매한 품성을 지닌 분이었던 것이다. 그런 점에서 그는 판소리사의 전설(傳說)이다.

그 누구도 견줄 수 없는 판소리 명문에서 그는 태어났다. 그의 아버지는 송우룡(1835-1897)이고, 할아버지는 고수로 있다가 명창으로 화려하게 부활한 송광록이다. 그리고 호적상 그의 할아버지는 송광록의 형이며 가왕으로 불렸고, 동편제를 통하여 판소리사의 흐름을 바꾸었던 송흥록(1780?-1863?)이다. 그러나 그는 명문에 태어나 뼈대 있는 집안이라고 이를 우려먹는 사람이 아니었다. 집안을 다시 일으킬 중시조가 될 수 있는 능력을 가진 사람이었다.

이 뿐인가? 그는 가족내적 명예에 머무르지 않았다. 가문의 소리를 뛰어넘어 시대를 호흡하는 소리를 만들고자 하였다. 그래서 여러 면에서 부정적인 평가를 받았고, 집안에서는 쫓겨나다 싶은 대접을 받기도 하였다. 그리고 그런 비판을 묵묵히 받아들이기도 하였다. 그러나 그가 내림으로 받은 명문의 소리는 그에 의하여 그 모습을 짐작할 수 있게 되었다. 그가 아니었다면 동편의 소리는 그 흔적을 찾을 수 없게 되었을 것이다. 그렇게 그는 예술이 살기 위하여는 세상을 호흡해야 함을 깨달았던 사람이다.

자신의 소리 속에 사라질 수밖에 없었던 가문의 소리를 간직하여 내보였다는 점에서 그는 살아 있는 전설이 되었다. 그런 그의 생애에 대하여는 많은 연구가 이루어졌다. 많은 활동을 했고, 또 많은 제자들이 있어 그의 행적은 소상하게 알려졌기 때문이다. 그런데도 그의 생애에 대하여는 다시 언급할 내용이 남아 있다. 그는 우리가 알고 있는 바의 행적과는 다른 내용의 <자서전>을 작성하여 후세에 전하였기 때문이다. 그의 심정적 진실을 표현한 것으로 볼 수 있는 것이 그의 <자서전>이다. 그런 점에서는 잘 알려져 있는 외면의 송만갑보다 더 진실된 내면의 소리를 보여주고 있는 것으로 평가할 수 있다.

송만갑의 <자서전>은 김준형의 해제와 함께『판소리연구』11집에 전재되어 관련 학자들의 많은 관심을 받아 왔다. 그러나 그의 출생이나 사승(師承) 관계에 대한 내용이 기존의 논의와는 상당한 차이를 보이고 있어, 그 중요성은 크게 부각되지 않은 것으로 보인다. 그의 출생지가 구례이고, 또 판소리 명문의 후예로서 그 법통을 잇지 않고 새로운 판소리의 길을 걸어갔다는 점은 이미 학계에서 변할 수 없는 정설로 인정되었기 때문이다. 그래서 그가 스스로 남긴 육성(肉聲)은 기존의 논의를 형성하는 데 있어 유용한 자료로 활용되지 않았다. 많은 시간이 지난 뒤 기억하는 내용이란 오류인 것도 많다. 자신이 하지 않았던 일도 했다고 하며, 분명히 기록된 자신의 행동도 전혀 기억이 나지 않는다고 하는 경우를 우리는 흔히 볼 수 있는 것이다. 그래서 이를 간과하였을 수도 있다.[30] 그러나 스스로 기록한 일에 대하여 일단은 인정할 필요가 있다. 실제로 행한 일이 아니라 하더라도 그것은 자신이 했으면 좋았을 내용을 기록한 심정적 진실일 수 있기 때문이다.

<자서전>의 의미

송만갑은 그의 나이 64세 되던 1929년, 자신의 일생을 회고하는 글을

『삼천리』창간호에 실었다. 이 글은 '평생을 회억함에', '팔도의 가곡 순례', '청류정 놀이', '서도 녀와 남도 남자'의 4장으로 구성되어 있다. 그가 판소리사에서 차지하는 위치는 심히 막중한 것이어서, 그의 육성으로 이루어진 이 증언은 판소리와 관련된 문화를 재구함에 있어 중요한 의미를 갖는다고 할 수 있다.

<자서전>의 내용에서 가장 중요한 사실은 그의 출생과 판소리 활동, 그리고 순천의 낙안에서 벌어졌다는 '청류정 놀이'의 상세한 보고를 들 수 있다. 이 핵심적인 내용은 <자서전>을 제외하고는 다른 곳에서 전혀 찾아볼 수 없다는 점에서 보다 면밀한 고찰을 할 필요가 있다. 그의 초창기 생애에 대하여는 주로 신문과 잡지의 기사, 그리고 『조선창극사』에 언급된 내용을 바탕으로 여러 견해가 제기되었다. 그리고 대부분의 기록들은 그의 출생을 구례와의 관련 속에서 기술하였다. 조선일보는 그에 대한 기사를 1937년과 1938년에 '명창에게 듣는 왕사', '국창 송만갑씨'로 실었고, 그의 사후 '국창 송만갑씨 숙아로 별세'와 '근대 조선의 명창 송만갑 일대기'를 거의 비슷한 시기에 실었다. 1940년 발간된 『조선창극사』가 조선일보사에서 발간된 것도 이러한 관심 속에서 이루어진 것인데, 생애에 관한 부분은 신문의 기사를 크게 벗어나지 않는다. 따라서 신문의 기사 또한 정노식과의 관련 속에서 이해할 수 있을 것이다.

그런데 그가 죽기 10여 년 전에 <자서전>이라는 이름으로 자신의 생애를 정리한 글을 발표하였는데도, 이 글은 전혀 주목을 받지 않았다. 당연히 조선일보의 기사나 『조선창극사』의 기술에도 전혀 영향을 끼치지 않았다. 그는 "전라남도 순천군 낙안면에서 나서 그곳에서 소년시대를 보내었습니다. 어릴 때부터 소리를 좋아하여서 이웃집 아이들이 『천자문』이나 『동몽선습』을 가슴에 안고 관 쓴 훈장이 앉은 글방을 찾아다닐 때에 이 몸만은 아버지더러 학채를 달래서 이웃에 계시는 박만순이라는 어른의 문턱을 찾

아 갔소이다."라고 생애의 첫머리를 기록하였다. 이 사실이 신빙성을 갖기 위하여는 송만갑의 탄생과 유년시절의 모습이 구체적인 공간과 연결되어 설명되어야 할 것이다. 이러한 몇 가지의 사실에 대한 고구(考究)는 송만갑의 생애 재구를 위하여 반드시 거쳐야 할 과정이라고 할 수 있을 것이다.

송만갑의 <자서전>에서 낙안은 그의 출생과 관련된 지역으로 나타나지만, 여타의 자료에서 '낙안'이 구체적으로 거론된 것은 그의 나이 53세인 1918년 그가 가족과 함께 순천군 낙안면 남내리 38번지로 이사하였다는 기록에서이다. 그는 바로 낙안을 떠나 김정문과 함께 협률사를 조직하여 지방을 순회함으로서 낙안의 영역을 이탈하고 있지만, 1938년 부인이 같은 장소에서 사망하였다는 기록이 있음을 볼 때, 중노년의 중심 거점지로 낙안을 택하였음은 분명하다. 그리고 대부분의 판소리 활동을 수행했던 서울에서 1939년 세상을 떠났다.

이처럼 자신의 판소리가 성장 완성되는 시기에 낙안에 거주하였고 그리고 낙안을 떠났다고 <자서전>에 기록하였는데, 그에 관한 일반적인 인식은 중노년에 이르러 낙안과 연관을 맺고 있다는 점에서 차이를 보이고 있다. 일차적으로 우리는 송만갑의 <자서전>을 송만갑의 육성 그 자체로 받아들이면서, 그 내용을 따라갈 필요가 있다. 선입견 없이 그가 말한 바대로 정리해 보고, 그것이 확인된 실제의 사실과는 얼마나 다른가, 그리고 왜 다른가 등의 논의가 뒤따라야 할 것으로 생각하기 때문이다. 특히 그가 중점을 두어 언급한 '청류정놀이'의 모습은 구체적인 인물과 장소가 적시되어 있어, 보다 면밀하게 고찰할 필요가 있을 것이다.

송만갑의 출생과 가계

<자서전>의 두 번째 장인 '팔도의 가곡 순례'에서 송만갑은 자신의 출

생과 판소리 명창으로서의 성장 과정을 회고하였다. 그는 '전라남도 순천 군 낙안면에서 나서 그곳에서 소년시대를' 보냈고, 또 어릴 때부터 소리를 좋아하여 '아버지더러 학채를 달내서 이웃에 계시는 박만순이란 어룬의 문 턱을 차자'갔다고 하였다. 이 글만으로는 아버지인 송우룡도 낙안에 같이 거주하였는지, 아니면 어머니만이 낙안에 있어 송만갑을 낳았는지는 확인 할 수 없다. 하여튼 그의 출생과 관련하여 가장 많은 논란이 되는 부분이 바로 이 대목이라고 할 수 있다.[31]

송만갑의 출생지로는 전남의 구례와 전북의 남원, 경남의 진주, 그리고 순천 등이 거론되고 있다.[32] 지금까지의 자료는 제적부와 정노식의 『조선 창극사』를 바탕으로 하여 구례를 그 출생지로 비정하였는데, <자서전>이 소개되면서, 순천의 낙안 출생설이 설득력을 얻고 있다. 이와 함께 후손의 증언, 순천 낙안에 전하는 송만갑 가족 소유의 토지대장 등의 문서 기록 등도 이 주장을 뒷받침하고 있다.[33]

송만갑의 <자서전>이 발표된 것은 1929년의 일인데, 판소리 명창으로 서의 위상이 이미 확립되어 있었던 송만갑의 <자서전>이 세인의 관심을 끌지 않을 수 없었을 것이다. 더구나 당시의 대표적 언론이었던 조선일보 는 지속적으로 판소리에 대한 관심을 표명하였고, 이에 대한 기사를 발표 하고 있었다. 송만갑의 사망에 대한 깊은 관심의 표명도 이러한 정황에서 이루어진 것으로 볼 수 있다. 따라서 그의 출생을 구례와 연관지었던 1937 년, 1938년, 1939년의 조선일보 기사는 송만갑의 <자서전>에 대한 고려를 한 뒤의 것으로 판단할 수 있는 것이다. 특히 1940년 발간된 『조선창극 사』는 발간 전에 충분한 수정과 검토를 거친 뒤의 결과물로 보인다. 따라 서 송만갑 자신의 육성과 다른 기사를 내보낸 당시 기사문의 행간도 같이 읽어야 할 것이다.

사실을 정확하게 남겨놓고자 하는 기록들이 당사자의 증언을 신뢰하지 않는 경우는 대부분의 명창에게서 공통적으로 나타나고 있다. 세습 무계(世襲巫系)의 후손임을 드러내지 않으려 노력한 것은 이것이 명창 자신뿐만 아니라 그 후손에게도 관련되는 문제라는 것을 인식하였기 때문인 것이다. 아무리 예인에 대한 시선이 예전과는 달라졌다 하지만 지금도 자신의 가문이 무계라는 것을 공공연하게 드러내지는 못하는데, 과거에는 더 이상 말할 필요가 없을 것이다. 그래서 예인 본인으로서는 과거의 사실을 밝히고자 해도 후손의 마음에 상처를 줄까 하여 감히 드러낼 수 없는 것이다. 따라서 그들은 무계의 후예임을 감추고자 하는 힘든 노력을 기울였던 것이다. 수많은 명창들의 출생과 사망의 명확한 기록은 물론이고, 사망의 흔적인 묘소까지 찾을 수 없을 정도로 인멸된 것은 바로 이러한 우리의 뿌리 깊은 차별의식에서 기인하는 것이다. 따라서 여기에서는 이렇게 말하고, 또 저기에서는 저렇게 둘러댔던 그들을 탓할 수는 없는 것이다.34) 이러한 착종(錯綜)은 잘 알려진 명창들의 생애사에서도 빈번하게 나타나는 일이다. 그들은 자신의 이력을 끝까지 숨긴 채 숨을 거두기도 하였던 것이다. 그런 안쓰러움 때문에 소수의 사람들을 제외하고는 살아 있는 분의 이력도 감히 들춰낼 수 없었던 것이다.35)

왜 이런 일이 빈번하게 나타나는가? 일차적으로는 우리가 그들의 예술에 대하여 관심을 가졌을 뿐, 생애사에 대한 인식이 결여되었다는 점에서 그 이유를 찾을 수 있을 것이다. 그러나 가장 큰 이유는 그들의 후손마저도 명창으로서의 선조를 기억하고 싶지 않다는 인식 때문으로 보아야 할 것이다. 그들의 사망이 겨우 1세기를 지나지 않았는데도 묘소마저 찾기 힘든 상황은 이런 점에서만 설명이 가능하다. 이러한 이유에서 그들의 제적 등본이나 증언을 통하여 생애를 정확하게 재구하고자 하는 것은 상당한 정도의 모험이 필요한 것이다.

그렇게 되면 구례와 낙안은 어떤 점에서건 그들의 출생과 관련되는 지역으로서의 위상을 가질 수 있다. 어느 하나가 선택되기 때문에 다른 하나가 배제될 필요는 없는 것이다. 자료의 발굴에 의하여 그들이 생각하는 아픈 과거를 수정하는 것도 중요하지만, 그런 혼란이 그들의 아픈 과거였음을 생각하고 그들의 주장을 포용하는 태도도 필요하기 때문이다.

　다만 송만갑이 공적 기록에서 언급되고 있는 구례를 철저하게 외면하고 낙안만을 강조하고 있는 이유는 다시 궁구할 필요가 있을 것이다. 잘 알려진 바와 같이 송만갑은 자신의 가문에서 배척을 받았고, 이는 당시의 중요한 화제 거리가 되었을 것이다. 이미 가문과의 단절이 공공연하게 알려졌음에도 자신을 가문과 연결하여 기술하는 것은 자존심과 관련된 문제일 뿐만 아니라, 자신을 배척한 아버지의 뜻을 거스르는 것이기도 하다. 그의 유년기 판소리 학습은 당연히 할아버지나 아버지의 훈도를 받으면서 이루어졌을 것이다. 그런데도 이를 전혀 언급하지 않고 오로지 박만순과의 인연만을 드러내는 것은 이러한 이유에서 충분히 이해할 수 있다. 따라서 송만갑은 <자서전>에서 사실을 왜곡한 것이 아니라 말하기 어려운 부분을 배제하며 기술했다는 인식을 가질 필요가 있는 것이다.

　송만갑의 아버지인 송우룡은 제적에 송우용(宋又用)으로 기록되었다. 또한 여산송씨세보 정가공파(正嘉公派) 족보는 송흥록과 송광록은 형제이며, 송만갑의 아버지인 송우룡은 흥록의 아들로 기록하고 있다. 이는 송우룡이 송광록의 아들이며, 따라서 송만갑은 송광록의 손자라고 알려져 왔던 것과는 다른 기술이라고 할 수 있다. 제적이나 족보는 명확한 사실의 기록이라는 이유에서 송우룡은 송흥록의 아들이며, 송만갑은 송흥록의 종손이 아니라 친손자로 정정하기도 하였다.[36] 그러나 정가공파 20세손으로 송익수의 장남인 송흥록은 그 후손이 없지만 차남인 송광록은 두 아들을 두었기 때문에, 이 경우 동생이 한 아들을 형에게 입양시키는 것은 일반적인 현상이다. 그런 상황에서 형식적으로 입양되었다 하더라도 이는 족보상의 문제일 뿐, 실제의 생활은 친가에서 이루어지는 것이다. 따라서 송우룡은 친부인 송광록의 훈도 속에서 자랐고, 이는 그 주위에서도 인정하고 있었던 것이다. 이처럼 기록은 실제의 상황과 차이가 있을 수 있다는 것을 이해할 필요가 있다.

송만갑의 판소리 학습

송만갑은 <자서전>에서 박만순(朴萬順;1830-1898)과의 만남을 판소리 학습의 첫머리에 놓았다. 단순히 처음 만난 것으로 표현한 것이 아니라, 박만순 이전에 다른 선생에게 학습을 한 기록을 남기지 않았던 것이다. 그러나 그의 유년기 학습은 송흥록과 송광록을 이어받은 송우룡을 통하여 이루어졌다. 『조선창극사』는 그가 어려서부터 아버지의 지도를 받아 이미 13세 무렵에는 소년 명창으로 이름을 날렸다고 하였다.[37] 그런 주위의 인식을 <자서전>은 전혀 드러내지 않고 있는 것이다. 다만 '십세 좌우로부터 박선생의 문하에 들어가 여러 해를 가사 공부'를 하였고, '내 나이 스물한 살 되는 해' 스승이 사망한 것으로 언급하였던 것이다.

자신을 성장하게 한 도저한 판소리 가문의 후예로서 가족 내적 관계를 전혀 언급하지 않은 이유를 우리는 그가 가문의 소리를 외면했다는 이유로 가문과 단절되었다는 점에서 찾을 수 있을 것이다. 송만갑은 정창업의 소리와 만나면서 새로운 변화의 모습을 추구하고자 하였다. 그리고 이것은 그만큼 많은 논란을 가져왔고, 집안과의 대립을 감수해야 했을 것이다. 이는 그의 종조부인 송흥록이 무속과 깊은 관련을 맺고 있는 판소리에서 이를 제거하고 예술화를 도모하였던 행적과 비견할 만하다. 송흥록의 창의적 개혁에 의해 판소리의 위상이 달라졌듯이, 송만갑의 개혁 또한 그 이전의 동편제 판소리가 가지고 있던 정체성을 변화시키는 것이었다. 동편제 판소리의 전형으로 알고 있는 송문의 판소리는, 이를 벗어나 새로움을 꾀했던 송만갑이 있어 그 모습을 우리에게 전달할 수 있게 되었다.

그가 가문의 판소리를 벗어나 새로움을 추구하던 시기는 아버지와 박만순으로부터 판소리 수업을 받았던 시기가 아니라, 더 넓은 세계로 자신의 영역을 확충하던 시기로 보인다. 그 이전에는 아버지는 물론이고 '일세를 풍미하였던' 동편 소리의 거장 박만순의 영향권 속에 머물러 있었던 것이다. 박만순은 송흥록의 직계 제자로서 대부분의 동편제 명창들은 그의 문하에서 판소리에 입문하였다. 송만갑이 태어났을 때 그는 대략 30대 중반의 패기만만한 젊은이였다. 전라북도 고부에서 출생하였고, 송흥록을 따라다니며 그로부터 동편제의 의발(衣鉢)을 전수받았던 것이다. 그런 그가 스승의 종손인 송만갑과 사제의 인연을 갖는 것은 충분히 예상할 수 있다. 송만갑은 7세 정도의 나이에 판소리를 시작하였고, 13세 정도에 이미 명창으로서의 가능성을 보여주었다고 한다. 그런데 송만갑의 판소리 수련 초기부터 박만순과 사제의 인연을 맺었다면, 그때의 박만순은 이미 40대 중반의 중후한 명창이 되어 있었을 것이다.

송만갑은 박만순으로부터 판소리 수련을 받았던 내용을 <자서전>에서 소상하게 기록하고 있다. 박만순은 송만갑에게 '화룡도 속 적벽강에 불 지르고 달아나던 대목'을 가장 잘 하였다고 평가하였다. 이 대목은 송만갑이 말한 대로 '마디가 대단히 격(激)하고 박(迫)하고 또 한없이 길게 빼어야 하는 까닭에 조그마한 연습을 하여 가지고는 잘 넘기지를 못하는 대목'이었다. 그런데 박만순은 여러 제자들 중 송만갑이 가장 뛰어나다는 평가를 하였다는 것이다. 따라서 고도의 수련이 필요한 이 대목에 대하여 박만순이 고평을 한 것은 송만갑이 판소리의 역량을 충분히 갖춘 뒤의 것으로 보아야 할 것이다. 즉 박만순의 교육과 평가는 사실로 존재할 수 있지만, 그것이 송만갑이 판소리 수련을 시작했던 바로 '그 때'는 아닌 것이다.

　그런 일은 우리들의 일상에서 얼마든지 나타날 수 있는 현상이다. 시간의 착종 현상은 꼭 나이가 든 사람의 경우만이 아니더라도 충분히 일어날 수 있는 것이다. 송만갑의 판소리 연창에 있어 박만순과의 접촉은 충격적인 일로 기억되었을 것이고, 그래서 시간의 중첩과 착종은 얼마든지 나타날 수 있었던 것이다. 박만순과의 인연 바로 뒤에 자신의 가장 득의 장면을 이 '화용도'로 내세우고, 그 대목이 '이제는 늙은 탓인지 소리를 길게 오래도록 한숨에 빼일 수가 없어서 무대에 올라섰다가도 가끔 실기(失期)하고' 마는 경우를 말하고 있기 때문이다. 따라서 이 말은 자신의 장기로 내세울 수 있는 이 부분이 바로 박만순으로부터 연유함을 말하는 것으로 볼 수 있을 것이다. 박만순의 특장 대목은 <춘향가>의 '옥중가'와 '사랑가', 그리고 <적벽가>의 '장판교 대전'과 '화용도 대목'으로 알려져 있다.

　박만순은 대원군과 관련된 일화나 다른 기록과 관련지어볼 때 1898년, 68세의 나이에 세상을 떠난 것으로 보인다. 그런데 송만갑은 '10세 좌우로부터' 박만순의 문하에 들어가 가사 공부를 하였고, 그리고 그의 나이 스물한 살 되는 해에 '스승은 급한 병으로 그 천품을 지상에 다 남기지 못하고 불귀의 손이 되었'다고 하였다. 송만갑이 1865년생이니, 그의 나이 스물한 살이 되는 해는 1886년 전후가 된다. 이처럼 10여년의 차이가 나는 것에 대하여는 보다 깊은 상고(詳考)를 해야 할 것이다. 송만갑은 박만순의 장례 절차에 대하여 대단히 신뢰할 만한 구체적 진술을 하고 있기 때문에 박만순은 1810년 무렵에 출생하여 68세인 1886년을 전후하여 세상을 떠났다고 수정해야 할 것이다.

　　그 때 우리들 여러 제자들은 모두 사년 동안 씩 스승의 상을 입었었습니다. 무덤 가에 초막도 짓고 단오나 추석 명절이 오면 분초도 하고, 제주도 따라 드리고

<자서전>의 기록대로라면 그의 본격적인 팔도 소리 여행은 박만순이 죽은 뒤인 20세 이후의 일이 된다. 그리고 '반도 산천 골고루 돌아다니며 좋은 경치도 구경하고 각 도의 인정풍속도 찾아보며 더구나 나같은 가객을 만나볼 작정으로 하루 아침에는 부모에게 절하고 표연히 객지'로 떠났던 것이다. 그의 아버지인 송우룡은 구례에서 출생한 것으로 기록되어 있는데, 이는 그의 아버지인 송광록이 구례에 정착하였기 때문에 가능한 것이었다. 송광록과 그의 형인 송흥록은 전북 익산 함열에서 출생하였는데, 송흥록은 후일 운봉 비전에 정착하였고 송광록은 구례에 자신의 새로운 터전을 마련한 것으로 보인다.

송흥록이 거주하던 운봉과 송광록이 거주하던 구례는 지리산을 사이에 두고 같은 권역으로 묶여 있다. 송흥록이 자신의 판소리 터전을 운봉에 잡은 것은, 그곳이 그럴 수 있는 여건을 갖추었기 때문에 이루어진 일이다. 그러나 송흥록이 있음으로써 운봉은 명실상부하게 판소리의 중심지로 부각될 수 있었다. 명인명창들이 이 좁은 산록으로 찾아들게 된 사실은 안민영의 『금옥총부』를 통하여 충분히 짐작할 수 있다. 이와 마찬가지로 송광록이 구례에 정착한 것도 그가 정착할 수 있는 여건을 구례가 가지고 있었기 때문이다. 그리고 마찬가지로 송광록이 있음으로써 구례는 또 하나의 판소리 성지로 발돋움할 수 있었던 것이다. 이렇게 사람의 정착은 단순히 한 사람이나 공간으로 그 의미가 국한되지 않는다. 한 공간은 경쟁력을 가진 여건을 만들고 그를 이용할 수 있는 인물을 부르는 것이다. 그렇게 한 공간과 인물이 만나게 되었을 때, 그 공간과 인물은 서로 상승할 수 있는 기반을 갖게 된다.

송만갑은 20세 이후 전국으로 판소리 수련을 위한 여행에 나섰다. 그가 가는 곳마다 '송만갑 소리 듣자는 뜻 있는 인사들이 많아서 숙식에는 괴로움이 없었고, 그 고을 소리 한다는 사람은 많이 만나'볼 수 있었다. 이렇게 전국의 방방곡곡을 돌아다니다가 서울에 정착한 것은 그의 나이 37세인 1902년이다. 1902년은 바로 고종의 칭경례(稱慶禮)를 거행하기 위하여 전국의 명창들이 모여들었고, 그리고 새로운 판소리의 모습으로 전환이 이루어지던 해였다. 그는 또한 1884년 경 민영환을 따라 상해와 미국을 다니기도 하였는데, 국권이 상실되자 실의에 빠져 낙향하였다고 한다. 이러한 사실들은 오로지 <자서전>에만 나타난 기록이라는 점, 그리고 3년여의 외국 여행과 같이 현실적으로 이루어질 수 없다는 점에서 보다 면밀한 고찰이 필요할 것이다.

청류정(清流亭) 놀이

<자서전> 제3장은 1장에서 간략하게 소개하였던 '청류정 놀이'를 구체적으로 소개하고 있다. 그만큼 그의 <자서전>에서 가장 관심을 기울여 썼던 부분이라고 할 수 있다. 이 청류정 놀이를 그는 순천의 대사습놀음으로 소개하였다. 우리는 대체로 대사습을 전주의 것만으로 알고 있다. 그러나 전주의 대사습도 정확한 고증이 이루어진 것은 아니고, 구전으로만 전해오는 것이어서 그 명확한 실상은 알려져 있지 않다. 따라서 우리는 사습(私習)이 관(官)에서 공식적으로 수행하는 연찬이 아니라 사사로이 이루어지는 연습과 경쟁을 가리키는 일반적인 명칭이라고 할 수 있다.

그가 청춘 시절에 참가해 자신의 청춘을 '화려하게 장식하였던 사실'로 인식했던 이 놀이는 따라서 공식적으로 이루어지는 연찬의 모습은 아닐 것으로 생각된다. 우리는 각 마을에서 연행되었던 연극이나 노래 자랑, 그리고 마을 굿 등을 기억하고 있다. 티브이가 보편화되기 전에 각 마을은 나름대로의 놀이 방식을 가지고 있었다. 각 절기마다 풍물패들이 마을을 돌며 자신들의 기량을 선보였고, 동네 대항의 경쟁도 심심찮게 볼 수 있었

다. 이 시기의 사랑방에서 불리어졌던 노래는 유행가요가 주류를 이루었지만 향토민요나 통속민요도 자연스럽게 그 중의 중요한 레퍼토리로 자리잡고 있었다. 그러던 모습이 급격히 해체되며 우리는 그런 과거가 있었다는 사실조차 잊게 되었고, 기억 속에서조차 사라졌던 것이다.

각 마을의 모습이 그러한 것이어서 보다 큰 '노름'은 얼마든지 존재했던 것이고, 그 속에서 명창과 연주자가 육성될 수 있었다. 특별한 제도적 학습은 없었지만 각 마을마다 천부의 소리꾼들은 존재하고 있었고, 이들을 통하여 민속예술은 면면히 이어졌다고 할 수 있다. 이들을 배출하는 중요한 원천이 무속 집단이었음은 이미 알려진 바와 같다. 따라서 전주 대사습도 이런 모습이 실제 존재하고 있었지만, 그것의 공식적인 기록이 존재하지 않았기 때문에 마치 허구적인 모습으로 여겨졌던 것이다. 대사습이 나타날 수 있을 정도의 문화적 토양이 존재하고 있었기 때문에 이런 행사가 정기적으로 존재하는 것은 필연적이라고 할 수 있을 것이다. 단오제나 별신굿과 같이 판소리 명창들의 등용문이 될 수 있는 이러한 행사는 엄연히 존재했던 것이다.

송만갑이 <자서전>에서 언급하고 있는 '청류정 놀이'도 이러한 관점에서 그 존재의 타당성을 인정할 수 있을 것이다. 그가 소개하는 '순천대사습'은 매년 정월 14일과 15일 즉 대보름마다 열리는 큰 행사로, 항상 사정(射亭)인 청류정에서 개최되었다. 이 청류정은 1962년의 수해로 무너져 편액만이 죽도봉의 사정에 보관되어 있는 환선정(喚仙亭)으로 추정되고 있다. 환선정은 1543년 순천부사인 심통원(沈通源)이 송광사(松廣寺)의 임경당(臨鏡堂)과 함께 건립하였는데, 무예(武藝)를 시험하기 위한 강무정(講武亭)의 역할을 담당하였다고 한다. 정유재란으로 소실되었기 때문에 이후 몇 차례의 중수(重修)를 거쳤는데, 1910년 이후에는 송광사와 선암사의 승려들이 선교(禪敎)의 포교소로 이용하였다. 지금 정자는 흔적도 없이 사라지고, 다만 배

대유(裵大維)가 쓴 편액만이 보존되어 있는 것이다. 이 행사에서 그는 많은 청중의 환영을 받았기 때문에 이를 자신의 '청춘을 화려하게 장식하여 주던 사실'로 인식하였다.

순천의 대사습이 기록상으로 존재하지 않기 때문에 이것은 전주의 대사습을 잘못 기록한 것이라는 견해도 있다. 그러나 이는 청류정 놀이의 구체적인 과정이나 행사가 이루어지던 공간, 그리고 이에 참여했던 인물들이 구체적으로 거론되고 있다는 점에서 재고되어야 할 것이다. 그는 청류정 놀이에 대하여 다음과 같이 기록하고 있다.

① 청류정 놀이는 매년 대보름마다 사정인 청류정에서 열린다.
② 감사 이하 전라도 각 읍에서 수령 방백들이 모두 모였고, 오십삼 주로부터 수만의 백성들이 새 옷을 갈아입고 술병을 차고 모여들었다.
③ 주로 시를 짓고 노래하고 춤을 춤으로써 사기를 고무하여 민중을 단체적으로 훈련하고 또한 인민의 기상을 쾌활 웅대하게 하는 도움이 되게 하였다.
④ 놀음의 장소인 사정에는 황초불이 수천 개 상하좌우로 유성같이 달려 있고 오색 비단 장막이 무지개같이 내려뜨려진다.
⑤ 정자 앞에는 감사 수령을 위시하여 만백성이 구름같이 열을 지어 앉거나 서서 구경하였다.
⑥ 각지에서 모여든 광대들이 깨끗하게 차려입고 태극선 꼭지를 들고 한 사람씩 정자 위에서 '고고천변 일륜홍'이나 '얼화만수 얼화디시니라' 등을 불렀다.
⑦ 광대 중에는 잘 알려져 있는 곡성의 김 모(김창환으로 추정)나 남원의 명기 박 모 등이 있었는데, 송만갑도 몇 번씩 불려나가 소리를 하였다.
⑧ 놀이가 끝나면 전라감사의 음식 대접과 함께 비단옷 한 벌, 대전통보 오십 량씩을 받았다.

이 기록 속에는 놀이가 열리는 공간과 시간, 그리고 놀이의 모습이 상세하게 설명되어 있다. 또한 이 놀이의 목적이 '사기를 고무하여 민중을 훈련하고 인민의 기상을 쾌활 웅대하게 하는 데 도움'을 주는 것이었기 때문에, 지방 관료와 백성들이 모두 참여하는 축제의 장이었다. 또 참여하여 연회를 펼친 광대들에게 차별을 두지 않고 동등한 행하를 지불하였음도 드러나고 있다. 이는 지금의 경쟁 체제와는 비교되는 것인데, 우승자를 선별하는 데 목적을 두지 않고 모든 참여자의 의욕을 북돋움으로써 흥겨움을 추구할 수 있다는 장점을 취한 때문으로 보인다. 기량이 뛰어난 사람은 상금의 다과(多寡)로서가 아니라, 관객의 평가를 통하여 자신의 기량을 알릴 수 있는 기회를 갖는 것으로 만족하였다. 이는 자신의 몸값을 올리는 것과 직결될 수 있기 때문이다. 송만갑이 "이 날 모였던 사람들은 모두 내 이름을 기억하여 주더이다."라고 말한 것도 그러한 성가(聲價)를 얻게 된 만족감을 표명한 것이다.

　이러한 놀이가 이루어지려면 그에 합당한 요건들이 충족되어야 한다. 참여자에게 줄 축하금이나 놀이를 가능하게 하는 경제적 여유가 갖추어져야 할 것이다. 그리고 이를 적극적으로 추진하고자 하는 관(官)의 의지 또한 필수적으로 요구되는 항목일 것이다. 그러나 가장 중요한 것은 이 행사를 바라보고 주체가 되는 민중의 판소리에 대한 식견이라고 할 수 있다. 판소리에 대한 깊은 관심과 애정이 없다면, 아무리 경제적 풍요와 관청의 의지가 강하다고 하여도 같이 어울릴 수 있는 대동의 축제가 될 수 없기 때문이다. 송만갑이 이 놀이를 행복한 기억으로 추억하는 것은 바로 관객들의 수준 높은 안목과 애정이 있었기 때문이다. 그러한 관객들이 자신을 몇 번씩 불러내 소리를 듣고자 하였기 때문에, 그는 "여기저기서 '얼시구 좋다' 하는 환성, 이 속에도 늙는 법이 있사오리까. 실로 행복하였소이다."라고 고백하였던 것이다.

서도 여자와 남도 남자

<자서전>의 4장은 송만갑이 각지를 돌아다니며 느낀 소회를 적은 부분이다. 그는 내아의 명을 받들어 함경도와 평안도 각지를 돌아다녔는데, 그의 활동은 당연히 각지의 백성 앞에서 소리 공연을 하는 것이었다. 지금은 남도소리라는 고정관념으로 판소리를 대하고 있지만, 전통시대에는 다른 지역의 소리에 대하여 포용적인 시각을 가지고 있었다. 그래서 전통 소리가 가지고 있는 공통점을 인식하고, 그 차이에 대하여 깊은 이해를 가지고자 하였다. 송흥록이 부인인 맹렬과 함께 함경도에서 소리 여행을 할 수 있었고, 모홍갑의 판소리가 연광정에서 불릴 수 있었고, 그 모습을 그린 그림이 남을 수 있었던 것은 이러한 때문이다.

이러한 여행을 통하여 송만갑은 '남남북녀(南男北女)'라는 기존의 인식이 맞아 떨어짐을 확인하였다. 아무래도 물산이 풍부한 남쪽의 남자들이 가지고 있는 호협(豪俠)하고 여유 있는 모습과 강한 생활력을 가지고 있으며 인물이 뛰어난 북쪽의 여자들이 좋은 대조를 이루고 있다고 생각하였던 것이다.

이 <자서전>을 통하여 우리는 송만갑이 반도만을 돌아다닌 것이 아니라, 중국의 상해와 봉천, 북경에 갔고, 또 민영환과 함께 미국까지도 갔었다는 사실을 알 수 있게 되었다. 이 또한 그가 가지고 있는 명창으로서의 자질 때문에 이루어진 것으로 볼 수 있다. 따라서 더 조사가 이루어진다면 송만갑의 미국 공연이나 상해 공연 등의 기록 등이 나타날 수 있을 것이다.

<자서전>의 의의와 활용 방안

송만갑은 자신의 일생을 돌아보며 제목 그대로 인생의 무상과 허무함을 진하게 토로하고 있다. 그는 고향에서 죽기를 소원했던 것 같다. 그래서 '삼남 가로 큰길 가 버들방축 밑에 한 줌 흙이 되어서 눕고 있는' 자신의 무덤을 보면 술 한 잔 따르며 자신을 추억하기를 기대하고 있는 것이다. 그 고향이 어느 곳을 지칭하는가 하는 문제는 '삼남'이라는 큰 개념 속에서 그 의미를 상실하게 된다.

그에게 있어 가장 큰 영광은 소년 명창으로서의 성가를 마음껏 드러낸 것이라고 할 수 있다. 대체로 인생의 미래는 십대에 이미 그 방향이 결정된다고 할 수 있다. 그래서 공자는 자신의 인생에 있어 '십오 세에 학문에 뜻을 두었고[十有五而志于學]' 이후의 삶은 그 뜻을 펼쳐 나간 것으로 생각하였다. 공자도 학문에 뜻을 두었던 15세가 자신의 그렇게 살아왔음을 결정지은 중요한 사건으로 인식하였던 것이다. 김시습(金時習)은 그의 나이 다섯 살에 궁중으로 불려가 그 영재성을 마음껏 과시하였다. 왕명을 받은 대신의 무릎에 앉아 자신을 드러냈던 그 모습은 이후 김시습의 전 생애를 지배하는 주된 영상이라고 할 수 있다. 그래서 세상 사람들은 그를 '오세(五歲)'라고 불렀고, 자신도 그 영광을 죽을 때까지 간직하였다. 그러고 보면 사람들의 화려했던 유년 시절은 그렇게 그 인생을 좌우한다고 할 수 있고, 또 반대로 화려한 미래가 있어 그 유년 시절도 화려한 것으로 추억되는 것이라고 할 수 있다. 송만갑도 자신의 유년 시절을 그렇게 추억하였다.

정월 대보름 순천 감영의 사정인 청류정에서 열린 대사습놀이에서 받았던 환호는 그의 일생을 가장 아름답게 수놓았던 것으로 기억되고 있다. 그래서 전 인생을 회억(回憶)하는 첫 장에서 이에 대하여 간략하게 소개하였고, 세 번째 장은 아예 '청류정 놀이'라는 제목으로 전편을 할애하였다. 그것은 앞에서 공자나 김시습이 그러했던 것처럼 그의 인생을 그렇게 가게 한 중요한 사건이었고, 자기 정체성을 드러내는 최후의 보루였기 때문이라고 할 수 있다. 그런 찬란했던 과거가 있어 그의 현재 소리가 조금 미약하다 해도, 그는 떳떳할 수 있는 것이었다.

그는 전라도 53주에서 '명창 송만갑이 났다'라는 소리가 훤자(喧藉)하였다고 기록하였는데, 이는 사실일 것이다. 그는 이미 판소리의 명문에서 태어나 아버지로부터 혹독한 훈련을 받은 것으로 기록되고 있기 때문이다. 그런 의미에서 천재란 그냥 만들어지는 것이 아니라, 받은 천품(天稟)을 갈고 닦는 노력에 의하여 이루어진다고 할 수 있다. 그의 인생은 그렇게 나아가도록 예정되어 있었던 것이고, 다행히 그의 그런 길을 알고 있는 주위의 노력에 의하여 다듬어질 수 있었던 것이다. 그렇게 지나간 생을 그리움과 아름다움으로 기억할 수 있다는 것만으로도 그의 인생은 행복한 것이라고 할 수 있다.

송만갑은 자신을 맞으려 달려드는 수만 군중을 제지하기 위해 땀을 뻘뻘 흘렸던 영문 통인과 본문 통인 500여 명의 고난을 기억하고 있었다. 또한 '인물이 경국(傾國)이요 가무가 절재(絶才)인' 남도의 명기들이 자신과 말 한 번 건네는 것을 영광으로 알았음을 고백하고 있다. 기생들과의 염문(艶聞)은 대부분의 연창자들에게 항상 따라다니는 사건이었다. 그래서 환갑이 넘은 나이에도 자식을 두었고, 그래서 아이의 재롱을 보느라 아이는 땅에 발을 붙일 틈이 없었다고 한다. 이는 전통시대 예인(藝人)들의 생활, 그리고 남녀관계에서는 얼마든지 가능했던 일이라고 할 수 있다. 그렇게 보면 그는 젊음의 특권과 하늘이 내린 천복을 마음껏 향유한 인물로 보아도 될 것이다. 수많은 명창들이 명멸(明滅)하였지만, 그만큼의 광영(光榮)을 누린 이는 많지 않았기 때문이다. 그래서 그는 간절하게 그 젊음의 세계로 다시 돌아가고 싶어 했던 것이다.

송만갑 정신의 계승

송만갑은 누구도 부정하지 못하는 불세출의 판소리 명창이다. 그런 명성에 걸맞을 만큼 그는 모든 판소리 연창자의 우상처럼 우뚝 서 있다. 누구나 그의 문하에 있었음을 자랑스러워했고, 스쳐 지나간 것만으로도 의미를 부여하고자 하였다. 그는 새로운 판소리를 지향하고 실천함으로써 오히려 자신의 터전이었던 동편의 판소리를 후세에 전할 수 있게 하였다. 그가 없었다면 동편의 소리는 이야기 속에서만 존재할 뿐 그 실체는 사라졌을지도 모르는 것이다. 그래서 시간의 변화를 인정하고 이에 순응하는 것이 살아 있는 존재의 특성이라는 것을 우리에게 교훈으로 알려 주었다.

이런 그이기에 언제 출생하였는가, 그리고 어디에서 출생하였는가, 누구에게 배웠는가를 궁구하는 것은 부질없는 일이 될 것이다. 그는 이 모두를 포용하고 이를 새로운 틀 속에 부어넣어 전혀 다른 창조물로 변화시키는 용광로와 같은 존재였기 때문이다. 어느 곳이든 위패를 모시고 제사를 행하는 곳이 바로 대상을 진실로 모시는 곳이 되는 것처럼 그는 자신을 기념하는 곳에 나타나 과거의 전통을 드러낼 것이다. 그것이 일차적으로 어디일 것인가는 기념하는 강도에 따를 것이다. 구례는 송흥록이 거주하던 운봉과 동일한 지리산 권역에 위치하고 있다. 송흥록이 전국의 소리꾼을 불러들이고 천하통일을 이루었던 것처럼, 그의 동생인 송광록은 또 구례에 자신의 터전을 닦았다. 그래서 위대한 송문의 판소리가 이루어질 수 있었던 것이다. 후일 송만갑은 낙안에 자신의 보금자리를 틀고, 이전의 판소리를 새롭게 펼쳐 나가게 했다. 어디 그뿐이겠는가. 송만갑이 스쳐 지나간 모든 곳은 그와의 관련을 영광스럽게 생각할 것이다. 어느 한 곳의 독점물로 담기에는 그는 너무 큰 그릇인 것이다.

하나의 문화는 예술 자체와 이를 전승하고자 하는 인적 자원, 그리고 경제적 뒷받침이 있어 가능하다. 서양의 예술이 문화의 중심에 우뚝 설 수 있었던 것은 뛰어난 예술인만 있어 가능하지 않았다. 그들이 활동할 수 있도록 터전을 마련하고 기반을 조성해 주었던 후원자들이 있어 가능했던 것이다. 현대의 국가 발전이 인간과 땅, 자본이 있어 가능하다는 지적은 예술에서도 통용되는 진리인 것이다. 뛰어난 예술적 재능을 가지고 있다 하더라도 굶어죽는 것이 예정되어 있다면, 어느 누구도 그 세계에 뛰어들 까닭이 없는 것이다. 이러한 의지와 실천을 통하여 전통을 계승하고 세계로 펴나가게 하는 것이야말로 진정 송만갑을 기념하고 현창(顯彰)하는 것이 될 것이다.

3. 박동실의 삶과 판소리 활동

머리말

판소리의 역사에서 우리가 박동실을 처음 만나게 되는 것은 판소리의 한 유파인 서편제의 전승도(傳承圖)에서이다. 이에 의하면 서편제는 박유전으로부터 비롯되어 이날치로 전승되고, 이것이 다시 김채만(金采萬)으로 이어지며, 이를 박동실이 이어받아 현재의 한애순(韓愛順)과 장월중선(張月中仙)에게 전승되었다는 것이다. 또한 장월중선의 소리는 그의 딸인 정순임(鄭順任)에게 이어졌다.

그러나 박유전(1835-1906)과 이날치(1820-1892)의 연관은 유파로 확대하여 설명될 수는 없다. 그들의 나이나 활동 영역, 그리고 문화적 차이는 그들을 단순히 사승 관계(師承關係)로 설명할 수 없게 하기 때문이다. 오히려 이날치는 송흥록의 소리를 가능하게 했던 기반으로서의 소리 모습을 오롯이 가지

고 있다고 할 수 있다.[38] 이날치를 뒤이어 나타나는 김채만과 박동실은 화
순과 담양으로 이어지는 전통적인 광주소리의 중심 인물이다.[39] 광주소리
가 판소리 저변의 모습을 보여주고 있다는 것은 여러 면에서 확인되고 있
다. 이른바 문화적 세뇌 과정을 거치지 않은 토속문화로서의 성격을 지니고
있는 것이 한애순과 장월중선에 의하여 우리에게 보여준 <심청가>의 모습
인 것이다. 그 중심에 서 있는 인물이 바로 박동실이다.

그러나 그것일 뿐, 박동실에 대한 일반적 기록은 갑자기 사라진다. 다만
좀 더 세밀하게 판소리사를 규명하고자 할 때, 박동실은 다시 광주소리의
대부(代父)였다는 설명과 마주하게 된다. 판소리사를 빼곡히 채웠던 대부분
의 명창들이 그의 영향을 받았고, 그가 해방 전후를 중심으로 창극 활동에
매진하였다는 기록을 만나게 되는 것이다. 해방 이후 서울보다 먼저 이루
어진 창극단 결성을 통하여 박동실은 국악 진흥을 위한 선봉에 서기도 했
다. 이후 서울에서 결성된 본격적인 창극단으로 대부분의 단원들이 옮겨
해체되었지만, 그가 판소리사의 중심에 섰던 것은 분명하다.[40]

그리고 다시 그가 판소리 연구에서 관심을 받게 된 것은 그가 주도적으
로 제작 보급했던 <열사가(烈士歌)>에 대한 조명에서이다. 박동실은 해방
전후를 통하여 <열사가>를 의욕적으로 보급함으로써 판소리의 외연(外延)
을 확대시켜 나갔다. 이것의 성공 여부나 전승의 활성화는 별개로 치고, 기
존의 5가에서 벗어나지 못했던 판소리의 영역 속에 민족의 현실을 담아낼
수 있는 방편으로 판소리를 선택하였다는 점은 대단히 의미심장하다.[41]

이나마 만날 수 있었던 박동실의 관련 자료는 그러나 다시 더 이상의 모
습을 찾을 수 없었다. 따라서 그의 출생이나 가계, 그리고 사망 시기 등도
각각의 자료 속에서 통일된 것으로 제시되지 않았다.

2002년 2월 그가 후진을 교육하였던 담양의 지실 정각에서는 조촐하지
만 의미있는 한 행사가 열렸다. <성산별곡>의 산실인 식영정(息影亭)과 조

선조 정원 양식을 잘 보여주고 있는 양산보(梁山甫)의 소쇄원(瀟灑園) 사이에
단아한 모습으로 건축되어 있는 가사문학관의 뜰에 박동실의 소리 기념비
가 건립되고, 그 제막식이 열렸던 것이다. 그를 기념하는 비문(碑文)에서 그
는 1897년 9월 8일 출생하여 1968년 사망한 것으로 기록되었다. 이는 그의
출생과 사망에 대한 여러 기록을 검토하여 내린 최종적 결론이라고 할 수
있다.[42)]

여기에서 드러난 자료와 각각으로 흩어져 있는 기록을 정리하여 운명적
으로 박동실에게 주어졌던 선택과, 스스로의 의지에 의하여 선택한 길이
우리의 판소리사에서 가지는 의의를 찾아보고자 한다.

출생과 판소리의 길

박동실은 1897년 9월 8일 전남 담양군 담양면 객사리 241번지에서 출생
하였다. 그의 출생 시기에 대하여는 1893년, 1896년, 1897년 9월 8일 등 다
양한 주장이 있다.[43)] 그러나 그의 제적등본과 앞에서 언급한 북한측 자료
에 1897년으로 기록되어 있어, 이를 존중하기로 한다. 그가 태어난 곳은
담양군 담양읍 객사리 241번지로 일치된 견해를 보이는데, 북측 자료는 그
가 전남 담양군 금성면 대판리의 '세습적으로 음악을 물려오는 가정'에서
출생하였다고 기록하였다.[44)] 여러 기록 등을 종합해 볼 때, 담양읍 객사리
241번지는 박동실이 아버지로부터 분가하면서 살게 된 곳임을 확인할 수
있다. 제적등본에 의하면 1923년 광주군 본촌면 용두리 467번지에서 이곳
으로 전적하였고, 그의 아버지인 박장원도 이곳에서 사망하였다. 또한 본
관이 대구인 어머니 배금순은 1929년 3월 25일 광주군 본촌면 용두리 467
번지에서 사망하였다. 따라서 그의 출생지로 유력하게 거론할 수 있는 곳
은 광주군 본촌면 용두리와 북측 자료에 나타난 담양군 금성면 대판리의

두 곳으로 한정된다.[45] 그러나 누차의 현장 답사 결과 이 두 곳에서 그의 흔적을 찾는 것은 거의 불가능하였다.[46] 따라서 현재로서는 기존의 자료에 나타난 '담양면 객사리'를 따르고자 한다. 박동실의 생애와 활동에 대하여 현지인들의 증언이 일치하는 곳은 이곳이 유일하기 때문이다.

그의 가계가 판소리와 관련되어 있기 때문에 그는 출생과 함께 판소리의 환경 속에서 자랐을 것으로 추정된다. 아버지인 박장원, 외조부인 배희근으로부터 집안소리를 이어 받았으며, 성장하여서는 배희근의 제자인 김재관을 통하여 명창으로서의 자질을 갖추게 되었다고 한다.[47] 그는 '세습적으로 음악을 물려오는 가정'에서 태어나고 성장하였기 때문에 판소리를 체득할 수 있는 환경 속에 놓여 있었던 것이다. 배희근의 판소리적 역량이나 위상은 『조선창극사』와 이건창(李建昌)의 관극시(觀劇詩), 그리고 북한측 자료 등에 잘 나타나 있다.[48] 따라서 그가 어린 나이에 이미 창극에 출연하였다는 기록은 충분한 신빙성을 가지고 있다.[49]

그러나 박동실이 판소리사의 전승도에서 보다 의미를 갖는 것은 이날치에서 김채만으로 이어지는 서편제의 맥을 이었다는 데에서 찾을 수 있다. 김채만은 1865년 화순군 능주에서 태어났는데, 후에 광주 속골(현재 광주시 남구 구암촌)로 이사하여 제자들을 양성하였다.[50] 그는 1902년 김창환의 권유로 상경하여 원각사에 참여하였고, 고종 앞에서 소리하여 통정대부라는 명예직을 제수받았다. 송만갑에게서 소리를 배우고, 동편의 소리를 지켜온 김정문은 김채만의 지도도 받았는데, 그는 두 스승의 소리를 "송만갑의 소리는 호화찬란한 높은 누각과 같고, 김채만의 소리는 문방사우 아정하게 맞춘 한옥의 품격과 같다."고 비유하여 설명하고 있다. 또한 '상성으로 위에서 가지고 노는 기술은 송만갑이 으뜸이고, 엄격하고 용서가 없기로는 김창환이 으뜸이고, 목청 크고 호령 잘하기로는 이동백이 으뜸이고, 오장육부를 긁어대기로는 김채만이 제일'이라는 평가도 김채만의 소리결을 보여준다.[51] 김채만이 서울에 머문 것은 그렇게 오랜 기간은 아니었던 것으로 보인다. 1907년에는 김창환협률사에 참여하여 전국을 돌아다녔는데, 1910년 협률사가 해체되자, 고향에 머물면서 본격적으로 제자를 양성하고자 하였다. 그는 서울에 가기 전인 1890년대 후반부터 이미 속골에서 제자를 가르쳤기 때문에 교육자로서의 명성은 널리 알려졌을 것이다. 그러나 서울에서 돌아온 이듬해 강진에서 47세의 젊은 나이로 사망하였기 때문에 그 뜻은 이루어지지 않았다.[52]

박동실이 본격적으로 소리 공부를 시작한 것이 9살부터이니, 김채만과 접할 수 있었던 시기는 김채만이 김창환 협률사에 참여했던 기간으로 추정할 수 있다. 이때 박동실과 함께 김채만의 소리를 배운 사람은 박화섭(朴化燮,) 한성태(韓成泰), 신용주(申用珠), 박종원(朴宗元), 김정문(金正文), 공창식(孔昌植) 등인데, 흔히 그들을 '속골 명창'이라고 불렀다. 여기에서 머물지 않고 '광주소리'나 '광주판 서편제'로 통칭하는 것은 그들의 소리가 여타의 소리와는 구별되었기 때문이다.[53]

1920−1930년대에 나타난 박동실의 활동은 제자의 양성과 창극 공연 참가로 이어졌다. 1921년 김채만의 제자들로 조직된 광주협률사에 참여한 것으로 보아, 이때까지는 독공의 수련 기간을 가졌던 것으로 보인다. 1925년 광주협률사가 해체된 후 개인적인 활동을 통하여 널리 알려졌는데, 이때 구례의 박봉래(朴奉來), 정창석 등과 교유하면서 소리의 깊이를 더하기도 하였다. 이날치가 동편제인 박만순의 수종고수(隨從鼓手)였다는 점, 그리고 동편제의 김정문이 김채만을 사사한 것과 마찬가지로 박동실은 박봉래와의 교유를 통하여 한쪽에 편벽된 소리를 지양하였던 것이다.

1930년 화순협률사, 리리협률사[54] 등을 따라 광주, 함흥, 청진 등 전국을 순회하였는데, 이때 동행한 사람이 후일 그가 월북할 수 있는 여건을 마련했던 안기옥(安基玉)이다. 30년대 후반에 그는 박석기와 만남으로써 새로운 판소리의 인생을 맞이하게 된다. 박석기(朴錫驥)는 일본 경도 제삼고와 동경 제국대학 불문과를 졸업한 인물로 뒤에는 체육인으로 활약하였지만, 이 시기에는 백낙준(白樂俊)으로부터 신쾌동(申快童)과 함께 거문고 산조를 전수받았다.[55] 백낙준류 거문고산조는 박석기에게 배운 한갑득(韓甲得)을 통하여 현재 전승되고 있다.[56] 그는 1935년 무렵 담양군 남면 지실에 정각을 짓고 박동실로 하여금 소리꾼들을 지도하게 하였다.[57] 이곳을 거쳐간 연창자는 김소희, 한애순, 박귀희(朴貴姬), 한승호(韓承鎬), 박후성(朴厚性), 임춘앵(林春鶯), 임유앵(林柳鶯), 김녹주(金綠珠), 박송희(朴松熙) 등을 망라하고 있어, 현대 판소리 전승의 중요한 장소로 부각되었다.

박석기는 화랑창극단을 결성하고, 1939년 여름 광주극장에서 <춘향전>으로 창립 공연의 막을 올렸다. 그리고 서울로 진출하여 창작 사극인 <봉덕사의 종소리>를 공연하였는데, 이는 창극단에서 공연한 최초의 창작 사극이라는 의의를 갖는다.[58] 여기에는 여성 연창자들이 대거 참여하였기 때문에, 후일 발생하는 여성 국극의 가능성도 열리게 되었다. 박석기는 일제의 민족문화 말살이 본격화되는 강점기 후반에 연창자들의 후견인의 역할을 함으로써, 조선 후기의 양반 좌상객들이 보여주었던 판소리 참여의 모습을 재현하였다는 점에서 의의를 갖는다.

해방이 되자 서울에서는 1945년 8월 19일 함화진(咸和鎭)을 원장으로 하여 국악원이 발족하였다. 같은 때에 광주에서는 광주성악연구회가 발족하였는데, 그 아래 직속 창극단을 두고 창극의 공연을 준비하였다. 박동실은 오태석(吳太石), 조상선(趙相鮮), 공기남(孔基南) 등과 함께 아성창극단을 주도하면서 1945년 10월 15일 박황 각색의 <대홍보전>을 공연하였는데, 이는 광복 후 최초의 창극 공연이라는 역사적 의미를 갖는다.[59]

1947년 박동실은 '국극협회'라는 창극단을 만들어 지방 공연을 나섰다. 여기에는 김소희, 김득수(金得洙), 박후성(朴厚性), 한일섭(韓一燮), 공옥진(孔玉

振) 등이 참여하였는데, 동일창극단이 공연한 바 있었던 <일목장군>을 <고구려의 혼>으로 제목을 바꾸어 공연하였다.[60] 그러나 흥행에 실패를 하여 3개월만에 해산을 하고, 박동실은 이후 공기남, 조상선 등과 함께 서울의 여관에 머물면서 소리를 배우러 오는 사람들을 가르쳤다고 한다.

격변의 시기와 스스로의 선택

지금까지 정리한 박동실의 생애는 그 당시 그러한 집에서 태어난 연창자로서 당연히 걸어갈 수 있는 길이었다. 인생의 많은 부분은 이렇게 큰 흐름 속에 자신도 모르게 휩쓸려 지나가기 마련이다. 그 흐름이 영광의 길로 이어져 우아한 삶을 영위하기도 하고, 또 자신이 선 지점이 오욕(汚辱)의 길로 이어져 운명적 비극으로 자신을 내몰기도 하는 것이 우리가 살아가는 삶의 모습일 것이다. 영욕으로 나뉘는 것이지만 그 모두가 자신이 선택한 것이 아니라, 자신이 소속된 집단이나 시대에 떠밀려 이루어진 것이라는 점은 동일하다. 그래서 이러한 삶 속에서 우쭐대거나 비굴할 이유는 없어 보이기도 한다.

박동실은 정각에서 이루어진 박석기와의 운명적인 만남을 통하여 자신이 소속된 집단의 흐름에서 벗어나 스스로의 선택의 길로 들어선다. 해방을 중심으로 하여 이루어진 <열사가>는 기존의 판소리 향유 집단의 큰 흐름에서는 이탈되어 있기 때문이다.[61] <열사가>가 창작 판소리로 불려지는 것은 그 곡이 판소리의 흐름으로 이루어져 있기 때문이다. 그것은 박동실의 기반이 그러하기 때문에 나타난 필연적 현상이다. 그러나 <열사가>의 서사적 전개는 이전의 전통 판소리와는 구별된다. 비장과 골계의 반복이나 긴장과 이완의 연속을 통하여 삶의 진실 속으로 끌어당기는 기존의 판소리와는 달리 <열사가>는 긴장과 비장의 연속으로 이루어져 있는 것이다. 이완이나 골계가 틈입할 수 있는 여지나 인물이 <열사가>에서는 찾아볼 수 없다. 주인공 자체를 공격함으로서 일어나는 골계의 폭발 현상이 용인될 수 있는 여지를 <열사가>는 근본적으로 차단하고 있다.

이러한 이유에서 <열사가>의 연창은 판소리 소리꾼으로서는 대단히 힘든 일일 수밖에 없다. 주인공을 비판의 거리에 두고 청중과 일체감을 향유할 수 없기 때문이다. 그런데도 박동실은 <열사가>의 전승에 상당한 열의를 보인 것으로 알려져 있다. 그래서 박동실에게 배운 사람들은 자연스럽게 이 <열사가>의 흐름 속으로 들어가기도 했다. 이전에 가르쳤던 판소리가 자신에게 주어진 전통의 부하(負荷)였다면, 이는 전통의 큰 흐름 속에 새롭게 첨가할 수 있는 자신만의 목소리로 인식하였는지도 모른다. 이것은 최근에 비장의 연속으로 이루어져 있는 <백범 김구>나 <광화문의 북소리>, <논개> 등이 창극으로 공연될 수 있다는 가능성을 보여준 것이기도 하다.62)

<열사가>는 민족의 암흑기를 딛고 일어서는 열사의 영웅적 모습을 통하여 미래의 세계를 제시하고 있다. 열사의 활약을 찬양하면서 동시에 그런 열사가 나타나지 않기를 바라는 이중적 의미가 <열사가>에 내재되어 있는 것이다. 그런데 이 <열사가>는 <이준 열사가>, <안중근 열사가>, <윤봉길 열사가>, <유관순 열사가>로 이루어져 있는데, 그 흐름으로 보아 앞의 세 편과 <유관순 열사가>는 구별이 되고 있다.63) 이준 열사로부터 윤봉길 의사까지의 서사는 그 앞과 뒤가 서로 연결되어 전체적으로는 하나의 큰 작품을 이루고 있으며 시대의 흐름과도 일치하고 있어, 한 작품으로 구성하고자 하는 의도로 제작한 것으로 볼 수 있다. 그런데 <유관순 열사가>는 현재도 독립적으로 불리어지고 있는 것처럼 앞의 작품과는 그 성격이 다르다. 이러한 구성 방식은 또한 시대의 흐름과도 일치하고 있어, 크게는 두 편이지만 그 속에는 네 명의 열사를 포괄하고 있는 것이다. 이

는 신재효가 <오섭가(烏蟾歌)>에서 이미 실험한 옴니버스식 구성 방식의
재현이어서 판소리사적으로 중요한 의미를 갖는다. 이러한 구성상의 문제
와 시대적 상황을 고려한다면 <열사가>의 창작은 해방 이후에 이루어진
것으로 보는 것이 타당하리라고 본다.[64]

고인 물은 썩게 마련이다. 계절의 변화에 아랑곳하지 않고, 사시사철 똑
같은 옷을 걸치고 있다면, 그것은 살아있는 사람이 아니라 허수아비일 뿐
이다. 판소리는 시대의 변화를 예리하게 포착하고, 이에 적응하면서 스스
로의 생존 능력을 과시하였다. 그러한 판소리의 본질과 생태를 박동실은
예리하게 인식하였던 것이고, 이것이 민족주의적인 의지와 결부되었다는
점에서 그의 판소리사적 기여는 다시 재평가될 수 있다. 그가 있음으로써
판소리는 민족 의식과 직접적으로 연결될 수 있다는 의미심장한 가치를
지니게 되었기 때문이다.

박동실은 1950년 전쟁이 일어나자 이미 앞에 가 있던 안기옥의 예를 따
라 월북의 길을 선택하였다. 박동실의 월북은 여러 정황을 볼 때, 자발적인
것으로 추정된다. 박석기와 같이 정각에서 어울렸던 동료들도 그와 함께
북으로 넘어갔다. 박동실이 북으로 넘어감으로써 그와 관련된 모든 것들은
말하는 것, 듣는 것조차 금기시되었다. 그에게 배웠다는 사실은 더더욱 깊
이 감추어져야 했고, 이렇게 판소리사의 중요한 맥은 단절되었던 것이다.
<열사가>의 적극적 향유를 통하여 이루어진 그의 의식으로 볼 때, 친일파
가 다시 득세하는 모습은 차마 견디기 어려웠는지도 모른다. 그는 서울의
여관방에 앉아서 북으로 갈 사람들을 포섭하는 음습한 운동가의 모습으로
이미 변화되었던 것이다.[65]

그가 북에서 한 일은 다음과 같이 요약할 수 있다.

· 1950년 월북 국립예술극장 협률단에 입단, 사회주의 음악예술인의 칭호

받음.

- 판소리 양식에 토대하여 단가 형식의 곡조와 가사의 대본 및 가사까지 지은 작품 : <김장군을 따르자>, <녀성영웅 조옥회>, <해군 영웅 김군옥>, <역사가> 등 9편.
- 판소리를 함축한 장가 형식의 작품 : <조국해방실천사>, <새로운 조국>, <조국의 기발>, <사회주의 좋을시고>, <승리의 10월>, <백발의 결의> 등 10편.
- 단가 형식의 작품 : <해방의 노래>, <단결의 노래>, <금강상 휴양의 노래>, <조중 친선> 등 수십여 편을 창작하여 무대에 올림.
- 전통적인 고전음악형식들에 사회주의적 내용을 담은 것으로 하여 시대 정신을 반영한 작품들로 호평을 받음.
- 1956년부터 평양음악무용대학에서 교원, 민족음악연구사로 사업함.
- 민족고전음악을 현대적 미감에 맞게 계승 발전시키기 위해 노력함. 이 시기에 창극 현대화 사상을 높이 받들어 평양음악무용대학의 창조집단과 함께 창극 <춘향전>을 현대화 함 : 탁성의 제거, 남녀 성부의 구분, 가사에서 한문투를 없애는 노력을 함.
- 전통적인 성악 유산을 수집 정리하고 연구 분석하는 음악과학연구사업을 통하여 여러 편의 연구 논문을 발표함.
- 1957년 9월 김일성은 환갑상과 함께 공훈배우 칭호를 수여함.
- 1961년 7월 27일 인민배우 칭호 수여. 답사에서 그는 다음과 같이 말함. "오래 짓눌렸던 우리나라의 유구한 민족음악은 해방된 조국에서 우리 당의 밝은 빛을 받고 우후죽순처럼 자라 활짝 피었습니다. 아마도 옛사람들이, 아니 지척에 있는 남녘땅 동포들이 우리의 창극, 우리의 대민족 관현악을 본다면 깜짝 놀랄 것입니다."
- 우수한 민족성악가들을 많이 양성함.
- 박영선, 박영순 등 전쟁고아들을 맡아 민족음악의 대를 이어갈 음악가로, 교육 일꾼으로 키움.
- 1968년 12월 4일 71세를 일기로 사망.[66]

해방 이후부터 6.25 이전까지 북한은 민족음악의 계승 발전이라는 차원

에서 창극에 대해 많은 관심을 기울였다. '고전음악연구소'를 설치하여 창
극 유산을 연구토록 하고, 창극 배우를 양성하였으며, 창극 작품을 창작 공
연할 수 있도록 하는 등 다각도의 조치를 취하였던 것이다.67) 이러한 북한
의 정책이 판소리 연창자들의 월북을 견인하는 역할을 하였고, 박동실은
이러한 사실을 북에 있던 안기옥을 통하여 이미 알고 있었던 것으로 보인
다. 박동실은 북으로 넘어가 조상선 등과 함께 적극적으로 이러한 정책에
호응하였다.68)

북으로 넘어간 그는 전통적인 창극 형태의 <춘향전>, <이순신장군>
등을 제작하였지만, 전반적인 사회 추세를 따라 여성 혁명가의 모습을 형
상화한 작품을 제작할 수밖에 없었다. 그리고 1956년부터는 평양음악무용
대학에서 교원, 민족음악연구사로 근무하면서 민족고전음악을 현대적 미감
에 맞게 계승 발전시키기 위해 노력하였다. 또한 창극 현대화 사상을 높이
받들어 평양음악무용대학의 창조집단과 함께 창극 <춘향전>을 현대화 하
였는데, 그 특징은 탁성을 제거하고, 남녀 성부를 구분하였으며, 가사에서
한문투를 없애는 것 등이었다. 이처럼 박동실은 새로운 형태의 민족극인 혁
명가극의 건설에 참여함으로써 일정 정도 민족 예술의 창조적 계승에 기여
하였다. 전통적인 성악 유산을 수집 정리하고, 연구 분석하는 음악과학연구
사업을 통하여 여러 편의 연구 논문을 발표한 것도 이때의 일이다.69)

그러나 새로운 발성법과 창법, 전통음악의 현대화 등 김일성의 지시에
의하여, 월북한 연창자들의 설 땅은 좁아질 수밖에 없었다. 김일성의 주체
적 문예사상에 기초한 민족 합창이 새롭게 등장하여, 극적 내용의 음악적
처리, 새로운 발성법과 창법, 전통음악의 현대화 등 극음악에서 요구되는
기술적 제반 문제가 정리됨으로써 북한에서는 국악의 전통적인 창법이 없
어지고, 대신 맑고 격정적인 목소리의 창법이 구현되었기 때문이다.70)

박동실 등이 참여하여 이루어진 북한의 창극은 전통적인 관점에서 본다

면 이미 창극의 범주를 벗어난 것이었는데, 이마저도 새로운 형태의 가극으로 변모하였다. 이후 창극이 없어지면서 혁명적인 내용과 사회주의적인 내용을 다룬 민족가극이 나왔고, 음악무용극도 처음으로 그 모습을 선보였다. 이러한 바탕 위에서 북한은 1966년 10월 기존의 일반 가극과 민족 가극을 통합하여 '주체적인 가극'을 정립하였던 것이다.

1970년대에 나타난 북한의 혁명가극은 김일성이 제기한 전통적 음악의 문제점을 해결한 것으로 평가하는데, 여기에는 일정한 정도의 판소리적 수용과 깊은 관련을 맺고 있다. 그리고 여기에 박동실이 기여를 하고 있음은 그에 대한 북한 당국의 대우와 사후 평가에서 드러나고 있다. 이는 추후 연구되어야 할 과제이지만, 박동실의 열정과 능력이 북한에서 온전히 펼쳐진 것으로 보이지는 않는다. 남도의 애절한 감정을 담은 소리로 차가운 북한의 혁명 대오를 녹이기에는 무리였는지도 모른다.

박동실의 선택에 대한 생각

박동실은 남녘의 담양에서 태어나 북녘땅에서 일생을 마쳤다. 그가 젊음을 보냈던 기간은 일제의 식민지 시기였으며, 그의 말년은 해방된 남한의 세계와 북한의 세계를 오가는 것으로 이루어졌다. 오직 목구성 하나를 가지고, 이곳저곳과 이런저런 모습을 보여주며 일생을 마쳤다. 그의 말년이 우리가 생각한 만큼 불행한 것이 아닌지도 모른다. 그가 염원한 것처럼 남녘의 판소리를 북쪽에 전파하여 같이 융합시키는 행복을 경험했는지도 모른다.

그러나 분명한 것은 그와 같이 세상을 사는 사람들은 그렇게 많지 않았다는 사실이다. 그처럼 격동의 삶을 살지 않고도 많은 사람들은 자신을 성장시킨 토양 위에서 큰 변화 없이 자기의 길을 걸어갔던 것이다. 성장한 나무가 다른 곳에 옮겨 심어졌을 때, 그 적응을 위하여 얼마나 많은 몸살이 있었을 것인가? 그래서 자신의 토양을 떠나 새로운 환경으로 들어선다는 것은 어떤 의미에서건 용기를 필요로 한다. 가만히 있으면 어른 대접받으며 안온한 노년을 보낼 수 있었을 것이다. 그런데도 그는 새로운 곳으로 옮겨 다시 눈치 보는 이주자(移住者)의 삶을 선택하였다. 그 선택 또한 어쩔 수 없이 주어진 운명이거나 기질이었을 수도 있다.

그러나 그러한 선택이 있어 우리는 판소리 연구의 시야를 북쪽의 혁명가극까지로 넓힐 수가 있다. 그는 북쪽의 현대극과 판소리의 관련을 새삼스럽게 따져보게 하는 고리가 되었던 것이다. 이 글은 그의 선택에 대한 안쓰러움에서 출발하여 장중(莊重)한 나무의 그늘을 보는 것으로 끝날 수 있었다. 비록 출생지 하나 제대로 규명할 수 없는 생애였지만, 이주와 변화를 통하여 자신의 영역과 경계를 훨씬 넓혔던 대인의 모습을 확인할 수 있었기 때문이다.

앞으로의 과제는 그렇다면 그가 북쪽에서 한 일의 성과에 대한 조명이 될 것이다. 현재의 삶 속에서 그의 체취를 발견하고, 그가 기울였던 노력의 의미를 되새겨 보는 것은 남과 북의 유대 확인을 위해서도 긴요한 과제이다. 그는 우리에게 다시 민족 공동체를 생각하게 하는 화두를 던져 주었던 것이다.

4. 김연수와 신재효의 거리

다르지만 비슷한 길

신재효(1812-1884)가 전북 고창에서 사거한 지 20여 년 뒤에 김연수(1907-1974)는 저 먼 전라남도 남쪽 섬의 국악을 세습으로 하는 가정에서 태어났다. 일차적으로 그들은 기존의 사설을 개작하여 집대성했다는 점에서 공통점을 지니고 있다. 실제로 김연수는 자신의 사설 개작에 있어 신재효를 참고함으로써 일정한 정도 그를 정신적 사표(師表)로 삼았다고 할 수 있다.

사설은 총체적 예술인 판소리의 성격을 규정짓는 핵심 영역에 속한다. 판소리의 예술성을 판가름하는 것으로 당연히 그 음악성의 성취를 들지만, 이 음악성 또한 좋은 사설을 기반으로 한다는 점은 부인할 수 없다. 더구나 예술성을 차치하고라도 그 예술이 전달하고자 하는 일차적인 메시지는 사설에서 드러날 수밖에 없는 것이 시간예술인 음악이 갖는 특성이다. 따라서 사설의 변화를 통하여 자신이 드러내고자 하는 메시지를 전달하는 것은 피할 수 없는 속성인 것이다.

그러나 그들의 공통점이 사설에 한정되는 것은 아니다. 그들은 판소리의 현실을 냉정하게 바라보고, 이를 그들이 생각하는 판소리의 개혁에 반영하였기 때문이다. 물론 신재효가 판소리에 관심을 가지고 이를 개혁하고자 했던 환경은 결코 김연수가 처했던 환경과 같을 수 없다. 서민예술로 성장하면서 그 전성시대를 맞이했던 시대의 판소리와 나라를 잃고 더구나 일본과 서양의 문화가 밀려왔던 시대의 판소리가 처한 상황이 결코 동일할 수는 없었던 것이다. 이처럼 시대가 변하고 또 사회적인 환경이 변하였는데도 그들이 판소리를 바라보고 이를 변화시키고자 한 방향은 상당한 정도의 일치를 보이고 있다. 그것은 90여년의 간격을 두고 태어난 두 사람의 삶과 관련지어 볼 때 퍽 흥미로운 일이 아닐 수 없다.

이러한 공통적인 지향에도 불구하고 그들이 처한 환경이 사뭇 달랐기 때문에 그들의 대처 방식 또한 상당한 정도의 차이를 보이고 있다. 그들이 살았던 시대가 달랐고, 그들이 종사한 일도 달랐다. 신재효는 자신의 소임인 중인의 역할을 수행하면서 판소리와 관계를 맺게 되었고, 그래서 후원자의 역할을 자임하였다. 이에 반하여 김연수는 태생부터 판소리와 깊은 관련을 맺을 수밖에 없는 상황 속에서 성장하였다. 따라서 이론가로서 접근하는 판소리와 실제 연기자로서 대하는 방식이 같을 수는 없는 것이다. 이렇게 다른 관점으로 보면 그들은 같은 선상에서 비교할 수 없을 정도의 차이를 노정(露呈)하고 있다. 그런 차이를 가지고 있는 두 사람이 판소리사의 중심에 서서 어떤 역할을 담당하였는가를 살피는 것은, 그래서 두 사람만의 단순한 비교를 넘어 전통의 계승과 변화라는 측면의 해명에 일정한 정도 기여할 수 있을 것이다. 또한 이를 통하여 앞으로 전개될 필연적인 환경의 변화에 판소리가 어떻게 대처해야 하는가에 대한 암시를 받을 수 있을 것으로 생각한다.

판소리와의 만남

김연수는 신재효와 많은 부분에서 닮았다. 김연수 자신이 신재효를 모방의 대상으로 삼았고, 그의 작품에 대하여 충분한 검토를 하였기 때문에 이는 당연한 현상이라고 할 수도 있다. 그러나 그들의 출생은 90여 년의 간격이 있으며, 더구나 그들을 둘러싼 환경은 상전(桑田)이 벽해(碧海)가 될 정도의 엄청난 변화가 이루어졌다. 그런데도 그들은 작품만이 아니라 판소리에 접근하게 된 계기나 판소리에 대한 인식, 그리고 삶의 방식에서도 상당한 정도의 유사성을 보이고 있다.

우선 그들의 출생은 만족할 만한 환경이 아니었다는 점에서 공통점을 지니고 있다. 신재효는 경기도 고양에 살다가 전북 고창에 내려와 관약방을 하던 신광흡의 아들로 태어났다. 아버지가 물려준 부와 스스로 마련한 재력을 바탕으로 아전으로서의 삶을 누렸지만, 그의 활동은 철저하게 중인이라는 한계 속에서만 이루어져야 했다. 신분제 국가인 조선 사회에서 그의 능력이 아무리 뛰어나다고 해도, 그는 중인으로서의 활동 범위를 벗어날 수 없었던 것이다. 신광흡이 서울에서 담당하고 있던 경주인은 중앙 정부와 지방 관청의 연락 사무를 맡아보는 향리를 가리킨다. 공사의 일로 상경하는 지방민의 접대 보호와 지방관의 사속(私屬) 역할, 중앙과 지방간의 문서 연락 등이 그들의 주요 임무였다. 특히 지방 세공(稅貢)의 책임 납부나 대납(代納)의 이자, 숙박의 비용 등을 통하여 치부를 할 수 있는 여지가 많았다. 따라서 서울의 관리와 양반들은 경주인의 자리를 사들여서 자기들 하인에게 그 일을 맡기기도 하였다. 이런 점에서 경주인의 신분은 향리나 천예(賤隷)로 인식되었던 것이다.

신광흡이나 그 아들인 신재효가 소속되는 향리는 행정 실무를 담당하는 하급지배신분층으로 광의(廣義)의 중인층에 속한다. 행정 실무를 담당한다는 면에서 일차적으로 그들은 지식인 계층에 속한다. 그들은 하층 계급인 서민이나 천민과 같이 운명적으로 관직에서 소외되어 생산에 종사하는 집단은 아니었던 것이다. 따라서 사유(思惟)의 대상을 자신에게만 국한시키지 않고 자신을 포함하는 집단, 나아가 통치 집단의 관점에서 파악할 능력을 가지고 있었던 것이다. 왜냐하면 그들은 자신에게 행정적 지시를 하는 집단과 그 지시의 대상인 하층 집단이 부딪히는 접점에 놓여 있는 존재였기 때문이다. 따라서 그들은 이러한 양측의 중간자적 입장에서 조선조 사회의 모순을 파악할 수 있었고, 이를 대체해야 할 비전도 가질 수 있는 위치에 있었던 것이다.

그러나 그들에게서 사회의 발전에 긍정적으로 기여할 수 있는 방향으로 나아간 경우는 거의 찾아보기 어렵다. 사람들은 자신이 처한 위치에 만족하고, 이를 토대로 자신의 영달이나 부의 축적에 매진하는 것이 일반적이기 때문이다. 그들에게 있어 고위 관직이나 명예 등은 아예 차단되어 있었다. 또한 경제적인 면에서도 관둔전(官屯田)이나 아록전(衙祿田)의 수입, 또는 인정미(人情米) 등에서 받는 약간의 급료만이 그들의 행정 실무에 대한 대가일 뿐이었다. 따라서 자신의 실무적 직위를 이용하여 부를 축적하는 부정이 횡행할 수밖에 없었다. 자신을 지휘하는 지방 수령들과는 야합하거나 갈등하는 관계를 형성하였으며, 토착세력과 결탁함으로써 조선 후기 사회 혼란의 주요 원인으로 지적되기도 하였다. 지방의 향리가 민란의 주요 공격 대상으로 등장하게 되었던 것도 그들의 부정이 극도에 달했던 것에서 연유한 것으로 보인다.

중간적 존재로서 가질 수 있는 긍정적 기여와 부정적 폐해의 사이에 향리층은 위치하고 있다. 그러나 투철한 현실인식을 가질 수 있는 중간 위치에 있었지만, 그들은 고정된 신분제도 속에서 그 동력을 드러낼 수 없었다. 그들의 현실 인식이 상통하달할 수 있는 통로를 철저하게 가로막는 제도적 완강함이 존재하기 때문이다. 그들은 지배층의 앞잡이가 되어 피지배층을 수탈하는 첨병(尖兵)의 역할로 내몰리기도 했던 것이다.

그런 출신의 한계 속에서 신재효는 결국 자신에게 주어진 현실을 받아들이고 아전으로서의 성취를 달성하는 길을 선택할 수밖에 없었을 것이다. 신재효가 성취한 부의 축적과 향리의 으뜸인 호장의 지위에 오른 것은 그러한 인식의 결과로 볼 수 있을 것이다. 나아가 명예직이기는 하지만 통정대부를 거쳐 가선대부의 교지를 받은 것도 이러한 인식의 바탕 위에서 이해할 수 있다. 그는 자신이 처한 환경을 최대한 활용하여 부를 축적하고 중인이 도달할 수 있는 최고의 위치로 발돋움하였던 것이다.

이와 같이 신재효는 향리층이라는 집단적 성격과 조선조의 몰락이 가시화되는 시대적 성격의 양 측면을 아우르는 존재이다. 중앙에서 멀리 떨어진 고창에서 그는 최선을 다하여 향리로서의 삶을 살아갔던 것으로 보인다. 자신이 처한 환경에서 나름대로 최선의 삶을 영위하고자 노력했겠지만, 그러나 신분의 차별에서 느끼는 회한은 어쩔 수 없이 몰려왔을 것이다. 자신에게 주어진 운명을 수동적으로 받아들이는 사람이라면 신분의 차별에 대한 문제의식을 느끼지 않았을 것이다. 그러나 신재효는 그러한 제도의 문제점을 인식하고, 이를 비판적 안목으로 대하고 있다. 그런 내면의식은 그로 하여금 조선의 지배구조에 대한 정확한 인식과 비판을 쏟아내게 하였다. 자신이 속한 집단에 대하여 다음과 같이 냉철하게 인식하고 비판하는 것이 그리 쉬운 일은 아니다.

> 사어취웅(捨魚就熊)이라니 곰이 매우 의기 있어 나앉으며 하는 말이 "오늘 우리 모이기는 산중제폐(山中除弊)하자더니, 부모처자 굶길 테요, 가세 부족 멧돼지 상명지통(喪明之痛) 보았으니, 시속에 비하며는 산군은 수령 같고, 여우는 간물출패(奸物出牌), 사냥개는 세도 아전, 너구리, 멧돼지며 쥐와 다람쥐는 굶지 않는 백성이라. 오늘 저녁 또 지내면 여우 눈에 못 괴인 놈 무슨 환을 또 당할지, 그 놈의 웃음 소리 뼈 저려 못 듣겠네. 그만하여 파합시다.71)

이러한 사설의 개작이 이속의 생활을 마친 뒤에 이루어졌다는 것은 그런 점에서 의미심장하다. 자신이 처한 환경을 운명적으로 받아들이고 수용한 것이 아니라 비판과 회한의 대상으로 인식하였기 때문이다. "사나이로 조선에 싱겨 장상덕에 못싱기고 활 잘 쏘아 평통홀싸 글 잘 혼다 과거홀싸"라고 노래하는 그에게서 우리는 그가 가지고 있었던 신분차별의 아픔을 느낄 수 있다.72)

그러나 그가 의미를 갖는 것은 중인으로서의 위상 속에서 스스로의 성취를 도모하였다는 점에 있지 않다. 그는 중인으로서의 성취와는 관계없다고 할 수 있는 판소리의 후원을 자임하였다. 판소리 사설을 다듬고, 연행의 방식에 대한 나름대로의 이론을 확립하였으며, 연창자들을 교육하는 일에 종사하였던 것이다. 요컨대 그는 판소리 연창자를 지원하는 역할을 자임함으로써 양반에 대하여 내면적인 우월감을 갖고자 하였던 것이다. 그의 판소리 활동은 예술 지원을 통하여 신분상승의 욕구를 충족시키려는 보상행위로 이해되며, 아울러 그것은 고창이라는 지역적인 토양과 신재효 자신의 투철한 현실인식이 있었기 때문에 가능했다. 이런 점에서 그는 당시의 다른 중인층들과 구별되는 '특별한 개인'이었음에 틀림없다.

자신에게 주어진 환경에 따라 판소리와 관련을 맺게 되었다는 점에서는 김연수도 신재효와 크게 다르지 않다. 김연수는 1907년 전남 고흥군 금산면 대흥리에서 출생하였다. 그가 태어나기 이전의 명창들은 대부분 그 출생지가 불분명한 것에 비하면 그의 출생지나 연대는 정확하게 제시되고 있다.73) 그러나 김연수는 한 번도 자신의 출신과 관련된 이야기를 하지 않았다. 따라서 그가 살아 있을 때는 그가 말한 자신의 이력을 신뢰할 수 있는 자료로 삼을 수밖에 없었다. 물론 그의 출신에 관한 내력을 잘 알고는 있었지만, 이를 언급하지 않았을 뿐이라고도 할 수 있다. 스스로 말하기를 꺼려하는 부분에 대하여 상세하게 들춰낼 필요는 없다고 생각했을 것이기 때문이다.

그의 이력에는 출생 사실 뒤에 곧 이어 14세까지 9년간 한문을 수학하고, 1927년 중동중학을 수료한 뒤 귀향한 것으로 기록되어 있다. 그리고 바로 이어 1935년 유성준을 찾아가 <수궁가> 전편을 수업한 뒤, 같은 해 7월 상경하여 조선성악연구회에 들어가고, 송만갑으로부터 <흥보가>와 <심청가>를 배운 판소리 수련의 경력만이 기록되어 있다.74) 물론 판소리와 관련된 연보의 작성이기 때문에 다른 경력은 생략하였을 수도 있다. 또한 출생 후 20년간의 행적이 판소리적인 면에서 의미를 갖지 않는 것이라고 생각하여 생략한 것으로 생각했을 수 있다. 그런데 중학교 졸업 후 8년의 기록 또한 공백으로 남아 있다. 식민지 시기의 중학교 졸업은 사회 활동을 위한 자격을 의미하는 것으로 볼 때, 공백으로 남아 있는 그의 경력은 자못 의심을 갖게 하는 부분이라고 할 수 있다.

이 부분에 대하여 관심을 갖는 이유는 그의 판소리가 어떤 기반 위에서 이루어진 것인가를 설명하는 중요한 시기가 바로 이력에서 공백으로 남아 있는 기간이기 때문이다. 결론적으로 그의 이력에 나타나지 않은 이 기간이야말로 김연수의 김연수다움을 가능하게 한 기간이라고 할 수 있다. 왜냐하면 28살이 되어 유성준을 찾아가 <수궁가>를 배우고 있을 때, 그는 이미 스승의 사설이 가지고 있는 모호성 문제를 강하게 제기할 수 있는 정도의 소양을 갖추고 있기 때문이다. 그는 판소리 사설을 검토할 수 있는 능력을 이미 배양하였고, 이를 수정해야 한다는 강한 의식을 지니고 있었던 것이다.

사설의 모호성에 대한 문제 제기는 단순히 판소리가 가지고 있는 문자의 정확성만으로 한정되지는 않는다. 판소리의 사설은 필연적으로 음악과 결합되어 표현되는 것이고, 나아가 관객 앞에서 공연된다는 점에서 여기에 극적 성격이 융합될 수밖에 없기 때문이다. 그런 점에서 사설의 모호성에 대하여 문제를 제기하였다는 것은 그가 판소리 전반에 대한 소양을 가지고 있었다는 것을 의미하는 것이다. 따라서 그의 이력에서 감추어져 있는 출생 후 20년 동안 그는 자신이 나아갈 판소리의 바탕을 이미 마련했다고 보아야 하는 것이다. 그는 한학(漢學)의 기초와 함께 음악성을 포함하는 판소리 전반에 대한 자신의 이론을 이미 확립하였고, 중동중학교 졸업으로 제시한 이력은 자신의 판소리를 시험하기 위한 서울 나들이로 추측할 수 있다.

그는 가정 전래의 음악적 혈통을 바탕으로 음악 수련을 한 것으로 보인다.75) 물론 어린 나이의 김연수로서는 무업을 계승하고 있는 집안의 굴레를 벗어나고자 노력하였을 것이다. 1894년 갑오개혁의 노비제도 혁파를 통하여 공식적으로는 신분제도가 철폐되었지만, 오랜 기간 유지되어 왔던 뿌리 깊은 신분차별의식은 지금까지도 계속되고 있다. 특히 백정(白丁)이나 재인(才人), 무격(巫覡) 등은 법적으로는 양인이었지만, 사회적으로는 천인과 같은 대우를 받고 있었다. 그들은 일반인이 살고 있는 마을에서 멀리 떨어진 지역에 삶의 거처를 마련해야 했다. 무계에 뿌리를 둔 예인들의 출생 시기나 지역이 고정되지 못했던 것도 이에서 연유한 것으로 볼 수 있다. 그들을 바라보는 외부의 시선이나 그들 자신이 가지고 있는 신분에 대한 차별 의식은 대를 이어 계속되었던 것이다. 김연수의 여동생이 신분적인 차별을 견디다 못해 학교를 중퇴하였고, 김연수의 어릴 적 기질이 굳세고 고집이 센 것으로 기술된 것도 이러한 차별에 대한 반응으로 볼 수 있다.76) 김연수가 한문 공부에 관심을 기울이고, 또 중학교 졸업을 자신의 이력에 넣은 것도 뿌리 깊은 가계의 굴레에서 벗어나고자 하는 강렬한 의식의 표현으로 볼 수 있는 것이다.

전통시대의 무계 집안에서 남성들이 선택할 수 있는 최선의 길이 판소리 연창자라는 사실은 잘 알려져 있다. 그러나 무계와의 관련을 끊고자 하는 사람에게 있어 스스로 무계임을 폭로하는 연창자의 길을 선택하기는 어려웠을 것이다. 그가 자신의 나아갈 진로를 20대 중반까지도 결정하지 못하고 방황한 것은 이러한 이유에서 충분히 이해할 수 있다. 천형(天刑)과도 같은 신분의 굴레에서 벗어나고자 노력하는 것은 당연히 취할 수 있는 행동이기 때문이다.77) 그러나 자신의 고향에서 한문을 배우고, 괴로움을 삭이는 것만으로는 그런 장벽을 뛰어넘을 수 없었다.

김연수가 판소리로 들어서기까지 방황하게 된 것은 이처럼 상당한 정도가 집안의 무업과 관련하여 설명할 수 있다. 그러나 그러한 방황을 딛고 결국 판소리의 길을 선택하게 된 것은 판소리가 가지고 있는 경쟁력과 자신의 능력을 확인할 수 있어야 가능했을 것이다. 그 과정에 놓여 있는 중요한 인물이 바로 오성삼(吳聖三)으로 알려져 있다. 스스로 거론하지는 않았지만 그의 판소리에 대한 견해는 상당한 부분 오성삼과의 연관 속에서 이해할 수 있다.[78] 그 지역에 거주하는 사람들과 함께 김연수는 오성삼으로부터 판소리의 기초를 다졌던 것이다. 오성삼은 고흥 신청의 대방 출신으로 김창환, 송만갑 등의 반주를 함으로써 고법(鼓法)의 체계를 세우는 데 공헌을 했다고 한다. 이는 김연수의 고법이론을 설명하는 핵심적인 내용이 된다는 점에서 의미 있는 전승이라고 할 수 있다.[79]

그러나 김연수는 자신의 이론 확립에 절대적인 영향을 끼친 오성삼에 대하여 언급을 자제하였다. 그는 자신에게 기반을 제공했던 그 '지역'과 그곳의 '사람'들로부터 독립함으로써 '김연수다움'을 형성했던 것이다. 사설이 갖는 중요성을 인식하고 또한 판소리가 지향해야 할 방향을 분명히 인식한 뒤의 선택은 과거의 것을 묵수(墨守)하는 다른 연창자의 판소리와 같을 수 없었던 것이다. 그리고 기존의 판소리를 과감하게 비판하고 수정함으로써 고뇌에 찬 결단이 헛되지 않았음을 증명해 보이고자 했다.

김연수와 신재효는 태생적으로 결핍 요소를 지닌 사람들이었다. 하나는 중인이라는 출신 때문에 남아로서 성취하고자 하는 꿈과 욕구를 접어야만 했고, 또 한 사람은 무계(巫系)의 집안에서 태어나 가슴 속 깊이 한의 응어리를 지닐 수밖에 없었다. 대부분의 사람들은 그런 환경을 운명으로 받아들이고 주어진 삶을 살아간다. 그런데 신재효와 김연수는 자신에게 주어진 환경을 맹목적으로 받아들이지 않았다. 주어진 환경에서 벗어나고자 하는 강한 욕구를 지녔고, 이를 실현시키기 위해 끊임없이 노력하였다. 물론 자신들에게 가해진 제약을 온전히 벗어날 수는 없었다. 그것은 벗어나려고 노력해서 될 일도 아니었다. 그러나 주어진 환경을 최대한 활용하면서 각각의 성취를 향한 노력을 기울였던 것이다. 그것이 판소리와의 만남으로 드러났다.

판소리와의 만남이 숙명처럼 그들의 앞에 섰지만, 그들은 기존의 판소리에 매몰되지 않았다는 점에서 공통점을 지니고 있다. 신재효는 중인의 신분으로서는 문화적으로 최상의 권력을 누릴 수 있었다. 연창자나 기생들을 불러 교육을 시키고, 명창이 되기 위하여 반드시 통과해야 할 관문으로 인식될 수 있는 인물은 그 외에는 없었기 때문이다.[80] 그러한 기반 위에서 그는 자신이 생각한 바를 판소리에 반영함으로써 누구도 이룰 수 없는 뜻깊은 성취를 이룰 수 있었다.

　김연수 또한 자신이 처한 환경에서 벗어나기 위해 한학에 몰두한 경험을 자신의 판소리에 반영하였다. 다른 연창자와 달리 그는 한문에 대한 소양을 길렀고, 이를 바탕으로 사설의 모호성을 바로잡기 위해 노력하였다. 스승인 유성준과의 결별을 초래하면서도 그는 자신의 경쟁적 요소를 포기하지 않았고, 또한 라이벌이라고 할 수 있는 임방울과의 경쟁에서도 사설의 정확성을 바탕으로 대등한 관계를 유지하였다. 이러한 노력과 열정을 통하여 그는 창극계에서 확고한 위치를 차지하였고, 1962년에는 현재의 국립창극단인 국립국극단의 초대 단장이 되었다. 신재효와 같이 교육에 열정을 기울여 보성소리와 쌍벽을 이루는 판소리의 큰 맥을 형성한 것도 그들이 갖는 유사점이라고 할 수 있다.[81]

판소리 이면의 중시

　신재효와 김연수는 살았던 시대나 장소가 달랐지만 판소리를 연행함에 있어 사설의 정확성과 합리성을 추구하였다는 점에서 상당한 일치를 보이고 있다. 신재효는 직접 연행에 참여한 실기자는 아니었지만, 연창자들의 사설을 다듬고 자신의 생각을 거기에 담았다. 그러나 이러한 그의 행적이 판소리에 대한 풍부한 이해에 바탕을 두고 이루어졌다는 것은 분명하다. 그는 판소리의 과거와 현재에 대한 깊은 성찰을 바탕으로 그 나아갈 방향을 제시하고 있기 때문이다. 그렇기에 이미 명창의 반열에 든 사람들까지

도 그의 문하에 들었던 것이다. 특히 판소리 실기에 대한 보완을 위하여
그는 당대 최고의 명창인 김세종을 그의 집안에 같이 기거하게 하면서 직
접 지도하게 하였다. 이 과정에서 판소리에 대한 논의가 끊임없이 이루어
졌을 것이다. 신재효의 판소리 연행에 대한 논의가 상당 부분 김세종의 것
과 일치하는 것은 그래서 당연한 결과로 볼 수 있는 것이다.[82]

판소리와 관련된 신재효의 가장 큰 업적은 기존의 사설을 개작하여 우
리에게 남겨 주었다는 점이다. 그의 판소리 사설 개작본이 있어 우리는 그
가 판소리 사설을 어떻게 바라보았고, 또 어떻게 개작하였는가를 알 수
있게 되었다. 그 이전에 존재했던 판소리 사설은 대부분 구전으로 전승되
었고, 설령 문자로 기록된 창본이 있어도 제대로 보존되지 않았던 것이다.
따라서 신재효의 판소리 사설은 이루어진 시대와 제작한 사람이 확정되
고, 또 한 사람에 의하여 의도적으로 개작된 최초의 저술이라는 의의를
갖는다.

그가 판소리 사설을 개작하게 된 결정적인 이유는 당대의 판소리 사설
에 대한 불만이 있었기 때문으로 볼 수 있다. 그는 판소리 사설이 가지고
있는 문제점을 직접 거론하지 않았지만, 작품의 특정한 부분을 개작하면서
그 이유를 말하였다. 그의 작품에서 개작한 사실을 구체적으로 거론한 경
우는 다음과 같다.

춘향의 곧은 마음 아프단 말 하여서는 열녀가 아니라고 저렇게 독한 형벌
아프단 말 아니하고 제 심중에 먹은 마음 낱낱이 발명할 제 집장가가 길어
서는 집장하고 치는 매에 어느 틈에 할 수 있나 한 구로 몽글리되 안짝은
제 글자요 밖 짝은 육담이라[83]

다른 가객 몽중가는 황릉묘에 갔다는데 이 사설 짓는 이는 다른 데를 갔
다 하니 좌상 처분 어떨는지(49)

다른 가객 몽중가는 옥중에서 어사 보고 산물을 한다는데 이 사설 짓는 이는 신행길을 차렸으니 좌상 처분 어떠한지(77)

향단이 나가서는 다담같이 차린단 말 이면이 당찮것다(133)

춘향어미 눈치없이 밤 깊도록 안 나가니 도령님 꾀배 앓아 배 대면 낫겠단즉 춘향어미 배 내놓고 내 배 대자 하는 말이 아무리 농담이나 망발이라 할 수 있나(133)

아무리 기생이나 열녀되는 아이로서 첫날 저녁 제가 벗고 외옹외옹 말놀음질과 사랑사랑 업음질은 광대의 사설이나 차마 어찌하겠는가(135)

무수히 농탕치되 열녀 될 사람이라 아무 대답 아니 하고 부끄러워 못 견딘다(139)

심청이 거동 보소 뱃머리에 나서 보니 샛파란 물결이며 울울울 바람소리 풍랑이 대작하여 뱃전을 탕탕 치니 심청이 깜작 놀라 뒤로 퍽 주잖으며 애고 아버지 다시는 못 오겠네 이 물에 빠지며는 고기밥이 되겠구나 무수히 통곡타가 다시금 일어나서 바람맞은 병신같이 이리 비틀 저리 비틀 치마폭을 무릅쓰고 앞니를 아드득 물고 애고 나 죽네 소리하고 물에 가 풍 빠졌다 하되 그리하여서야 효녀 죽음 될 수 있나 두 손을 합장하고 하느님 전 비는 말이(191)

토끼가 나올 적에 이비 삼려 보단 말은 아마도 망발인제 짐승은 짐승끼리 사람 말을 빌어다가 서로 문답하려니와 사람이야 짐승보고 무슨 말을 하겠느냐 자라의 충성 토끼의 좋은 구변 자랑하자 한 말이니(317)

화로에 향 피우고 바리에 물을 부어 앙천암축 하시는데 가만가만 빈 말씀을 알 수가 없건마는 제사를 지내실제 축문이 있겠기에 이 사설 짓는 사람 제 의사로 지었으니 공명 선생 아시면 꾸중이나 안하실지(475)

> 삼국지에 있는 사적 조조가 관공 보고 말 타고 빌었으되 비는 뿐 아니기
> 로 부득이 이 대문을 세상이 고쳤겄다(525)

> 강쇠가 나무 하러 나가는데 복건 쓰고 도포 입었단 말은 거짓말(545)

이상에서 제시한 그의 발언은 판소리 사설이 실현 가능한 현실성, 사람으로서 마땅히 지켜야 할 윤리성, 그리고 합리적인 서사의 전개를 갖추어야 한다는 점으로 요약할 수 있다. 갑자기 방문한 이도령을 위한 상차림이 과도하게 이루어지는 것이 현실적으로 불가능하기 때문에 그는 간단한 상차림으로 대체하였다. 그렇다고 하여 그가 판소리가 서민의 꿈을 성취하는 기능을 가지고 있다는 것을 몰각(沒覺)한 것은 아니다. <흥보가>에서 그는 여전히 풍성한 상차림을 보여주고 있다. 어차피 흥보의 아내가 차리는 상차림은 제비의 보은을 통한 꿈의 성찬이기 때문이다. 그는 다만 현실적으로 요구되는 상식을 강조할 때에만, 이를 강조하고 있는 것이다.

그에게 있어 춘향은 여인이 목숨을 걸고 지켜야 하는 '열(烈)'의 화신이다. 그런 덕목을 위하여 기생이나 '대비속신'한 기생으로서의 춘향이 선택되었다는 것은 조선의 제도로서는 용납될 수 없는 일이다. '열'의 강조를 위하여 조선을 지키는 굳센 지주로서의 신분제도까지 희생되는 것이 <춘향가>의 세계이기 때문이다. 여기에는 신분제도와 '열'이라는 두 주장이 아슬아슬하게 공존하고 있고, 따라서 신재효는 조선조의 현실적인 제도를 전혀 언급하지 않는 것을 선택하였다. 그런 선택이라면 춘향을 단순히 사랑에 목숨을 건 아름다운 여인으로 놓아둘 수는 없는 것이다. 그는 그래서 '열녀'되는 춘향으로 일관시키고자 했다. 또한 그에게 있어 <심청가>는 훼손될 수 없는 효도의 윤리와 관계되는 작품이다. 그리고 심청은 그런 효를 수행해야 하는 막중한 책임을 지는 인물이기 때문에 어린 나이의 심청

으로서는 보여주기 어려운 영웅적 행위를 보여주어야 했다. 일상적 인물에게서 볼 수 있는 평범한 행위로 효의 화신인 심청의 모습을 치장할 수는 없는 것이다. 여기에서 그는 실현가능한 현실성을 택하기보다는 인간으로서 마땅히 행하여야 할 윤리적 목표를 내세웠다. 효도를 위하여 어차피 목숨을 내던지게 된 심청은 이미 범인이 취할 수 있는 행동을 뛰어넘고 있기 때문이다.[84] 그래서 신재효의 이러한 윤리적 해석은 아무런 부담 없이 받아들여질 수 있는 것이다.

신재효는 사설을 개작하면서 현실성과 윤리성뿐만 아니라 서사 전개의 합리성에도 깊은 관심을 보였다. 그리고 사실은 이런 태도야말로 신재효가 행할 수 있는 중요한 성취라고 할 수 있다. 서사 전개의 문제는 어느 한 부분만을 부르는 판소리 연행의 현장에서는 문제가 되지 않고, 사설 전체를 조감할 때 제기될 수 있기 때문이다. 따라서 이는 현장의 논리를 따르는 연창자의 경우 발견하기 어렵거나, 설령 발견한다 하더라도 전체의 논리에 따라 수정해야 하기 때문에 섣불리 나설 수 없다고 할 수 있다. 결국 사설 전체를 조감하고, 이를 그에 따라 수정할 수 있는 능력을 갖춘 사람만이 나설 수 있는 일이다. 신재효는 그에 합당한 인물이라고 할 수 있다.

신재효는 춘향이 몽중(夢中)에 가는 곳을 순임금의 이비(二妃)가 기거하는 황릉묘(黃陵廟)가 아니라 직녀(織女)가 거주하는 천장전(天章殿)으로 설정하였다. 이런 변화는 춘향의 성격에 대한 면밀한 고찰이 전제될 때 수행할 수 있다. 즉 신재효는 이몽룡을 기다리는 춘향은 절개를 지키기 위하여 죽음을 택한 이비보다 사랑하는 임을 기다리는 직녀와 연관시키는 것이 타당하다고 생각하고, 과감하게 수정하였던 것이다. 그것이 가지는 의식의 문제는 차치하고라도 이러한 수정이 전체적인 조망 위에서 이루어졌다는 것은 분명하다. 이런 설정은 옥중에서 이몽룡을 만난 춘향이 취하는 행동의 변화에서도 동일하게 나타난다. 옥중 고난을 이미 통과한 춘향으로서는 죽음까지도 받아들일 수 있는 자세를 갖추게 되었고, 그에 따라 의젓한 행동이 더 타당하다고 생각하였던 것이다.

그는 작품 속에서 단편적으로 자신의 개작 의식을 드러내고 있지만, 이러한 의식은 당대 좌상객들이 일반적으로 가지고 있었던 생각으로 보인다. 그러한 내용의 구체적 제시가 정현석(鄭顯奭)의 서간에서 제시되고 있다. 정현석은 신재효에게 보낸 서간 속에서 자신의 판소리관을 극명하게 보여주고 있는데, 그 내용은 대체로 판소리 향유자의 관점에서 제기되고 있는 것들이다. 그가 강조한 내용은 '서사의 조리, 고상한 표현, 단정한 외모와 좋은 목청, 수준을 갖춘 음악적 능력, 사설의 내용에 부합되는 너름새' 등인데, 여기에서 사설과 직접 관련되는 것은 '서사의 조리, 고상한 표현'이다. 이는 앞에서 제시한 신재효의 사설 개작 의식과 상당한 정도 일치하고 있다는 점에서 신재효가 당대 좌상객들의 생각을 적절하게 받아들였다는 것을 의미한다.[85]

그들이 강조한 내용들은 '행위와 상황과 사실에 꼭 들어맞는 표출'이라는 점에서, 그동안 많은 논의가 이루어졌던 '이면'으로 대치하여 이해해도 괜찮을 것이다.[86] 실제로 이 '이면'은 신재효의 판소리 사설에서 사용되고 있고, 판소리의 특성을 설명하는 중요한 용어로 정착되어 있다. <남창 춘향가>의 "저 소경 하는 말이 옥중 고생 하는 터에 복채를 달란 말이 이면은 틀렸으나 점이라 하는 것은 신으로만 하는 터니 무물이면 불성이라 정성을 안 들이면 귀신 감동 못 할 터니 복채를 내어놓소.(73)"와 <동창 춘향가>의 "춘향 어미 향단 불러 귀한 손님 오셨으니 잡수실 상 차려 오라. 향단이 나가더니 다담같이 차린단 말 이면이 당찮것다.(133)"에서 제시된 '이면'은 현재 우리가 사용하고 있는 의미와 거의 일치하고 있다. 이러한 점에서 신재효가 개작을 함에 있어 강조하고 있는 내용을 한 마디로 '이면의 중시'라고 요약할 수 있는 것이다.

김연수 또한 '이면'을 판소리의 핵심 내용으로 설정하고, 이를 타인과의 차별 요소로 강조하였다. 흔히 김연수 소리의 특징으로 '극적 성격, 정확한 사설, 다양한 부침새 기교의 사용, 합리성의 추구'를 말하는데, 여기에서 부침새의 문제를 제외하고는 모두 앞에서 말한 '이면'에 해당하는 것들이다. 그래서 그의 소리는 인공적인 느낌이 강하다거나 '이면의 판소리'라는 평을 듣기도 한다.[87] 그는 유성준과 만나면서 판소리사의 전면에 등장하였는데, 여기에서 문제가 된 것도 바로 '이면'의 문제였다. 이에 대한 이야기는 다음과 같이 전해온다.

> 그에게 최초로 <수궁가>를 가르쳐 준 선생이 명창 유성준이었다. 그때 유성준이 불러주는 가사가 그의 짐작에는 틀린 것이 너무 많았다. 그러나 감히 선생 앞에 틀린 것을 틀리다 지적할 수 없어 혼자 적기만은 바로 적어 두고, 선생 앞에 부를 때는 선생이 하는 대로 부르기로 하였다. …… <수궁가> 중 용왕이 득병하여 선의가 집증하는 대목에 무슨 병에는 무슨 약이라야 된다는 일만 가지 한약 명을 주워섬기는 가사가 있는데, 그 한약 명이 거의 다 틀리는 것을 김연수가 참지를 못하고 감히 지적한 것이 사제가 헤어지게 된 원인이었다. '강삼·조이(畺三·棗二)'를 '강산·조해'라 하고, '황지·밀구(黃芝·蜜灸)'를 '황지·빌구'라 하고, '차전·연실(車前·蓮實)'을 '차전·연시'라 하는 등.
>
> "선생님. '차전 연시'가 아니옵고 '차전 연실'이 맞을 것 같습니다. 차전이란 길경씨를 말하고, 연실은 연꽃 열매를 말하는데, 두 가지 다 설사, 눈병 등에 쓰이는 한약재이옵니다."
>
> 김연수는 조심스럽게 그렇게 말하였다. 그러자 선생 유성준은 발끈 화를 내어 말하기를,
>
> "이놈아. 하라는 대로 해. 건방진 놈 같으니라구. 그렇게 유식한 놈이 왜 소리를 배우려고 왔느냐? 과거를 보든지 정승 판서를 하든지 할 일이지."
>
> 하였다. 김연수는 두 말 못하고, 그 대목을 부르는데, 그만 실수로 또 '차전 연실'하고 자기대로 부르고 말았다. 그러자 즉각,

"이 자식이 그래도 또 연실여?"

하고 고함소리와 함께 북통이 김연수의 머리통을 후려쳤다. 김연수는 더 참을 수가 없었다. 마침내, 그는

"전 선생님한테 공부 그만 할랍니다."

하고 자리에서 일어나고 말았다.[88]

허구적 상상력이 가미되었다 하더라도, 김연수가 처음 공식적으로 만난 유성준과 헤어지게 된 원인이 정확한 사설로 소리를 해야 한다는 김연수의 확고한 생각에서 비롯되었다는 것은 분명하게 드러난다. 이러한 그의 태도는 유성준에게 같이 배웠던 임방울(林芳蔚)과 정광수(丁珖秀)가 취했던 태도와는 분명히 구별된다. 김연수는 유성준과의 만남이 짧은 기간으로 끝났지만 나름대로 사설을 기록하고 곡조를 암호화하여 기재하였기 때문에, 사설을 정확하게 기억하여 전승하였다고 한다. 이처럼 공식적으로는 처음인 선생과의 만남이 사설의 정확성, 이면에 의하여 파탄이 났다는 것은 그의 판소리를 설명하는 데 있어 중요한 의미를 갖는다.

서울에 올라와 조선성악연구회를 찾고, 여기에서 송만갑, 이동백, 정정렬 등의 지도를 받으면서도 그는 사설의 정확성에 유의하여 선생들의 소리를 받아들였다.[89] 이러한 태도를 가능하게 한 것은 자신의 소리가 가지고 있는 한계를 잘 인식하고 있었고, 또 나름대로 판소리 사설이 가지는 중요성을 잘 인식하고 있었다는 점, 그리고 이를 식별할 수 있는 한학의 기반이 갖추어져 있다는 점에서 찾을 수 있을 것이다. 그가 '웬만한 명창의 소리라도 가사가 틀리면 핀잔도 주고, 무식한 명창에게 소리를 배우면 소리를 버린다는 주장도 했다'는 데서 그는 자신의 긍지와 자부심을 느끼고 있었던 것이다.[90]

이면과 관련된 가장 첨예한 대립은 같은 시대 라이벌로 인식되었던 임방울과의 관계에서 극명하게 드러난다. 그들의 소리는 각각의 장점을 가지

고 있어 일률적으로 그 우열을 말하기는 어렵다. 그러나 일반적으로 임방울은 '어려서부터 소리방에서 소리 공부를 하여 자란 탓으로 그 목구성이 뛰어난 명창', 그리고 김연수는 '판소리 사설의 문학성과 연극성에 알맞은 소리를 내려고 애쓴 명창'으로 알려져 있다. 따라서 "목구성을 높이 치는 전라도 사람들은 임방울을 명창으로 쳤고, 성음 놀음을 좋아하는 경상도 사람들은 김연수를 명창으로 쳤다."는 것이다. 이처럼 두 명창의 차이는 "이면이 소리 망치는 거여. 목구성 없는 것들이 소리를 못 허니 이면만 찾아."라는 임방울의 말과 "아녀자들 귀만 호리게 곱게만 허면 그게 소린가? 소리는 성음이 분명하고 이론이 정연혀야지."라는 김연수의 말처럼 '이면'에 대한 태도에서 극명하게 드러난다고 할 수 있다.[91]

이면에 대한 이러한 인식 때문에 김연수는 기존의 사설을 그대로 받아들이지 않고, 나름대로의 개편을 시도하였다. '자신의 이론대로 개편하거나, 전래의 것을 응용하여 개작하고, 당시 여러 명창들의 좋은 대목을 수용하여 첨가하고 새로운 선율을 짜넣기도' 하였던 것이다.[92]

김연수 판소리 사설의 특징으로 지적되는 합리성 또한 이면과 관련지어 설명할 수 있다. 김연수는 신재효와 같이 자신의 사설에서 실현 불가능한 것이나 사건의 합리적인 전개에 어긋나는 경우는 향유자의 측면에서 인정될 수 있는 차원으로 수정하였다. 다음은 신재효와 같이 직접 작품 속에서 자신의 생각을 드러내 수정한 부분이다.

> 도련님 이 말 듣고 한번 짜증을 부리는디, "야속헌 일이로다. 백성의 원망소리는 못 들어도 그런 소리는 일쑤 잘 들으신다더냐? 다른 집 노인네는 이롱증도 계시드구만 우리 집 노인네는 늙으실수록 귀가 점점 더 맑아지신단 말이야." 이리 했다고 허나, 이는 성악가의 잠시 웃자는 재담이지, 그랬을 리가 있으리오? 도련님 깜짝 놀래[93]

춘향이가 이 말을 듣고 면경 체경을 쳐부셨다 허나 왼갖 예의를 다 아는 춘향으로 그랬을 리도 없으려니와 사람이란 본래 너무나 엄청난 말을 들으면 기색이 먼저 달라지는 법이라(114)

그 때여 남원부사는 한 등, 두 등, 여러 등내를 거쳐서 칠팔 년이 지내갈 제, 첫 등내는 이도령 일가 되는 양반이 내려오셔서 밖으로 춘향의 소문을 들으시고, 올라가실 때까지 내아에 두고 시름을 풀어주시고, 또 그 다음 두 등내, 세 등내는 사리 아는 양반들이 내려오셔서 춘향을 칭찬허시고, 명절 때면 쌀 섬, 돈 관씩 내어주시기도 허셨는디, 또 고쳐 내려온 배, 이번에는 어떠한 분이 내려오시는고 허니, 서울 남산골 변학도 씨라는 양반인디 (131-132)

"김번수네 아저씨! 박번수네 오라버니! 이번 신연에 가셨드라더니 노독이나 없이 다녀왔나? 내가 전일으 양반을 모시자니 자연히 범연한 일 부디 노여 생각마소마는, 그러허나 무정허데. 내 문전으로 지내면서 과문불입이 웬 일인가? 이리오소 들어가세. 내 방으로 들어가세." 이 대문에 이리 했다고 허나, 그럴 리가 있으리오? 춘향같은 열녀가 죽으면 여녕 죽었지, 사령에게 사정할 리도 없으려니와, 강짜 많은 사또가, 춘향에게 혹헌 마음 사령을 보내어 잡어오라 했을 리가 있으리오? 춘향모를 시켜 사오 차를 달래어도 여녕 안 들으니, 조방청 여러 기생을 부러 세우고 분부허시되, "너희 중에 누가 춘향을 불러 오겠느냐?" 허시니, 행수 기생이 장담하고, 거짓말 섞어 떠들며 나가것다.(150)

"소인 방자놈 문안이오 대감마님 행차 후으 문안 안녕허옵시며, 서방님도 먼먼 길을 노독 없이 오시니까? 살려 주오 살려 주오 옥중 아씨를 살려 주오" 이 대문에 이리 했다고 허나, 그 아이 뽈짝쇠는 남원 책방 방자로 오래 동안 모시고 거행을 허든 놈인디, 십년이 되았은들 어사또를 몰라볼 리가 있으리오? 이는 잠깐 성악가의 재담이었다. 방자 어사또를 노상에서 뵈옵고, 문안 후에 전대의 서간을 내어 올리며 춘향의 전후 사정 낱낱이 고하거늘, 어사또 이를 갈며 말씀을 방자 듣는디 함부로 하셨것다. "이놈을, 담박 삼문

출도를 허여 봉고를 허리라." 방자놈이 관물을 많이 먹어 눈치가 비상헌 놈이라, 이 말씀을 들어놓으니 마음이 어찌 좋던지, 저도 또한 함부로 말을 허든 것이었다.(195)

그 때여 운봉과 곡성은 본관이 들을까 하여 글을 가만가만히 읊었건마는, 우리 성악가들이 읊을 적에는 청취자 여러분이 들으시게 허자니, 글을 좀 크게 읊든 것이었다.(244)

그 때의 몽은사 화주승이 절을 중창허랴 허고, 권선문 드러메고 시주집 다니다가 그렁저렁 날 저물어 절을 찾어 올라갈 제, 올라가다 심봉사 물에 빠져 죽게 된 것을 보고 건져 살렸다고 해야 이면에 적당헐 터인디, 물에 빠져 죽게 된 사람을 두고 무슨 소리를 허고 있으리오마는, 이는 성악가가 허자허니 이얘기를 좀더 재미있게 헐 양으로 잠깐 중타령이라는 소리가 있든 것이었다.(314)

심청이가 마지막 죽으러 갈 때 앞 못 보신 늙은 부친 노래에 굶지 말고, 벗지 말라고 끼쳐주고 간 불쌍한 전곡을 꼭 먹성질로 조져대는디, 뺑덕이네 행동거지와 먹성 속은 김연수 말과 조끔도 틀림이 없든 것이었다.(386)

고기 준다는 말로 농을 삼어, 심봉사와 그 여인들과 허리를 고칠 만한 농담이 많았건마는, 풍기에 문란한 점이 있을까 저어하야, 그건 한 편으로 제껴놓고(411)

이 때의 용궁 시녀 용왕의 분부인지, 심봉사 어둔 눈에다 무슨 약을 뿌렸구나. 뜻밖에 청학 백학이 황극전에 왕래허고, 오색채운이 두르더니, 심봉사 눈을 뜨는디, "아이고, 이 어찌 눈이, 눈이 이렇게 근질 근질허는고? 어따, 이놈의 눈 좀 있으면 내 딸 좀 보세! 우리 딸 좀 보자! 아!" "아니, 여기가 어디여?" 심봉사 눈 뜬 바람에 만좌 맹인과 각처에 있는 천하 맹인들이 모다 일시에 눈을 뜨는디, 심봉사는 약이나 뿌려 눈을 떴지마는, 다른 맹인들은 어떻게 눈을 떴는고 허니, 이 약은 약 냄새만 맡어도 눈을 뜨는 약이라, 약 냄새에 모다 눈을 떠버렸것다. 또 그 당시에 있든 맹인들은 약 냄새나 맡고 눈을 떴지마는, 각처에 있는 맹인들은 어떻게 눈을 떴느냐 허면, 이 약은 용궁 조화가 붙은 약이라, 약 기운이 별전 앞에서 쫙 퍼져논 것이, 이 약 냄새가 꼭 맹인 있는 곳만 찾아다니면서 눈을 모다 띄이는디(423)

눈 먼 김생은 일시에 눈을 떠서 광명 천지가 되었는디, 그 뒤부터는 심청전 이 대문 소리허는 것만 들어도 명씨 백여 백태 끼고 다래끼 석 서는 디, 핏대 서고, 눈꼽 끼고, 원시 근시 궂인 눈도 모도 다 시원허게 낫는다고 허드라!(424)

흥보 마누라, 흥보 마누래가 박씨를 몰라서 외 씨네, 여자 씨네 하였으리오마는, 이는 이 가사를 지으신, 옛날 전북 고창에 계시다가 고인이 되신 신재효씨, 신오위장 선생님의 문장이었음을 자랑코저 이렇게 소리를 허였것다.(490)

이 대문에 토끼가 나오다가 삼려대부와 월범려를 만났다 허나, 옛날 전라도 고창에 오위장 신재효 선생님 말씀에도 김생과 김생끼리 사람 말을 빌어다가 문답은 할지언정, 사람이야 김생 보고 무슨 말을 허였으랴 하셨기 땀에, 이렇게 여기를 경치만 이르게 헌 것이었다.(713)

별주부 기가 맥혀, 두 눈에 눈물이 듣거니 맺거니 방성통곡으로 하느님 전으 축수를 허는디, 목을 줄에다 매었으니 축순들 어이 할 수 있으리오마는, 목은 김연수 성악에 쓰는 목이요, 말은 별주부 축수허든 말이라.(716)

토끼 허허 웃더니, "간을 줘? 간을 주면 나는 죽으라고? 시러배아들놈이다." 욕을 한 자리 내놓는디, 욕을 어떻게 허는고 허니, 옛날 우리나라 팔 명창 선생님 중에 염계달 명창 선생님이 계셨는디, 토끼란 놈은 어디서 그 소리를 들었든지, 그 염계달 명창 선생님 더늠으로 욕을 허는디, 이 더늠은 이무 고인이 되신 유성준 우리 선생님께서 가르쳐주신 바, 도저히 저희 선생님같이 헐 수는 없지마는, 되든지 안 되든지 흉내라도 한번 내보든 것이었다.(717)

이렇게 속으로 암축을 허였으니, 뉘 능히 그 축문을 알았으리오마는, 우리

사부 정정렬 선생께서는 어떻게 그 축문을 들으셨던지, 내게 일러주셨으니,
그 축문의 사연인즉(782)

위의 인용문에서 김연수는 사리에 어긋난다고 생각하는 것은 과감하게
고쳤음을 직설적으로 언급하고 있다. 특히 이몽룡의 아버지가 남원부사에
서 체직(替職)되어 서울로 올라간 뒤 이몽룡이 어사가 되어 내려오기까지는
상당한 기간이 소요될 수밖에 없다는 생각을 구체적으로 표현하였다. 과거
공부를 하고, 과거에 급제하였다고 하여 바로 어사가 되어 내려오는 것은
사리에 맞지 않는 것이지만, 다른 어떤 사설에도 이에 대한 의문을 제기하
지는 않았던 것이다. 방자가 어사가 된 이몽룡을 모를 리 없다고 하여 수
정한 것도 이와 같은 이유에서이다.

김연수는 또한 '심봉사 물에 빠져 죽게 된 것을 보고 건져 살렸다고 해야
이면에 적당헐 터인디, 물에 빠져 죽게 된 사람을 두고 무슨 소리를 허고
있으리오마는, 이는 성악가가 허자 허니 이야기를 좀더 재미있게 헐 양으로
잠깐 중타령이라는 소리가 있든 것이었다'에서와 같이 구체적으로 '이면'이
라는 말을 사용하여 신재효와의 깊은 관련성을 적시하였다. 여기에서의 '이
면' 또한 현실성과 관련된다. 김연수는 신재효나 염계달(廉季達), 유성준, 정
정렬 등의 언급을 통하여 자신의 소리에 명창들의 더늠을 삽입하였음을 밝
히고 있다. 특히 신재효는 <흥보가>와 <수궁가>의 두 작품에 제시되고 있
어 김연수 사설의 형성에 신재효가 많은 영향을 끼쳤음을 알 수 있다. 이런
점에서 명창들의 소리를 인용함으로써 자신의 소리가 갖는 품격이나 위상
을 높이는 것 또한 넓은 의미의 이면에 해당하는 것으로 볼 수 있다.94)

신재효와 김연수는 기존의 판소리 사설을 비판적 안목으로 바라보았다
는 점에서 상당한 일치를 보이고 있다. 이는 두 사람이 일반 연창자와 달
리 한학의 조예가 있었다는 점, 판소리 사설이 현장에서 단편적으로 연행

되고 있지만, 전체적인 서사의 맥락은 갖추고 있어야 한다는 점을 인식하고 있었기 때문으로 보인다. 이를 '이면'으로 인식한 점에서도 그들은 일치된 견해를 보이고 있다.

현실의 수용과 실험정신

판소리란 이미 이루어진 소리를 그대로 전달하는 예술이 아니라, 끊임없이 청중과 대면하며 완성되기를 기다리는 형성(形成)의 예술이다. 따라서 청중과 대화하고 토론하며 완성되는 모습은 판소리에서 전혀 낯설지 않은 양식인 것이다. 신재효는 이러한 연행의 과정에서 필요하다면 현실적인 구성이 아니라도 과감하게 수용하였고, 또 필요하다면 과감하게 생략도 하였다. 이것이 바로 판소리가 갖는 '장면극대화의 원리'라고 할 수 있다. 그런 점에서 신재효는 자신의 판소리 인식에 따라 당대까지 전해오던 사설을 변화시키려는 강력한 의도를 가졌고, 이를 실행한 인물이라고 할 수 있다.

<오섭가>의 창작을 통하여 '옴니버스(omnibus) 형태'를 도입한 것도 그의 이러한 의도를 구체적으로 보여준 예이다. <오섭가>는 '사랑 애자 슬플 애자'와 관련되는 이야기를 병렬시키고 있다. 그리고 그 병렬은 까마귀와 두꺼비의 시각에 의하여 연결되고 있다. 동일한 주제를 가지는 춘향의 이야기, 배비장의 이야기, 그리고 강릉 매화의 이야기 등을 한 주제에 의하여 통합함으로써 판소리의 새로운 방향을 제시하였던 것이다. 이와 같은 방식의 전개는 다른 판소리에서는 발견되지 않는다.

신재효는 또한 <호남가>, <광대가>, <치산가>와 같은 단가를 지었다. 신재효가 지은 단가에는 그의 기질과 사업, 그리고 지향을 잘 표현하고 있다는 점에서 신재효나 그를 중심으로 하는 조선 후기의 문화 실상을 파악하는데 중요한 자료가 된다. 특히 그가 지은 <광대가>는 판소리 연창자가

갖추어야 할 조건들을 제시하고, 이를 준수할 것을 강조하고 있다. 이러한 과정을 통하여 당시의 판소리 연창자와 판소리의 실상을 거론하였다는 점에서 중요한 의미를 갖는다.

신재효는 또 <도리화가>라는 가사 작품을 통하여 애틋한 사랑을 표현하였다. 이러한 기술 방식은 우리의 문학 전통에서 대단히 희귀한 것이어서 우리 문학의 폭과 깊이를 더해 주는 의미 있는 작업이라고 할 수 있다. 이 작품의 상대역으로 알려진 채선(彩仙)은 최초의 여성 연창자이다. 신재효는 채선과 같은 여성들을 연창자로 육성함으로써 판소리의 새로운 시야를 개척하였다. 여창의 등장은 단순히 여성이 판소리 연창에 참여하였다는 사실만으로 그 의미가 한정되지 않는다. 여창(女唱)이 등장함으로써 남성의 성대에 적합하게 되어있는 판소리 음악은 여성에게도 적합한 방향으로 변화되었으며, 사설에서도 음란하거나 비속한 부분은 제거될 수밖에 없었다. 음악적 세련화와 기교의 중시, 실내악적 분위기로의 변화도 여창의 참여에 의하여 더욱 가속화되었다.

그는 <광대가>에서 연창자가 갖추어야 할 네 가지 법례 속에 '너름새'를 포함하였는데, 이는 판소리가 가지고 있는 극적 성격을 예리하게 포착한 결과라고 할 수 있다. 이렇게 연기의 측면인 너름새를 강조함으로써, 그는 판소리가 창극(唱劇)으로 변모할 수 있는 가능성을 내보였다. 여창의 등장도 이러한 측면에서 이해할 수 있다. 창극이라는 또 하나의 모습이 판소리로부터 파생한 것이 긍정적인가 부정적인가에 대하여는 견해가 다를 수 있다. 또 판소리의 다양한 가능성을 실험한 것에 대하여도 상반된 평가가 있을 수 있다. 실험 그 자체에만 의미를 부여하고 그 결과는 실패하였다고 할 수도 있고, 또는 그러한 실험은 우리가 생각할 수 있는 판소리의 가능성과 함께 판소리의 나아갈 길을 모색하는 고민의 과정이었다고 할 수도 있다. 그러나 단순히 실험 자체만으로 끝났다 하더라도, 그러한 시도는 판소리의 미래를 위하여 검토할 만한 충분한 가치를 지니는 것으로 평가할 수 있다. 신재효는 이처럼 판소리가 갖추기를 바라는 당대의 요구를 수용하고, 판소리를 통한 다양한 실험의 결과를 보여주었던 것이다.

김연수 또한 판소리에 요구되는 현실을 수용해야 한다고 생각하였다. 그리고 판소리를 통한 다양한 실험의 결과를 보여주었다. 그는 판소리 연창자로서뿐만 아니라 창극 발전의 주역으로도 활동하였다. 서울에 올라와 가장 심혈을 기울여 매진한 것이 바로 창극의 발전과 진흥이었다. 김연수는 판소리 사설을 꼼꼼하게 검토하였기 때문에 대본도 잘 짜고, 대본의 극적 상황에 맞는 작곡, 이면에 맞는 연기 지도에 남다른 능력을 보였다고 한다.[95] 그 결과 조선성악연구회에서 창극단 대표를 맡았고, 후일 최초의 국립 창극단장이 되어 창극계를 이끌었던 것이다. 이는 전통적인 판소리 연창뿐만 아니라 창극을 요구하는 현실을 수용해야만 한다는 그의 인식이 있었기 때문이라고 할 수 있다. 이와 달리 전도성, 유성준, 정응민이나 임방울 등은 시대가 요구하는 창극에 휩쓸리지 않고 오로지 판소리만을 지킨 연창자라고 할 수 있다.

그가 현실의 상황을 인식하고 그 요구를 수용한 대표적인 예가 바로 라디오 방송을 위한 판소리 공연이다. 김연수는 '연속창극조'라는 이름으로 불렸던 '라디오 판소리'의 가능성을 발견하고, 이에 적극 참여하였다. 1967년 1월부터 시작된 연속판소리는 <흥부전>으로부터 시작하여 <춘향가>, <심청전>, <수궁가>, <적벽가>의 다섯 바탕을 7월까지 제작 방송함으로써 판소리 연창의 새로운 분야를 개척하였다.[96] 김연수에 의하여 이루어진 연속판소리는 대체로 한 회당 8분과 12분의 분량을 청취자에게 들려주었다. 이러한 방송 상황을 고려하여 김연수는 판소리에서 직접 '청취자'라는 용어를 사용하기도 한다.[97] 김연수는 라디오라는 매체의 중요성을 인식하고, 이를 판소리의 전승과 보급의 수단으로 생각했던 것이다. 그가 라디오 특성에 맞는 판소리 사설을 제작하기 위하여 심혈을 기울인 것은 그의 부단한 실험정신의 결과라 할 수 있다. 이에 따라 그가 제작한 판소리는 '청각적 전달력이 강하고, 내용의 밀도가 균일하게 높고, 변화가 많으며, 참신한 내용과 탄탄한 플롯'을 그 특성으로 갖게 되었다.98)

그는 신재효와 마찬가지로 새로운 판소리의 방향을 탐구하였다. 창을 잃고 사설만이 남아 있었던 <쟁끼전>에 곡을 붙여 넣었고, 또한 자신이 제작하는 창극에 다양한 민속 음악을 첨가하여 판소리의 외연을 넓히기도 하였다.99) 이러한 태도야말로 현실을 반영하고 새로운 판소리의 세계를 개척하고자 하는 실험정신의 발로라고 할 수 있다.

마무리

신재효와 김연수는 서로 다른 시대에 살았으면서도 상당한 부분 사고와 행동의 일치를 보여주고 있다는 점에서 우리의 흥미를 끈다. 우선 신재효는 조선조의 끝자락에 있었지만, 엄격한 신분제도와 전통시대의 환경 속에서 나름대로 고민하며 자신의 성취를 위하여 노력하였다. 중인으로 태어나 자신이 처한 환경을 극복하고자 노력하였으나, 결코 이룰 수 없다는 자괴감에 빠지기도 하였다. 자신이 처한 환경 속에서 최상의 성취는 무엇인가 고민하였고, 이를 위하여 노력했던 것이다. 그런 과정에서 판소리와 만났고, 자신의 제약을 떨쳐낼 수 있는 통로로 인식하기도 하였다. 그 결과 누구도 해낼 수 없는 판소리사의 위상을 확립하였던 것이다.

김연수는 조선의 멸망과 일제의 병탄, 그리고 해방과 전쟁을 겪으며 우리의 전통 예술을 보존하고 후세에 남겨준 인물이다. 신재효는 판소리와 직접 관련을 맺지 않는 중인 신분이었지만, 김연수는 무계에서 태어나 판소리와 필연적인 연관을 맺을 수밖에 없었다. 신분제가 사라진 평등국가에 태어났지만, 신분 차별의식은 뿌리 깊게 남아 있었고, 이것이 김연수를 판소리의 세계 속에 빠져들게 하였던 것이다.

그런 점에서 보면 신재효와 김연수가 판소리와 만나는 것은, 상이한 것 같지만 차별의식에서 비롯되었다는 점에서 상당한 정도 일치를 보이고 있다. 이러한 일치가 그 둘의 행보를 또한 비슷하게 만들었다고 할 수 있다. 신재효는 판소리를 직접 연행한 실기자가 아니었다. 그러면서도 많은 실기자를 지원하고 지도하였다. 이러한 지도와 교육을 위하여 그에게 필요한 것은 판소리의 이론이었다. 이론으로 체계화 하였을 때, 교육은 제대로 이루어질 수 있기 때문이다. 이 과정에서 김세종이라는 걸출한 인물과 인연을 맺었고, 그 둘이 만든 판소리 이론은 지금까지도 유효한 것이다.

신재효와 달리 김연수는 판소리를 직접 연행하는 실기자였다. 그런데도 그는 신재효를 멘토로 삼았고, 신재효와 같이 판소리의 이론에 매달렸다. 자신의 판소리를 다른 연창자와 변별시키는 것으로 그가 선택한 것은 일차적으로 한학에 바탕을 둔 사설의 정확성과 합리성의 추구였다고 할 수 있다. 신재효와 같이 그는 '이면의 추구'라는 실천적 항목을 설정하였고, 이를 실현하기 위하여 사설을 개작하고 그에 합당한 곡을 붙였다. 이와 함께 제자들의 교육에 힘을 기울여 그는 현대 판소리의 양대 산맥을 형성하는 위치를 차지하기도 하였다.

이 시대는 신재효가 살았던 시대가 아니다. 또한 김연수가 살았던 시대도 이미 지나갔다. 그러나 그들이 고민하고 실험했던 다양한 노력들은 여전히 유효하다. 왜냐하면 그들이 전력을 다하여 탐색한 것은 바로 하나밖에 없는 우리의 판소리였고, 이것이야말로 세계를 향한 우리의 소중한 자산이기 때문이다. 그들의 시대 속에서 그들이 고민했던 것처럼 우리의 시대에도 판소리는 여전히 고민의 대상일 수밖에 없는 이유이다. 그런 우리들의 고민의 과정에서 그들이 보여준 노력의 모습들은 타산지석(他山之

石)이 될 수 있다는 점에서 그 진수를 찾기 위한 노력은 계속되어야 할 것이다.

5. 장월중선의 판소리 세계와 위상

다재다능의 예인

1996년 제 6회 동리국악대상은 경주에서 다양한 활동과 제자 양성을 하고 있는 장월중선(張月中仙)에게 수여되었다. 대부분의 시상이 본인의 공적 조서 제출과 심사위원회의 심사에 의하여 결정되는 것과 달리 동리국악대상은 먼저 심사위원회에서 대상자를 물색하여 선정한 뒤 통보하여 수락을 받는 방식으로 운영하였다. 이는 인간문화재와 같은 저명 인사가 스스로의 업적을 남김없이 작성하여 심사받는 것이 예의에 어긋난다는 판단에서 채택한 방식이다. 따라서 수상 대상자는 수상이 확정된 뒤 자신의 경력이나 공적을 제출하게 되어 있다.

수상자로 선정된 뒤 제출한 약력에 의하면 장월중선은 1925년 4월 25일 전남 곡성에서 출생하였고, 1933년 이후 큰아버지인 명창 장판개를 통해서 판소리에 입문하였으며, 1942년 이후 명창 박동실로부터 <심청가>와 <춘향가>를 배웠다.[100] 이러한 배움을 바탕으로 임방울협률사, 국극사, 조선창극단 등에서 활동하였고, 1952년에는 목포국악원을 설립하여 국악을 보급하였다. 그리고 1963년 이후 터전을 경주로 옮겨 경주시 관광교육원, 경주시립국악원에서 활동하였으며, 1981년에는 신라국악예술단을 창단하여 이 지역의 국악 예술 진흥에 기여하였다. 수상 경력은 전국국악경연대회 대통령상 수상(1977), 한국방송공사 국악대상 특별공로상 수상(1988), 국악대상 수상(1991)이 있으며, 국악 진흥에 기여한 공로로 1993년에는 경상북도 무형문화재로 지정되었다.

당시 심사위원회가 장월중선을 동리대상 수상자로 선정한 이유는 공개된 공적조서에 잘 밝혀져 있다. 그 요지는 '판소리를 중심으로 한 국악의 모든 분야를 섭렵하며 우리 국악의 멋과 품위를 드높이는 데 기여하였'고, '그가 섭렵한 분야는 거문고 산조와 가야금 산조, 아쟁 산조, 승무와 살풀이 등의 고전무용 등 다방면에 걸쳐 있는데, 이 모두가 당대 최고의 수준'이라는 것이었다. 이러한 평가는 그에게 항용 따라다니는 '다재다능의 예인', '우리 전통예술의 모든 방면에 가장 빼어난 능력을 갖추신 분' 등의 찬사에 걸맞은 것이라고 할 수 있다.

그가 보유하고 있던 다양한 전통예술은 제자들에게 전수되어 그 진가를 발휘하고 있지만, 그가 우리에게 의미를 갖는 가장 큰 이유는 그가 잇고 있는 소리가 판소리의 전승에 있어 중요한 흐름을 담당하고 있다는 사실, 그리고 판소리 전승의 외곽에 놓여 있던 경주에서 전통예술의 전수를 위하여 생을 바쳤다는 사실에 있을 것이다. 이는 동리대상의 공적조서에서도 '판소리의 중요한 한 전통을 잇고 있다', '경주에서 민속음악의 불씨를 일구고, 보존하며, 전승시켰다'고 언급한 것에서 잘 드러나 있다. 그가 경주에서 활동한 내용과 그것이 가지고 있는 의미는 이미 충분히 조사·보고되어 있어, 여기에서는 그가 보유하고 전수하였던 판소리의 성격과 의의를 점검하는 것으로 논의를 제한하고자 한다.

원형101) <심청가>의 전승 경로와 특성

장월중선은 국악의 전 분야에 걸쳐 특출한 재능을 보여준 예인이다. 그러나 그는 가장 판소리를 애호하였고, 판소리에 매진하는 시간이 적어질 수밖에 없었던 상황을 안타까워하였다. 또한 그는 어려서 동편제의 명창 장판개를 통하여 판소리에 입문하였고, 후일 서편제의 명창 박동실에게 집중적인 판소리 전수를 받았다. 그는 판소리 다섯 바탕을 온전하게 전수받았지만, 환경적인 제약 때문에 그가 전승시킨 대표적인 레퍼토리는 <심청가>라고 할 수 있다. 그리고 그가 판소리사에서 의미를 갖는 것도 이 <심청가>가 가지고 있는 위상 때문이라고 할 수 있다. 따라서 장월중선의 예술적 성격을 판소리로 한정하여 논의하는 것은 그의 의중과 상당한 정도 부합된다고 할 수 있다.

장월중선이 박동실에게 배우고, 다시 후대에 넘겨준 <심청가>는 그래서 '박동실바디 심청가'로 불리고 있다. 이 <심청가>의 윗대에는 광주소리의 중심을 이룬 김채만이 놓여 있고, 더 위에는 전설적인 명창 이날치가 있다. 이날치는 담양 출신으로 흔히 박유전에게서 <심청가>를 이어받은 것으로 알려져 있어 서편제의 명창으로 알려져 있다.

그러나 이날치로부터 김채만, 박동실을 이어 장월중선, 한애순(韓愛順)으로 이어진 심청가는 박유전으로부터 정응민을 이어 정권진, 성우향(成又香), 조상현(趙相鉉), 성창순(成昌順) 등으로 이어진 <심청가>와는 확연히 구별되고 있다. 흔히 두 <심청가>는 모두 박유전으로부터 이날치를 거쳐 하나는 김채만으로 이어지고, 또 하나는 정응민으로 이어졌다고 설명하고 있다. 따라서 상당한 정도의 유사성을 보이고 있다는 평가를 받고 있는 것이다.[102] 그러나 자세하게 검토하였을 때 이 두 작품은 사설이나 음악을 짜나가는 방식에 있어 유사성보다는 그 차별성이 더 부각되고 있음을 확인할 수 있다. 그런 점에서 사승관계로 설명되는 박유전과 이날치의 전승 계보에 대하여는 보다 세심한 관심을 기울일 필요가 있다.[103]

정응민을 통하여 전승된 <심청가>는 이른바 '보성소리'의 중심을 이루는 레퍼토리인데, 이는 박유전의 법제를 바탕으로 하되 정응민의 변용을

통하여 이루어진 것이라고 할 수 있다. 김세종의 동편제 <춘향가>가 정재
근이나 정응민에 의하여 보성소리에 편입되면서 정응민 식의 소리로 정착
한 것과 같이, 수용자에 의하여 앞의 소리가 변화의 과정을 보이는 것은
판소리 전승의 당연한 흐름으로 이해할 수 있다.104)

　보성소리 연구에서 누차 지적되고 있는 유교적 합리주의는 흔히 박유전
이 대원군의 사랑에서 유생들과 논의한 결과가 반영된 것으로 인식되고
있다. 그러나 <심청가>, <수궁가>는 물론이고, 박유전과의 관련성이 희박
한 <춘향가>까지도 보성소리의 특징으로 일컬어지는 '아정(雅正)의 추구와
비속성(卑俗性)의 제거'가 지속적으로 나타난다는 점에서, 그렇게 된 이유를
박유전 개인의 문제만으로 한정지을 수는 없다. 이보형도 '정응민이 김찬
업과 이동백을 통하여 김세종 동편제 소리를 배운 바 있는 만큼, 순수한
박유전제를 전승하고 있는지' 의심할 수밖에 없다고 하였다.105)

　보성소리에서 추구하는 '아정의 추구와 비속성의 제거'는 단순히 언어
표현의 문제로 국한되지 않는다. 보성소리에서 <흥보가>를 부르지 않는
이유가 '양반적 미의식의 구현에 적합하지 않기 때문'이라거나, <수궁가>
에서 용왕이 산신에게 청하여 토끼를 잡아들임으로써 용왕을 살리고 토끼
를 죽이는 결말로 이끈 것은 다분히 보성소리가 축적한 의식의 결과로 보
이며, 여기에서 주도적인 역할을 한 인물이 바로 정응민이라고 할 수 있는
것이다. 이는 서민의식을 기반으로 하여 성장한 판소리가 일정한 정도의
방향 전환이 이루어졌다는 것을 의미한다. 양반의식을 수용함에 따라 판소
리는 기득권층이 애호하고 완상하는 예술로의 전환이 이루어졌기 때문이
다. 이러한 이유에서 보성소리가 선택한 것 중의 하나가 예술성의 추구라
고 할 수 있다. 서민의식이라는 판소리의 핵심 요소를 포기하면서 받아들
인 것은 판소리의 현실적 생존과 예술성이었던 것이다. 그렇게 얻는 것이
있으면 반드시 잃는 것이 있는 법이다. 서민의식과 기득권 의식의 포용은

양립할 수 없는 대립적 요소이기 때문이다. 그 극단적인 예가 <수궁가>에서 <수궁가>의 형성과 존립의 기반이라고 할 수 있는 토끼의 생환(生還)을 죽음으로 변형시킨 것이라고 할 수 있다.

　이와 같은 이유에서 <심청가>의 경우, 김채만제와 정응민제가 박유전-이날치로부터 비롯되었다고 보는 견해에 대하여는 재고할 필요가 있는 것이다. 바꾸어 말하면 이날치판 <심청가>는 박유전과의 관련 망에서 분리하여야 하는 것이다. 이날치(1820-1892)와 박유전(1835-1906)은 연배(年輩)로 보거나, 출신 배경으로 보나 그 둘 사이를 사승관계로 바라보는 것에는 무리가 있다. 또 이날치가 신재효의 문하에 들어갔다는 이야기에 근거하여 신재효의 판소리와 직접 연결 짓는 것도 바람직하지 않다. 출생과 함께 이루어진 판소리 전승의 자장(磁場)은 성장기는 물론이고 명창으로 성가(成家)한 후에도 본래의 뿌리를 간직할 수밖에 없기 때문이다. 일시적인 기숙(寄宿)과 교유(交遊)를 통하여 자신이 터로 삼은 창제의 기본을 바꾼다는 것은 사실상 받아들이기 어렵다. 그런 점에서 이날치의 <심청가> 사설은 정응민을 통하여 전승된 보성소리나 신재효가 정리한 사설과도 유의미한 차이를 보여주고 있는 것이다.

　다음으로 박동실로부터 전수받은 장월중선과 한애순의 <심청가>는 둘 사이의 친연성을 의심할 수 없을 정도로 유사성을 보이고 있다.

　　(한애순 창본) 심봉사는 눈 밝은 사람 같으며는 순순히 빌런마는, 앞 못 보는 봉사는 매양 성질이 팩성이라, 남이 들며는 싸우는 듯기 빌것다. 삼십 삼천 도솔천 석가세존, 미륵님네, 화우동심하여 다 굽어보소서. 예이. 사십의 점지한 딸 한두달에 이슬 맺고, 석달에 피 어리고, 넉달으 인형이 삼겨, 다섯달 오포 났고, 여섯달에 육점 삼겨, 일곱달 칠규 열려, 여덟달에 사만팔천 털이 나고, 아홉달 구규 열려 열달의 찬 짐 받어 금강문, 하달문, 뼈문, 살문 고이 열어 순산으로 시켜주니, 삼신 덕택, 넓으신 은덕, 백골난망 잊으

리까? 다만 독녀 딸이오나 명은 동방삭이 명을 주고, 복은 석숭같이 복을 주어 태임의 덕행이며, 반희의 재질이며, 대순 증자 효행이며, 석숭같이 복을 주어 외 붓듯 달 붓듯 잔병 없이 잘 자라나 일취월장 시켜주오 심봉사 물도 마르지 않은 아이를 바듬고 어루는디 둥둥둥 내 딸이야, 어허둥둥, 내 딸이야. 금자동이냐 옥자동. 금을 준들 너를 사며, 옥을 준들 너를 사랴? 둥둥둥 내 딸이야. 어허둥둥 내 딸이야. 날아가는 학선이, 얼음 궁게는 수달피 백미 닷 섬의 뉘 하나. 설설이 기어라. 어허둥둥 내 딸이야. 남전북답을 장만헌들 이여서 반가우며 산호 진주를 얻은들 사랑허기가 너 같으랴. 둥둥 어허둥둥 내 딸이야. 곽씨부인 산후별증이 일어낫것다.[106]

(정순임창본) 순산은 하였으나 남녀간에 무엇인지를 몰라 아이고 여보 영감 남녀간에 무엇인지 말씀이나 좀 해 주오 허허, 내가 눈이 있어야 알제. 눈 밝은 사람 같으며는 애기를 낳을 적에 남녀 분간을 허련마는 눈 없는 사람이라 애기를 만져보는디 머리 우에서부터 더듬더듬 더듬어 내려갈제 배꼽 밑을 거침없이 지내가것다. 허허, 거 아마도 마누라 같은 아이를 낳았나 보오 곽씨부인 서운허여 만덕으로 낳은 자식 딸이라니 원통허오 심봉사 이른 말이 부인네들은 저렇게 욕심들이 많단 말이여. 여보 마누라. 그런 말 마오 아들도 잘못 두면 욕급선영 헐 것이요, 딸이라도 잘 길러서 예절 먼저 가르치고, 침선방직 요조숙녀 군자호구 좋은 배필 만나 잘 살게 되면 외손 종사 못하리까. 아여 다시는 그런 말 마오 아이를 갈라 뉘고 첫국밥 얼른 지어 삼신께 받쳐놓고 비는디 눈 밝은 사람 같으면 속으로 순순히 빌련마는 눈 없는 사람이라 마음이 매양 팩성이라. 남이 들으며는 꼭 쌈하듯이 빌것다. 삼십삼천 도솔천 석가세존, 미륵님네. 화우동심하여 다 굽어 보옵소서. 사십에 점지한 딸 한두달에 이슬 맺고, 석달에 피 어리고, 넉달에 인형이 삼겨 다섯달 오포 났고, 여섯달에 육점 삼겨 일곱달 칠규 열려, 여덟달에 사만팔천 털이 나고, 아홉달 구규 열려 열달에 찬 짐 받어 금강문 하달문 뼈문 살문 고이 열어 순산으로 해탈허니, 삼신 덕택 넓으신 은덕 백골난망 잊으리까? 다만 독녀 딸이오나 명은 동방삭의 명을 주고, 복은 석숭 같은 복을 주어 태임의 덕행이며 반희의 재질이며 대순 증자 효행이며 촉부단의 복을 주어 외 붓듯 달 붓듯 잔병 없이 잘 자라나 일취월장을 시켜주오 빌기를 다한

후에 따순 국밥 떠 산모에게 주고 어떻게 심봉사가 마음이 좋아졌던지 아직
물도 덜 마른 애기를 안고 어루는듸, 둥둥둥 내 딸이야. 어허 둥둥 내 딸이
야. 금자동이냐 옥자동. 금을 준들 너를 사며 옥을 준들 너를 사랴. 둥둥둥
내 딸이야. 날아가는 학선이 얼음 궁기를 수달피 백미 닷 섬의 뉘 하나 설설
이 기어라. 어화둥둥 내 딸이야. 남전북답을 장만헌들 이여서 반가우며 산호
진주를 얻은들 사랑허기가 너 같으랴? 둥둥 내 딸이야. 너도 어서 수이 자라
현철허고 효행이 있어 애비 귀염을 쉬 보여라. 둥둥둥 어허 둥둥 내 딸이야.
그렁저렁 지나갈제 그 때여 곽씨부인 가세가 빈한한 고로 산후 조리 바이
없이 빨래도 허고 남의 일까지 맡아 하게 되는 중의 뜻밖의 산후 별증이 이
러났던 것이었다.107)

위 인용문을 보아 알 수 있듯이 한애순의 사설은 간결하면서도 논리적
비약을 숨김없이 드러내고 있지만, 장월중선의 <심청가>는 보다 자세한
묘사와 서술이 수반되고, 논리적 연결을 고려하여 수정 보완한 흔적이 나
타나고 있다. 이러한 정도의 차이는 연창자가 달라지거나 연창 환경이 변
화하면 얼마든지 일어날 수 있는 일이고, 이러한 변화에 의하여 새로운 판
소리로의 가능성이 열려진다는 점에서 권장할 수 있는 사항이기도 하다.
따라서 박동실을 바탕으로 하는 장월중선과 한애순의 <심청가>는 개인적
차원의 변용에 머물고 있다고 하여 무방할 것이다.

이제 박유전의 판소리와 구별되는 이날치의 소리가 박동실에 의하여 전
승되고, 이를 다시 장월중선과 한애순이 이어받은 <심청가>의 성격을 규
명할 차례이다. 이를 통하여 판소리 전승사 속에서 차지하는 장월중선의
위치가 확연히 드러날 수 있기 때문이다. 비교의 대상으로는 유사한 근원
을 가지고 있다는 정권진 창본과 이날치에게 영향을 끼쳤다고 평가되는
신재효 창본이다.(앞으로 장월중선창본은 '장본', 신재효본은 '신본', 정권진 창본은
'정본'으로 약칭한다.)108)

심청가에 나타난 효행 모티프는 <심청가>를 성립시키고 전승시킨 핵심

요소이다. 이러한 까닭에 각종 효행과 관련된 이야기가 <심청가>의 근원 설화로 언급되는 것이다. <심청가>가 심청의 효행을 전제로 하여 성립할 수 있는 것처럼, 그 효행의 극단적 선택인 인신 공희 모티프 또한 필연적인 선택이라고 할 수 있다. 심봉사의 눈을 뜨고자 하는 욕구가 무리한 공양미 삼백 석 시주를 불러왔고, 결과적으로 이를 실현할 수 없는 심청의 상황이 자신을 스스로를 제물로 바치게 하였기 때문이다. 이러한 인신 공양이 작품에서 채택될 수 있었던 까닭은 살아 있는 인간을 제물로 바치는 고대로부터의 인습이 있었기 때문이다. 이는 돈에 몸을 파는 행위로 현대에까지 이어지고 있어 심청의 선택은 효녀를 표방하는 한 어쩔 수 없는 선택이라고 할 수 있는 것이다.109)

인간을 제물로 바치기 위하여 사들이는 행위의 단절은 비인간적인 매매의 처절성이 강조될 때 더욱 효과적으로 이루어질 수 있다. 그런데 효도가 강조되면, 심청의 몸 파는 행위는 그 처절성이 약화될 수밖에 없다. 또한 제수(祭需)로 인간을 사들이는 선인(船人)들의 행위도 심청의 지효(至孝)를 드러내기 위한 수단으로서의 의미를 갖기 때문에 충분히 용인될 수 있는 것으로 인식된다. 윤리나 이념으로 대상을 인식하게 되면 어린 생명의 죽음은 이념이나 공동체의 유지를 위해 기꺼이 바칠 수 있는 수단이 되는 것이다.

이날치로부터 김채만과 박동실을 통하여 장월중선으로 이어진 <심청가>는 다른 창본과 달리 몸을 파는 심청의 비극성이 유달리 강조되어 있다. 그러한 심청을 죽음의 길로 데려가는 선인들도 '악마 같은 모습'으로 표현되는 것이다.110) 이러한 강조를 통하여 비인간적인 인신 공양의 악습은 떨쳐내야 할 인습으로 각인되는 것이다. 심청이 죽음에 임하여 내보이는 강한 인간적 두려움도 효도라는 이념보다 인간의 생명을 우선시하는 태도의 연장이라고 할 수 있다.

다음으로 <심청가>의 핵심 요소라고 할 수 있는 '맹인 개안'도 각 이본에 따라 달리 표현되고 있다. 심봉사의 개안(開眼)은 일차적으로 몽은사에 공양한 결과로 인식되고 있다. 그러나 심청이 자신의 아버지인 심봉사를 찾기 위하여 맹인 잔치를 개설한 것으로 볼 때, 심청은 공양미의 효과를 믿지 않은 것 같다. 그렇다면 여기에서 심청은 공양미를 바쳐도 눈을 뜨지 않을 것이라는 생각을 하면서도 아버지의 희망을 위하여 자신의 몸을 희생하였다는 결론에 이르게 된다. 장본은 심봉사가 눈을 뜰 수 있다는 반가움 때문에 자신도 모르는 상황에서 시주를 약속하며, 또 그것을 깊이 후회한다. 심청은 아버지의 소망을 지속시키기 위하여 자신의 몸을 제물로 바치게 되는 것이다.111)

그리고 아버지가 맹인임을 확신하고, 또 아버지를 찾기 위한 것만이 목적이라면 심청은 굳이 맹인 잔치를 개설하지 않고, 직접 심봉사를 찾아오게 하면 될 것이다. 이러한 문제의 해결을 위하여 박헌봉 창본은 도화동에 심맹인을 호송하라는 명령을 먼저 내리고, 찾지 못하자 전국의 맹인을 대상으로 하는 잔치를 개설하도록 수정하였다.112) 그러나 이는 심청의 국모로서의 위상을 심히 손상시키는 행위라고 하지 않을 수 없다. 따라서 심청이 왜 아버지를 맹인으로 확신하였는가에 대하여는 사고를 보류할 필요가 있다. 앞에서 말한 바와 같이 심봉사의 개안은 몽은사 부처님에 대한 시주와 심청의 지극한 효성에 의한 결과임은 <심청가> 향유자에게 이미 각인된 사실이기 때문이다. <심청가>를 종교적 구원의 문제로 접근할 수 있는 까닭도 여기에 있다.

그리고 각 창본에서 심청이 천자에게 자신의 신분을 노출하는 모습도 다양하게 나타난다. 심청은 옥황상제의 명으로 연꽃 속에 좌정한 모습으로 천자 앞에 나타난 사실과 시녀들의 말에 의하여 천자는 심청을 천상 선녀로 인식하고 있다. 신본의 심청은 천자에게 자신의 정체를 밝히지 않는다. 아버지를 만난 뒤에 그 신분을 밝혀도 된다고 보았기 때문이다. 찾지도 못하고 신분만 노출되는 것을 부끄럽게 생각하고 있는 것이다. 정본의 경우는 그러한 과정 없이 국모(國母)의 처지에서 불쌍한 백성을 위로한다는 명목으로 잔치 개설을 권유한다. 이러한 전개는 향유자들이 이미 판소리적 관습으로 용인하고 있다는 전제 위에서 이루어진다.113) 특이하게도 장본의 심청은 미리 천자에게 자신의 신분을 노출한다. 그 결과 잔치의 개설도 심봉사를 찾기 위해 직접 천자가 결정하고 명령하는 것이다.

장본이 가지고 있는 이러한 전개는 신분을 속이거나 그것이 탄로되면 어떻게 될까 하는 조바심을 사전에 제거한다는 점에서 의미를 갖는다. 바꾸어 말하면 <심청가>의 감상에서 '심청의 효성과 맹인의 눈 뜸'이라는 큰 줄기를 훼손하지 않기 위하여 있는 그대로의 본성을 표출하고 있는 것이다. 이러한 성격은 심봉사가 뺑덕어미와 결연하는 대목에서도 잘 나타난다. 신본은 자신의 눈을 뜨게 하기 위하여 딸을 제물로 바친 심봉사가 정욕을 이기지 못하여 뺑덕어미를 받아들인다. 그리고 정본은 심봉사의 재산을 거덜내기 위해 뺑덕어미가 자원하여 결정한다. 이와 달리 장본은 딸도 없이 불쌍하게 사는 심봉사를 위하여 동네 사람들이 주선하여 결합하게 한다. 그렇게 결연한 심봉사이기 때문에 남 보기 부끄럽다 하여 다른 곳으로 이사하기도 한다.

이처럼 이날치로부터 김채만, 박동실을 통하여 장월중선에게 전승된 <심청가>는 일상적 세계의 상식이 반영되어 있다는 점, 따라서 교훈적인 내용이 약화되어 있다는 점을 그 특색으로 들 수 있다. 이러한 이유에서 이날치 창본과 정재근 판의 <심청가>가 박유전이라는 같은 뿌리에 근원하고 있다는 것, 따라서 유사한 전개로 이루어졌다는 말은 실상에서 벗어나 있다고 할 수 있다. 그리고 그 까닭은 박유전과 이날치의 전승도를 잘못 파악하였기 때문에 나타난 결과로 볼 수 있다.

흔히 동편제를 판소리의 정통적인 소리라고 하며, 서편제는 동편제의 완성 후에 나타난 기교적인 소리로 평가한다. 그런데 동편제의 태두로 알려진 송홍록(1801-1863)은 박유전보다 앞선 인물이다. 따라서 송홍록을 조종(祖宗)으로 하는 동편제가 고졸성(古拙性)을 띄고 있다는 평가를 할 수 있다. 그러나 이는 그 이후 나타난 판소리와의 비교일 뿐, 송홍록 이전의 판소리와 비교한다면 타당한 말이 될 수 없다. 송홍록 이전에도 판소리는 있었고, 송홍록은 가왕이라는 칭호를 받으면서 판소리의 대통합을 이룬 인물이기 때문이다. 송홍록의 소리가 판소리의 대종(大宗)으로 자리잡으면서 각 지역의 소리를 기반으로 융성했던 다양한 소리의 모습은 송홍록의 소리로 흡수되었다. 경기판소리, 중고제 등은 자신들이 가지고 있던 더늠을 송홍록의 소리에 남기면서 판소리의 발전에 초석이 되었던 것이다. 이것이 그 이전의 소리와 구별되었기 때문에 동편제라는 새로운 명칭을 부여한 것으로 볼 수 있다. 동편제라는 명칭이 나타났기 때문에, 그 이전의 소리는 자연히 서편제라는 명칭을 부여받을 수밖에 없다. 이것이 명명화(命名化)의 자연스러운 방식이다. 서편제의 흔적을 이날치의 창본에서 찾을 수 있다거나, 동편제의 흔적을 서편제와의 융합을 꾀한 송만갑에게서 찾는 것도 이러한 논리에서이다.

그런데 박유전을 조종(祖宗)으로 하여 나타난 소리는 이미 송홍록의 동편제 소리를 거친 뒤에 나타난 것이다. 따라서 동편제가 추구하면서 소홀할 수밖에 없었던 그 이전의 모습을 다시 챙겨 보완하는 것은 당연한 논리적 결과일 것이다. 송홍록의 판소리는 예술성을 강조하면서 그 앞에 존재하였던 판소리의 토속적 요소나 이른바 '불합리'나 '비윤리'를 제거하는 방향으로 나갔기 때문에 판소리 향유층의 확대를 꾀할 수 있었다. 흐드러진 눈물을 제거하고, 정관(靜觀)의 예술적 경지로 향하게 한 것, 그래서 판소리의 예술화를 도모하였던 것이 가왕으로서의 송홍록이 수행하였던 역할이었던 것이다.

동편제 이전의 소리가 서편제이며, 박유전을 통하여 이루어진 판소리 유파를 강산제로 부르고, 그것이 가지고 있는 차이를 분명한 이미지로 보여준 것은 유기룡이다. 그는 '서편제가 같은 울음소리를 하되, 무주공산에서 슬피 우는 여인의 울음인데 비하여 강산제는 그것을 지양하고 목덜미소리로 크게 우는 장부의 울음소리'라고 설명하였다. 이른바 여인의 퍼질러진 울음 → 울음의 제거 → 장부의 울음으로 그 차이를 분명하게 보여주었던 것이다.114) 송만갑이 '전래 법통을 붕괴한 패려자손'으로 매도된 것도 기존 판소리의 감정 과잉을 억제하고 절제를 추구했던 송흥록의 노력을 받아들이지 않았기 때문으로 설명될 수 있는 것이다.115)

사설의 길이나 판소리의 눈, 그리고 이날치의 생애와 활동 등을 고려할 때, 이날치의 <심청가>는 동편제 이전의 소리인 서편제의 모습을 보여주고 있다는 결론에 이르게 된다. 이날치의 <심청가>는 지금은 사라진 동편제 이전의 소리를 간직하고 있는 고제(古制)의 소리이고, 이것이 박동실을 통하여 장월중선에게 전승되었던 것이다. 장월중선은 자신이 전수받은 <심청가>의 소중함을 잘 인식하고, 이를 후대에 넘겨주는 중요한 역할을 담당하였다.

<열사가>의 창작과 전승

장월중선이 박동실로부터 얻은 중요한 판소리 자산으로 또 하나 추가할 수 있는 것은, 그를 통하여 <열사가>를 전수받았다는 것을 들 수 있다. 박동실은 한승호, 김동준, 장월중선 등에게 <열사가>를 가르쳤지만, 현재 전승되고 있는 것은 장월중선으로부터 이어받은 정순임의 <유관순 열사가>와 김동준(金東俊)으로부터 이어받은 이성근(李成根)의 <이준 열사가>, <안중근 열사가>, <윤봉길 열사가>가 있을 뿐이다. 물론 판소리 영역의 확대라는 측면에서 안숙선, 송영석 등을 비롯한 많은 연창자들이 <열사가>를 불렀지만, 이는 대부분 일회적인 것에 불과하였다. 박동실에게 판소리를 배운 사람들은 많지만, 그 영향력의 심대함에도 불구하고 이처럼 그의 소리 세계는 널리 퍼지지 않았다. 이 <열사가>는 해방 이후 커다란 대중적 인기를 누려 성공한 창작판소리로 인식될 수 있었지만, 이를 계승한 사람은 손으로 꼽을 정도인 것이다.116)

이성근은 1950년대 중반 김동준에게서 <열사가>를 배웠고, 또 정순임은 모친인 장월중선에게서 배운 <유관순 열사가>를 왕성하게 연창하고 또 전승시키고 있다. 정순임의 경우도 전체를 부를 수 있겠지만 특히 <유관순 열사가>에 대한 애착을 드러내고 있는 점이 차이가 있다. 이런 이유에서 두 사람이 부르는 <열사가>도 그 줄기는 같지만, 상황에 따른 변화와 굴절이 나타나게 된 것은 당연한 것으로 보인다.

<이준 열사가>, <안중근 열사가>, <윤봉길 열사가>는 세 열사의 행적 중 특징적인 부분만을 모아 연결시켰다는 점에서 유관순열사의 생애 전반을 그린 <유관순 열사가>와는 구별된다. 당연히 그 길이도 <유관순 열사가>에 비하여 짧게 되어 있어, 단가의 대용으로 이를 사용하기도 한다. 이준(1859-1907), 안중근(1879-1910), 윤봉길(1908-1932)은 시기나 장소, 활동이 서로 다르지만, 이 작품에서는 필연적인 인과관계로 묶어 하나의 작품으로 구성하였다. 따라서 이 작품은 '삼열사가(三烈士歌)' 정도로 명명할 수 있는 하나의 작품이라고 할 수 있는 것이다. 이는 <이준 열사가>의 끝부분인 '그 다음 일을 어찌 하리 어응어응 울음을 운다'117)와 <안중근 열사가>의 첫부분인 '이렇듯이 슬퍼하며 고향으로 돌아오시고'118)가 이어지고, <안중근 열사가>의 끝부분인 '주먹을 쥐어 가슴을 뚜다리며 복통단장으로 울음을 운다'119)와 <윤봉길 열사가>의 첫부분인 '이렇듯이 슬퍼하며 고향으로 돌아오고'120)의 연결에서 잘 드러나고 있다. 후속되는 <열사가>의 연결사

'이렇듯이'는 앞 <열사가>의 끝부분에서 말한 '어웅어웅 울음을 울면서'
와 '복통단장으로 울음을 울면서'를 가리키는 것이다. 또한 <윤봉길 열사
가>의 첫부분은 '이렇듯이 슬퍼하며 고향으로 돌아오고, 그때여 안중근씨
는 여순 감옥 교수대 아침 이슬이 되니'와 같이 '이렇듯이' 외에도 '안중근
씨'를 구체적으로 거명함으로써 앞의 <열사가>와 연속되고 있음을 확인
시키고 있다.

더구나 <윤봉길 열사가>의 끝부분은 "어둡던 금수강산 동방에 광명이
밝아오니 삼천만 우리 동포 태극기 높이 들어 새 건설을 힘씁시다. 지난
일을 생각허면 어이 아니 한심한가. 삼십육 년 노예생활, 어찌어찌 지냈던
고 극형 형벌 같은 고통, 철창 생활 조금도 두렴 없이 일을 해온 우리 열
사 장하고 감사하오 고국산천 이별한지 몇몇 해나 되었으며, 객창한등 전
전불매 위국장탄이 몇 번인고. 부귀는 지나가고 풍상의 객고하여 백발이
소소하니 감개무량하거니와 예로부터 충효열사 고생 없이 뉘가 있소 명전
천추 빛난 만만세재 전하리다. 우리 높은 그늘 아래 삼천만 자유 얻어 화
기가 일어나니 무궁화 이 강산에 새 건설에 힘씁시다. 우리 높은 그늘 아
래 삼천만 자유 얻어 화기가 일어나니 무궁화 이 강산에 새 건설에 힘씁시
다."로 이루어져 있어 한 작품이 종결되었음을 완결된 모습으로 보여주고
있는 것이다.

이에 반하여 <유관순 열사가>는 그 처음과 끝에 한 작품의 시작과 결
말을 가리키는 형식적 표지(標識)를 갖추고 있다. 먼저 서두 부분은 "때는
1904년 국운이 불행하여 조정은 편벽되고 왜적이 침입하니 간신이 득세로
다. 보호조약 억지 하니 억울한 한일합병 뉘가 아니 분개하며, 매국적 부귀
탐욕 일시 영화 꿈을 꾸어 조국을 어찌 돌아보리. 우리 역사 일조일석에
무너지고 삼천만 분한 설움 삼월 일일 폭발되니, 피 끓는 독립투사 도처마
다 일어나 으름새워 분투할제, 유관순은 누구든고 십세 어린 처녀 근본부

터 이를진대"라 하여 작품의 주인공인 유관순을 위한 시공간적 배경을 서술한 뒤 주인공의 출생과 행적을 설명한다.

그 전개는 초앞 - 출생과 성장 - 부친 소개와 이화학당 입학 - 경복궁에서 탄식 - 동지들의 일정 - 고종황제 붕어 - 만세 운동 - 거사 준비 - 거사 전야 - 고향에서의 만세 운동 - 부모님 절명 - 투옥 - 옥중 항변 - 남매 상봉 - 법정 항변 - 옥중 탄식 - 투쟁과 순국 - 결말로 이루어져 있는데, 이는 현재 연행되고 있는 정순임과 이성근의 사설에 공통적으로 드러나고 있다. 다만 정순임 창본은 이성근 창본에 비해 첨가와 부연이 많이 나타나는데, 이성근 창본에 나타나지 않고 정순임 창본에만 있거나 심하게 변용되어 표현된 부분은 다음과 같다.

① 일본의 고종황제 핍박 대목(추가): "그때여 고종황제는 조선조 제 26대 왕으로서 선왕인 철종이 세자 없이 돌아가시자 조대비가 옥새를 잡고 영조의 현손이자 흥선대원군의 둘째 아들로 왕위를 계승하고 이 나라를 이끌어 가는데, 고종은 왕위에 있으면서 너무나 많은 전쟁을 치루어야 했던 것이었다. 이때에 일본은 강압적으로 우리나라를 빼앗고 고종을 덕수궁에 머무르게 하야 세월을 보내는디 그것도 모자라 일본은 그 후 3년 후인 1910년에 한일합방이라는 구실을 내세워 우리나라를 완전히 저희 손아귀에 넣고 고종황제를 죽일 음모를 꾀하는 중"

② 삼일운동 전야(추가): "때는 2월 28일 민족대표 서른 세 명이 태화관에 모두 모여 마지막으로 구체적인 사항을 의논허고 만해 한용운 선생께서 독립선언서를 낭독, 서명을 한 연후 미국 대통령과 파리 강화의 각국 대표들에게 독립선언서를 보내고 기다릴 제"

③ 독립선언서 전문(추가): "독립선언서! 오등은 자에 아 조선의 독립국임과 조선인의 자주민임을 선언하노라. ~ 천백세 조령이 오등을 음우하며 전 세계 기운이 오등을 외호하나니 착수가 곧 성공이라 다만 전두의 광명으로 맥진할 따름인저" 이어 공약삼장이 이어짐.

④ 유관순의 귀향(추가): "이렇듯 수라장 속에 몇몇 학생들이 거기에서 빠

져나와 이화학당으로 돌아오니 그때에 교장 프레이 미국 선생이 창백한 얼굴로 학생들을 기다리고 있다가 무사히 돌아온 학생들을 반겨하며 이렇게 무사히 돌아와 준 것이 무엇보다 하느님께 감사하며 여러분들은 아주 훌륭한 일들을 하였소 언젠가 일본은 큰 벌을 받을 것이오 한참 이럴 적에 일본 헌병들이 들이닥쳐 독립운동에 가담한 학생들을 찾아내라고 독촉을 하는 한편 총독부에선 각 학교 임시 휴학 명령을 내렸겠다."

⑤ 오빠와의 만남(변용): (정순임 창본) "그때여 관욱이도 시위행렬허다 붙들리어 그곳에 심문받으러 왔다가 형제 만나게 되니 관순이 기가 막혀" (이성근 창본) "관순이의 일행은 공주 검사국 유치장에 들어갈 제 그 오빠 관욱이가 학생시위대의 독립운동 하다 붙들려 들어가 심문을 받으려 들어왔을 것이다. 남매가 만나게 되었구나. 관순이가 오빠를 바라보고 두 눈에 눈물이 뚝허니 맺거니 비오듯 떨어지며 아우내 장터에서 행렬하던 일과, 부모 양친이 운명하신 일을 곰곰이 생각허니 윤기에 북받친 서름이 터져 나오는 것이었다."

⑥ 공판 전야(추가): "관순이 적막 옥방에 홀로 앉아 옥창 밖을 내다보니 만리 창공에 구름만 담담허고 나라 근심과 원통하게 돌아가신 부모형제와 어린 동생들을 생각허니 가슴이 미어지고 홀연히 눈물을 흘리며 ~ 관순이 외치는 소리에 여기저기에서 독립 만세를 합창으로 불러노니 감옥 안이 발끈 뒤집혔구나. 황급한 간수들은 관순을 잡아내여 상부에 고하니"

⑦ 재판정, 옥중에서의 고초와 죽음(추가): "그때여 검사가 의기양양하게 관순을 쏘아보며 네 이년 너는 죄인의 몸으로 감방에서 소란을 피웠으며 그 또한 큰 죄이려니와 대일본 천황폐하를 무시한 죄 더더욱 큰 죄로다. ~ 어와 세상 사람들아 관순씨의 본을 받어 나라 위하여 일합시다. 인생은 최귀하요 만물의 영장이니 대의 지신 굳게 뭉쳐 각기 의무를 지킬지라. 부귀는 지나가고 공명은 일시 허영 부린지신 추호도 두지 말고 정의를 바로 하여 이 강산 이 땅 위에 만세 영화 빛내기는 여러 청춘들의 책임이라."

이성근 창본과의 비교에서 드러나는 이러한 차이가 정순임의 연행 현장에서 나타난 변용으로 볼 수도 있지만, 대체로는 <유관순 열사가>에 치중하지 않은 이성근의 창본에서 누락된 것으로 보는 것이 타당할 것이다. 즉 정순임의 추가나 변용에 의한 것이 아니라 장월중선이 박동실로부터 이어 받은 <열사가>의 원 모습을 간직한 것으로 보는 것이다.

이러한 차이에서 우리는 장월중선의 <열사가>가 지향하는 방향성을 확인할 수 있다. <열사가>는 민족의 암흑기를 딛고 일어서는 열사의 영웅적 모습을 통하여 미래의 세계를 제시하고자 한 데 그 의미가 있다. 열사의 활약을 찬양하면서 동시에 그런 열사가 나타나지 않는 시대이기를 바라는 이중적 의미가 <열사가>에 내재되어 있는 것이다. 이러한 역사성을 전달하기 위하여는 정확한 사실의 전달과 대상에 대한 진지한 태도가 확보되어야 한다. 열사의 행적을 통하여 교훈을 얻고자 하기 때문에 부정확한 허구적 사실은 향유층의 몰입을 저해할 수밖에 없다. 특히 열사나 그 행위를 골계적으로 표현하는 것은 교훈으로 삼고자 하는 영웅적 행위를 폄하하는 일이기 때문에 채택을 고려할 여지가 없다. ①, ②, ③은 정확한 역사적 사실을 제시함으로써 이 <열사가>가 실체적 진실을 추구하고 있음을 청중에게 전달하고 있다. 물론 대부분의 경우 생략되기는 하지만, <독립선언서>와 <공약 삼장>을 지루하리만큼 읽어나가는 것도 당시 현장의 숭엄성(崇嚴性)을 확보하기 위한 선택으로 보인다. 실제로 청중은 이 부분에서 자신도 잊고 있었던 우리의 소중한 역사적 실체에 접근한다는 비장감과 자괴감을 표현하는 것이다. 그런 점에서 <열사가>는 단순히 판소리 한 작품의 연행으로 끝나는 것이 아니라 소중한 역사의 한 장면을 청중에게 전달하고자 하는 강한 의지를 내포하고 있다. 정순임이 독립과 관련된 날의 현장에서 <열사가>를 연행하는 것도 여기에서 기인하는 것이다.

④와 ⑥, ⑦은 사실적 전달보다는 대상을 대하는 진지성과 관련되어 추가된 부분으로 볼 수 있다. 특히 유관순이 현재의 우리에게 갖는 역사적 의미를 일깨우는 ⑦은 전승 5가의 축제적 결말과는 다른 진지성을 바탕으로 하고 있다. 역사적 사실에 바탕을 둔 진지한 태도를 통하여 <열사가>

는 청중들에게 살아 있는 역사교육 자료로서의 기능을 하고 있는 것이다. 이러한 진지성을 위하여 다소 감상성에 함몰될 우려가 있는 ⑤는 과감하게 축약한 것으로 보인다.

이러한 <열사가>의 진행 방식이나 연행 의식은 기존의 판소리 향유 집단의 큰 흐름에서는 일탈되어 있음을 확인할 필요가 있다. 전통적인 판소리는 이른바 비장과 골계의 교체를 통하여 우리 인생살이의 요모조모를 가감 없이 제시함으로써 청중으로 하여금 총체적인 감동에 이르게 한다. 연창자는 청중에게 메시지를 전달하는 존재가 아니라 상황을 그려 보여주는 연행의 주체일 뿐인 것이다. 그런데 <열사가>의 연창자는 가르쳐야 할 역사적 사실을 청중에게 전달함으로써 영웅적인 열사의 행적을 각인시키고자 한다. 비장과 골계의 반복이나 긴장과 이완의 연속을 통하여 삶의 진실 속으로 끌어당기는 기존의 판소리와는 달리 <열사가>는 긴장과 비장의 연속을 통하여 대상이 되는 열사의 영웅적 행위를 흠모하고 추앙하도록 하고 있는 것이다. <열사가>에서 이완이나 골계가 틈입할 수 있는 여지나 인물을 찾아볼 수 없는 까닭이 여기에 있다.[121]

이러한 이유에서 <열사가>의 연창은 판소리 소리꾼으로서는 대단히 힘든 일일 수밖에 없다. 정확한 사실의 나열과 비장이 연속되기 때문에 연창의 부담은 더욱 가중되기 때문이다. 그런데도 박동실은 <열사가>의 전승에 상당한 열의를 보인 것으로 알려져 있다. 그래서 박동실에게 배운 사람들은 자연스럽게 이 <열사가>의 흐름 속으로 들어가기도 했다. 이전에 가르쳤던 판소리가 자신에게 주어진 전통을 따른 것이었다면, 이는 전통의 큰 흐름 속에 새롭게 첨가할 수 있는 자신만의 목소리로 인식하였는지도 모른다. 이것은 최근에 비장의 연속으로 이루어져 있는 <백범 김구>나 <광화문의 북소리>, <논개> 등이 창극으로 공연될 수 있다는 가능성을 보여준 것과 그 맥을 같이 하는 발상이라고 할 수 있다. 이것이 판소리나

창극으로서 성공한 것인가, 또는 바람직한 전승 태도인가 하는가에 대한 평가는 별개의 문제이다. 다만 이것이 판소리 연창자로서 사회를 향한 모든 발산의 방식을 판소리로 드러낼 수 있는 가능성을 보여주었다는 판소리사적 의의를 가지고 있음은 분명하다.

장월중선의 판소리사적 위상

고인 물은 썩게 마련이다. 계절의 변화에 아랑곳하지 않고, 사시사철 똑같은 옷을 걸치고 있다면, 그것은 살아있는 존재가 아니라 허수아비에 불과한 것이다. 박동실은 전래의 판소리 법통을 대를 이어 전해주었고, 또 판소리의 영역을 넓히기 위한 노력을 기울였다. 그리고 이러한 노력의 연장선상에 장월중선이 놓여 있다.

장월중선은 판소리와 창극, 산조, 가야금병창, 범패, 춤 등 전통예술의 모든 분야에서 최고의 수준을 보여준 예인이었다. 그러나 그의 본령은 판소리에 있었고, 그리고 판소리사에서 중요한 위상을 차지하게 된 것은 박동실과의 관련성 속에서 찾을 수 있다. 장월중선은 자신에게 부여된 의무를 성실히 이행하고, 자신이 가진 판소리 자산을 후세에 확실하게 전승시켰다. 그런 연유로 우리는 박동실이 가지고 있는 의미를 확인하고, 또 후대에 넘겨줄 수 있게 된 것이다.[122]

보성소리가 현재 판소리의 대종을 이루게 된 것이 정응민의 교육에서 찾을 수 있는 것처럼 장월중선은 자신이 가지고 있는 자산을 소중하게 간직하고, 또 전수함으로써 판소리가 요구하는 역사적 위치를 성실하게 수행하였다. 자신이 텃밭으로 생각했던 동편제를 고집하지 않고 소중한 유산의 끄트머리를 우리에게 남겨준 것이다.

판소리의 극점에 이르게 되면 동편이나 서편이 그렇게 큰 의미를 갖는

것은 아니다. 득음의 경지에서 인생 만사를 진술하고 곡진하게 형상화하였
다면, 그래서 사람들을 울고 웃게 하며 감동시킬 수 있다면 그것으로 판소
리의 사명은 다하는 것이기 때문이다. 우리 가슴 속에 맺힌 한과 환희를
올올이 펼쳐내어 예술로 승화시켰다는 점에서는 모두가 한 가지인 것이다.
그러한 의식의 바탕 위에서 장월중선은 이날치로부터 비롯된 서편제의 한
가닥과 박동실로부터 비롯되는 이념화의 극적 현상을 우리에게 남겨 주었
다. 이것이 정순임을 통하여 현전하는 판소리로 남게 된 것은 그러한 의미
에서 판소리사의 커다란 행운이 될 것이다.

4장

판소리의
후원자들

4장_판소리의 후원자들

1. 신재효와 판소리의 사대 법례

신재효와의 만남

1988년 서울에서 열린 올림픽의 개막식과 폐막식의 식후 행사에서 우리
는 대조적이라 할 수 있는 우리의 문화를 전 세계에 보여준 일이 있다. 개
막 행사는 그 휑그러니 큰 운동장 한 구석으로부터 시작되었다. 집중적인
조명을 받으며 등장한 어린 아이 - 그리고 그 넓은 운동장 저편의 목표를
향하여 굴렁쇠를 굴려가는 모습을 보며, 많은 사람들은 떨어뜨리면 어쩌나
하는 조바심을 내내 떨칠 수 없었다. 그 조바심은 어린아이가 실수 없이
목표에 도달하였을 때에야 멈춰질 수 있었다. 어린 아이와 대비되어 그 운
동장은 잔인하리만큼 한없이 넓어 보였다. 어린 아이는 마치 우리가 헤엄
쳐 가야 할 광활(廣闊)한 세계 속에 걸음마를 시작하는 우리나라의 안타까
운 모습처럼 느껴졌다.

그리고 폐막 행사에서 김소희 명창의 뱃노래가 울려 퍼졌을 때, 그 운동
장은 또 얼마나 왜소(矮小)해 보였던가. 평상시와 다름없이 김소희 명창은
자신의 한 서린, 그러나 영롱한 소리를 대기 속으로 떠나보내고 있었다. 그

장면을 보며 우리는 왜 그의 음악이 노래가 아니라 '소리'인가 하는 대답을 깨달을 수 있었다. 그것은 자연의 한 부분인 소리였던 것이다. 환상적인 자태와 몸짓으로 배를 떠나보내는 우람한 장인의 모습과 예술 앞에서 우리는 미래의 우리 문화에 대한 확신과 예감을 가질 수 있었다.

이 두 장면은 우리의 문화 양상을 상징적으로 보여주고 있었다. 우리 문화의 중요한 특성의 하나인 엄청난 유연성(柔軟性)을 확인할 수 있었기 때문이다. 드러난 부분은 세심한 연출의 결과였지만, 그 두 장면은 대단히 자유로운 모습으로 비쳐졌다. 그것은 적어도 서양의 오페라나 집단 율동처럼 획일적인 것은 아니었다. 이 유연성이 긍정적으로 드러나면서 창조적으로 계승될 수 있었던 소중한 예를 우리는 그 개막식과 폐막식의 모습에서 확인할 수 있었던 것이다.

우리는 창조적으로 계승된 우리 문화의 결정체를 판소리라는 예술 형태에서 찾을 수 있다. 도대체가 끝없이 정의되어야 하는 여러 예술 형태들을 잡다하게 받아들이면서 새로운 질서 속에 끌어안아 스스로를 판소리라는 호수(湖水) 속에 내맡기게 하는 웅혼(雄渾)함 - 판소리는 그렇게 호수와 같은 속성을 지닌 예술이라고 할 수 있다. 따라서 판소리 속에서 어떤 구체적 예술을 확인하고 그 영향 관계를 찾는 것은 부질없는 일인지도 모른다. 어느 것이나 다 포용할 수 있는 힘찬 어깨를 지닌 존재가 바로 판소리이니까.

우리가 세계를 향하여 우리의 것이라고 내세울 수 있는 것은 무엇인가? 불교 이야기를 받아들여 '판소리 부처님'도 만들고, 또 기독교 이야기도 받아들여 '판소리 사도행전'도 만들고, 그러나 결국 판소리는 그대로 꿋꿋하게 서 있다면, 그것이야말로 우리의 강렬한 문화의 자장이 아니겠는가? 판소리가 가지고 있는 유연함으로부터 우리는 신재효에 관한 실마리를 풀어 나갈 수 있는 근거를 마련한다. 왜냐하면 신재효는 유연성을 판소리의 중요한 특성으로 인식하고, 그것을 구체적인 예술 활동을 통하여 드러냈기 때문이다.

판소리의 변화에 관심을 보이고 그 방향을 모색하였던 인물은 신재효 이전에도 있었다. 그러나 어떤 사람도 신재효만큼 지속적이고 의도적으로 판소리의 방향을 제시하지는 않았다. 그는 판소리가 변화하는 중간의 지점에서 그 변화의 주도적 역할을 담당하였고, 그것은 좋든 싫든 현재의 우리에게 하나의 역사적 실재로 존재하고 있는 것이다. 그만큼 판소리에 대한 깊이 있는 인식과 고민을 당대에 드러낸 인물은 없다. 그에 의하여 판소리의 현재와 가능성은 남김없이 실험되고 정리되었던 것이다. 이는 끝없는 탐구의 정신이고, 이런 이유에서 우리는 유연성에 바탕을 둔 실험 정신을 '신재효 정신(申在孝 精神)'으로 이름붙일 수 있을 것이다.

판소리와 관련된 삶

신재효는 본관이 평산(平山)이요 자는 백원(百源)이며 호가 동리(桐里)로, 1812년 전북 고창에서 관약방을 하던 신광흡의 1남 3녀 가운데 외아들로 태어났다. 그리고 73세(1884)를 일기로 그 삶을 마감하기까지 격동적인 시대 변화를 온 몸으로 보여주었다.

중인 출신인 아버지 신광흡은 경기도 고양(高陽)에서 살다가 서울에서 직장(直長)을 지냈는데, 고창현의 경주인(京主人) 노릇을 하였다. 경주인은 서울에 머물면서 자신이 담당한 지역의 연락 사무를 대행하는 사람을 일컫는다. 신광흡은 경주인의 자리에 있으면서 재산을 모았는데, 이 재산은 그의 아들 신재효가 고창에서 향리로 활동하는 데 든든한 기반이 되었다. 뒤에 신광흡은 고창에 이주하여 관약방을 하기도 하였다.

신재효의 어머니는 나이 40이 넘도록 아들을 얻지 못하다가 정읍에 있는 월조봉에 치성을 드려 신재효를 얻었다고 한다. 신재효는 회갑이 되던 해에 내장산 영은사의 법당을 중수하였을 때 그 법당의 상량문을 써준 것으로 보아, 이 절이 그의 탄생을 빌었던 곳으로 여겨진다. 영은사는 한국전쟁 때 불에 타 없어졌고 이 터에 새로이 내장사가 세워졌다.

부모는 나이 들어 얻었으니 효도하라는 뜻으로 이름을 재효라고 지었는데, 신재효는 부모의 이러한 뜻에 어긋나지 않게 효성이 지극했다고 한다. 그는 어려서부터 총명하여 신동으로 소문날 정도로 재주가 뛰어났다고 전해진다. 글은 아버지로부터 주로 배웠는데, 그의 아버지 신광흡이 직장과 경주인을 지냈으며, 관약방을 경영한 것으로 미루어 아들에게 공부를 가르칠 만큼의 소양은 충분히 갖추었던 것으로 여겨진다.

신재효는 철종 3년(1852)에 고창 현감으로 부임한 이익상 밑에서 이방을 지냈고, 이어서 호장까지 오른 뒤 은퇴했다. 외지의 사람인 아버지가 고창에 내려와 살았음에도 불구하고 신재효가 향리의 우두머리격인 호장에 올랐다는 것은 그가 남다른 재능과 함께 현실에 대한 적응력이 뛰어났음을 말해준다. 호장에서 퇴임한 뒤인 고종 13년(1876)에는 고창현감으로 부임한 유돈수로부터 그 동안의 업적에 대해 위로를 받을 정도로 대단한 신망을 얻었던 것으로 보인다. 또한 그가 죽은 뒤에 여러 향반(鄕班)들이 만장을 써 보낸 것으로 보아, 고창의 향리나 서민들과 신분을 넘어선 폭넓은 교유를 맺기도 하였다. 현재 고창현감의 관아가 있었던 모양성 안에는 향리 출신의 신재효와 그의 아버지 신광흡의 유애비(遺愛碑)가 세워져 있다.

신재효는 40대 전후에 이미 곡식 1천 석을 추수하고 50 가구가 넘는 세대를 거느린 부호가 되어 있었다. 신재효가 재산을 모을 수 있었던 것은 치산(治産)의 지혜와 근면성, 성실성 등 남다른 노력의 결과에 의해서였다. 물론 부친의 물려준 유산이 치산의 기반이 되었을 것임은 물론이다. 그가 재산을 모으고 관리하기 위하여 견지했던 근검절약의 생활 철학은 그가 남긴 <치산가>에 잘 나타나 있다.

신재효는 모은 재산을 쓸 줄 모르는 졸부가 아니었다. 병자년(1876)의 대흉년에는 아끼면서 모은 재산을 굶주린 재해민을 돕는 데 아낌없이 썼다. 이때 그는 사람들이 아무 대가 없이 물질적인 신세를 지면 의타심이 생긴다 면서 비록 헌 옷가지나 걸레라도 가져와서 곡식과 바꾸어 가도록 하였다. 그리고 그 물건에 표시를 해두었다가 후일 그 은혜를 잊지 않고 갚으러 온 사람들에게는 원래의 곡식만을 받고 그 보관물을 다시 돌려주었다고 한다.

신재효가 아량이 넓고 매우 인간적이었음을 보여주는 다음과 같은 일화 도 전해온다. 어느 날 밤, 도둑이 신재효의 침방에 들어왔다. 그러나 그는 당황하지 않고 부드러운 말투로 남의 물건을 훔치는 일이 도리에 어긋나 는 일임을 타이른 뒤, 돈 1백 냥을 주면서 남을 해치지 말고 바른 사람으 로 착하게 살아갈 것을 당부하였다. 얼마 뒤 그 도둑은 1백 냥의 이자까지 내놓으며 과거의 잘못을 뉘우쳤다. 그러자 신재효는 그럴 수 없다며 도둑 이 착한 사람이 된 것을 칭찬하며 되돌려 보냈다고 한다.

그 밖에도 신재효는 자신이 근무하던 관아인 형방청의 건물을 중수하는 데에 돈을 시주하였고, 경복궁의 복원 사업에 원납전으로 5백 냥을 헌납하 였다. 특히 광대의 양성과 후원에는 전 재산을 기울였다. 그는 굶주린 백성 을 구휼한 공으로 가선대부의 포상을 받았고, 경복궁 재건을 위한 원납전 희사의 공으로 고종 15년(1878)에는 통정대부라는 품계와 절충장군 용양위 부호군이라는 명예직을 받기도 하였다.

대충 정리해 본 그의 생애가 우리에게 의미를 갖는 것은 조선 후기 그 엄청난 격동기를 보내면서, 자신의 활동의 중요한 부분이 판소리와 관련된 사업임을 인식하고 이를 실천에 옮겼다는 데 있다. 이것이 없었다면, 그는 호남 변방의 한 중인 관료로서의 평범한 일생을 보낸 가족 내적(家族內的) 인물로서만 기억되었을 것이다. 그가 지방 관청의 서울 사무를 책임지는 경주인의 아들이었고, 오랜 관료 생활을 거친 뒤에 육방의 우두머리인 호 장을 지냈다는 사실 등은 그의 후손에게서나 의미를 갖는 지극히 사소하고 개인적인 일에 불과하다. 우리에게서 그의 이러한 생애가 그나마 의미를 갖는 것도 사실은 그가 판소리사의 중심에 놓여 있기 때문이다.

판소리 지원의 동인(動因)

신재효가 전 재산을 털어서 판소리에 몰두하게 된 동기는 다음과 같은 몇 가지로 추정할 수 있다.

우선 조선 후기에는 경제적으로 안정을 누리게 된 계층이 예술 집단의 후원자를 자임(自任)하는 현상이 있었는데, 신재효의 판소리에 대한 관심도 이러한 측면에서 이해할 수 있다. 그런데 대부분의 사람들은 비생산적인 유흥에 몰입하였으며, 뚜렷한 현실 인식을 갖추지 못하였다. 그러나 신재효는 판소리에 관심을 기울이고 개작한 사설에서 자신의 현실 인식을 드러냄으로써 새로운 역사를 위한 동력을 발휘하였다.

신재효 자신의 개인적인 조건도 판소리에 대해 깊은 관심을 갖게 했을 것이다. 신재효는 중인층이라는 신분의 제약을 벗어나기 위해 많은 노력을 기울인 것으로 알려져 있다. 그는 고창의 향반들과 교유하였으며, 흉년의 기민 구휼과 원납전 헌납이라는 개인적인 노력을 통해 명목상 신분 상승을 이루었다. 그러나 그가 양반 사대부로 행세할 수 없었음은 신재효 집안의 통혼권(通婚圈)이 향리 집안으로 한정되었던 것에서 잘 나타난다.

이처럼 신재효의 판소리에 대한 관심과 지원은 지역적 시대적 측면 외에도 이러한 개인의 신분적인 측면을 고려했을 때 비로소 이해할 수 있다. 곧 그의 판소리 활동은 예술 지원을 통하여 신분상승의 욕구를 충족시키려는 보상행위로 이해되며, 아울러 그것은 고창이라는 지역적인 토양과 신재효 자신의 투철한 현실인식이 있었기 때문에 가능했던 것이다. 이런 점에서 그는 당시의 다른 중인층들과 구별되는 '특별한 개인'이었음에 틀림없다.

신재효는 판소리의 단순한 감상자가 아니었다. 그는 판소리를 배우러 오는 수습생을 모아 전문적인 음악교육을 집단적으로 실시하였다. 그는 "여러 판소리 연창자들을 모두 자기에게 오도록 했는데, 가깝고 먼 곳에서 배우러 오는 사람이 날마다 문에 가득 찼으나 그들을 다 먹이고 거처하게 하였다"고 한다.[1] 따라서 그는 판소리사에 있어 최초의 근대적인 집단 교육을 한 인물로 기억될 수 있는 것이다.

수많은 판소리 수습생들을 먹이고 재우며 소리와 이론을 가르쳤던 집에는 "뜰 앞의 벽오동은 임신생의 동갑이라<방아타령>" 하였듯이 벽오동이 심어져 있었고, 세워진 정자의 마루 아래로는 물이 흘러 운치를 돋우었다. 신재효는 방 안을 온통 검은 종이로 발라 놓고 홀로 명상에 잠겼다고 하는데, 이러한 풍류는 "에헤에헤 나하에야 / 한량 중에 멋 알기는 / 고창 신호장이 날개라<날개타령>"고 읊을 만큼 널리 알려졌다.

신재효는 아전의 신분이면서도 축적된 부와 투철한 현실 인식을 바탕으로 판소리를 애호하고, 풍류를 즐기면서 살아갈 수 있었다. 그러나 그의 가정생활은 그리 평탄하지 못하였다. 첫째 부인은 그가 26세 때 자식을 남기지 못한 채 25세의 젊은 나이로 세상을 떠났고, 둘째 부인도 2년 만에 외딸만 남기고 사별하였다. 셋째 부인 또한 슬하에 1남 2녀를 낳고 36세의 젊은 나이로 세상을 떠났다. 그때 신재효의 나이 56세였다. 이후 그는 세상을 떠날 때까지 결혼하지 않고 고독한 여생을 보냈다. 이러한 가정적인 슬픔이 그로 하여금 판소리 광대를 후원하고 사설을 개작하며 단가를 창작하게 만들었는지도 모른다.

판소리 사설의 개작과 창작

판소리와 관련된 신재효의 활동으로 가장 중요한 사실은 그가 기존의 판소리 사설을 개작하여 우리에게 전하였다는 점이다. 신재효는 판소리 열두 작품 중 <춘향가>, <심청가>, <흥보가>, <수궁가>, <적벽가>, <변강쇠가>의 여섯 작품을 정리 개작하였는데, <춘향가>의 경우는 남창(男唱)과 동창(童唱)의 두 가지를 남겨 주었다. 그의 개작에서 제외된 작품들이 판소리 전승에서 탈락하였다는 사실만으로도 그의 판소리에 대한 깊은 안목을 이해할 수 있다. 왜냐하면 전승에서 탈락한 작품들은 신재효의 개작 정리가 이루어지지 않아서 그런 현상이 초래된 것이 아니라, 판소리사의 흐름에 역동적으로 기능할 수 있는 여건을 스스로 갖추지 못했던 데서 연유한 것으로 보아야 하기 때문이다.

신재효는 기존의 사설에서 불합리하다고 생각하는 부분을 개작하였다. 판소리 사설은 한 개인의 힘에 의하여 이루어진 것이 아니고, 연창자의 의식에 의해, 또는 현장의 상황에 의해 변화하고 굴절한다. 더구나 판소리 사설을 완창하는 경우란 극히 드물고, 자신이 장기로 부르는 대목을 청중 앞에서 토막소리로 실현하는 것이 대부분이다. 그 대목에 대한 집중적인 수련 때문에 부분과 부분 사이에 상호 모순이 나타나는 것은 판소리에서는 당연한 현상이다. 신재효는 부분으로 볼 때는 이의 없이 지나칠 수 있는 사설을 전체적인 면에서 조감하고 그 합리성을 문제삼았다.

이도령이 춘향의 집에 갑자기 찾아갔을 때, 풍성한 잔치에서나 볼 수 있는 음식상이 들어오는 것은 현실적으로 불가능하다. 그래서 "향단이 나가더니 다담같이 차린단 말 이면이 당찮것다."며 현실적으로 가능한 음식상으로 바꾸었다. 그는 어떤 한 부분의 불합리성 때문에 작품 전체가 허황한 이야기로 보이는 것을 차단하고자 하였던 것이다.

또한 신재효는 선악의 윤리적인 문제에 관한 한 철저하게 전형적 인물로서의 형상화를 지향하였다. 선행은 복으로 귀결되어야 하고, 악행은 화로 응징되어야 한다는 교훈적인 생각을 판소리 사설에 반영하고자 하였던 것이다. 그는 선행을 하여 복을 받아야 하는 사람이 악행을 하는 사람으로 보이거나, 그 선행의 과정에 상처를 입거나 하는 일이 발생하지 않도록 세심한 배려를 하였다. 그 결과 춘향은 이별하는 님 앞에서도 의젓함을 보여야 했고, 어린 나이의 심청은 죽음에 임하여서도 효녀의 모습을 견지하였던 것이다.

> 사또가 도임 초에 춘향 행실 모르고서 처음에는 불렀으나 하는 말이 이러하니 기특하다 칭찬하고 그만 내어 보냈으면 관촌 무사할 것인데, 생긴 것이 하도 예쁘니 욕심이 잔뜩 나서 어린 계집이라고 얼러 보면 혹시 될까 절자를 가지고서 한 번 잔뜩 얼러댄다[2]

여기에서 앞에 제시된 것은 현실에서 이루어져야만 하는 사실이고, 뒤에 제시된 것은 작품에서 이루어진 사실이다. 이루어져야만 하는 당위적 가치를 제시하여 이루어진 현실을 비판하는 관점을 취하고 있는 것이 신재효가 사용한 기법이다. 이러한 관점을 취함으로써 작가와 이를 듣는 청중들은 공동의 유대 관계가 성립되어 은밀한 윤리적 상승의 기분을 같이 누리게 된다. 이렇게 합리적이고 윤리적인 모습으로 바꾸어진 판소리는 그때까지 판소리 향유에 소극적이었던 양반 계층을 끌어들일 수 있었다. 부처를 노래하건 예수를 노래하건, 판소리는 판소리로 남는 것처럼, 신재효는 양반 계층을 판소리 향유에 끌어들임으로써 판소리를 국민예술로 승화시켰던 것이다.

그런데 신재효는 이러한 윤리적인 점뿐만 아니라, 이와 대립되는 비속한 측면도 아울러 드러냄으로써 삶의 실상을 온전히 보여 주고자 하였다. 춘향이 자신의 일생을 의탁할 이도령을 만난 첫날밤의 모습은 언뜻 보면 열녀인 춘향의 정숙한 모습과는 거리가 있는 것 같다. 그가 창작한 <오섬가

(烏蟾歌)>에서 이 부분은 육체의 질탕한 맞부딪침으로 이루어져 있다. 이러한 전개는 둘의 없어 못사는 사랑을, 관념적이고 개념적인 진술이 아니라 생동하는 구체성으로 표현하기 위한 어쩔 수 없는 선택인 것처럼 보인다.

이렇게 윤리적인 합리성과 저촉되지 않은 한 신재효는 인간을 굳어진 한 모습으로 획일화 시키지 않았다. 열녀의 모습일 때는 한없는 열녀의 모습으로, 그러나 사랑하는 사람의 모습일 때는 또 한없이 사랑스러운 모습으로 ……. 이렇게 작품 속의 인물들은 상황에 따라 자신의 모습을 다르게 드러내고 있다. 그래서 춘향은 금방 헤어져 돌아서도 다시 보고 싶은 안타깝도록 아름다운 모습으로, 그러나 관장(官長) 앞에서 자신의 도덕성을 드러낼 때는 그 사랑스런 모습 다 떨쳐버리고 추상같은 몸짓과 음성으로 돌변한다. 이것이 진실한 인간의 모습이다. 이도령 앞에서의 춘향과 사또 앞에서의 춘향이 달라질 수밖에 없는 것, 그것은 현실의 당연한 모습인 것이다.

그러한 춘향의 진실한 모습 앞에서 이도령은 춘향을 원하였고, 춘향의 소망 성취에 동참하고자 하는 의지를 갖게 되었던 것이다. 그러한 결심을 하는 것이 전통시대의 양반 자제인 이도령으로서는 얼마나 힘든 결단이었겠는가? 누구나 자신이 누리는 안락하고 편안한 길에서 벗어나는 것에 대한 두려움은 갖는 것이다. 이런 두려움을 떨치고 그 자신이 혜택을 누리고 있는 신분제도의 훼손을 감수하면서까지 춘향에 동조하였던 것은 바로 춘향의 이런 진실한 모습 때문이었던 것이다. 이러한 인간의 실상을 판소리로 표현하고자 하는 욕구에서 신재효는 <춘향가>를 남창과 동창으로 구분하여 개작하였고, 또 심봉사의 모습을 대단히 골계적인 것으로 변화시켰다.

심청의 인당수 투신 후 나타나는 심봉사의 골계적인 모습 등도 이러한 그의 의도를 잘 드러내고 있다.

동중 사람들이 맡긴 전곡 식리하여 의식을 이어주니, 심봉사 세간살이 요
족히 되었구나. 자고로 색계상에 영웅 열사 없었거든 심봉사가 견디겄나. 동
내 과부 있는 집을 공연히 찾아다녀 선웃음 풋장단을 무한히 하는구나.(213)

따라서 심봉사가 뺑덕어미와 벌이는 행각은 이전의 '행실이 청검하고
지조가 경개하여 일동일정을 경솔히 아니 하는' 군자의 모습과는 전혀 거
리가 있다. 자신의 눈을 뜨기 위하여 목숨을 버린 딸을 생각하면 심봉사는
일생을 슬픔에 빠져 살 수밖에 없을 것이다. 뺑덕어미와 벌이는 행각은
'딸 팔아먹은 아비'로서는 차마 할 수 없는 일인 것이다. 그러나 그것이 진
실한 삶의 모습일 수 있을까? 그러한 슬픔 속에서도 웃을 일은 생겨나는
것이고, 또 그러면 웃는 것이 사람 사는 세상의 진실한 모습인 것이다. 심
봉사가 벌이는 행각은 그런 의미에서 삶의 진실성을 드러낸 것으로 이해
할 수 있다.

또 그의 개작에 의하여 사설이나마 온전하게 남아 있는 <변강쇠가>는
우리의 문학 유산에서 찾아보기 어려운 성애(性愛) 묘사의 극치를 보여주고
있다. <변강쇠가>는 변강쇠의 죽음과 치상(治喪)을 다룬 판소리이다. 죽음
과 치상이라는 핵심적 요소의 결합으로 이루어져 있기 때문에, 이 작품에
는 숱한 죽음이 나타난다. 그런데 여기에서 나타나는 죽음은 죽을 만한 행
동을 하여 그 결과로 나타난 것이 아니다. 그것은 생활하려는 강한 의지,
그리고 여인과의 결합에 의하여 정상적인 생활을 누리고자 하는 욕구의
결과로 나타나는 죽음인 것이다. 신분이나 성별을 막론하고 죽음 그 자체
는 비장한 것이다. 어떤 죽음은 고결하고, 또 어느 것은 하찮은 것이 아니
다. 그런데 이 죽음마저도 <변강쇠가>에서는 대단히 희화화(戱畵化) 되어
있다. 마치 장난감 없는 아이들이 최후로 자신의 신체를 장난감 삼아 노는
것처럼, 벼랑에 몰린 서민들은 이 죽음마저도 놀이의 대상인 것처럼 바라

보았던 것이다.

> 열 다섯에 얻은 서방 첫날밤에 급상한에 죽고, 열여섯에 얻은 서방 당창병
> 에 튀고, 열 일곱에 얻은 서방 용천병에 펴고, 열 여덟에 얻은 서방 벼락 맞
> 아 식고, 열 아홉에 얻은 서방 천하에 대적으로 포청에 떨어지고, 스무살에
> 얻은 서방 비상 먹고 돌아가니, 서방에 퇴가 나고 송장 치기 신물난다.(533)

여기에서 우리는 죽음이라는 말의 다양한 변화를 볼 수 있거니와, 마치 이 작품의 작자는 이러한 어휘를 더 동원할 수는 없을까 하는 은근한 즐거움을 드러내고 있는 것 같은 생각을 갖게 된다. 죽음마저도 웃음으로 변화시키는 것은 죽음이 일상적으로 접근되어 있는 서민의 삶에서나 가능한 것이다. 신재효는 이러한 서민의 삶을 진술하게 드러냄으로써, 기존의 문학이 지니는 범위를 뛰어넘었다. 그만큼 한국문학의 폭을 넓히는 데 기여하였던 것이다. 이 과정에서 우리는 변강쇠라는 힘의 인물, 그리고 옹녀라는 강인한 삶의 표상을 발견할 수 있었다. 그들은 양반적 시각으로서는 도저히 찾아질 수 없는 생산적이고 기능적인 인물이기 때문이다. 이러한 이유에서 더 이상 존속하기 어려웠던 <변강쇠가>는 신재효의 손에 의하여 다시 다듬어지고, 그래서 우리의 앞에 온전한 모습으로 서 있게 되었던 것이다.

이러한 개작 태도에서 우리는 어떤 전제된 이념에 의하여 인간을 재단하는 것이 부당하다는 그의 의식을 볼 수 있다. 보여지는 인간과 그 자신이 가지는 속 모습을 아울러 드러냄으로써, 그는 대단한 것처럼 보이는 양반의 본질이 반드시 실제와 일치하지 않는다는 것을 보여 주었다. 또 마찬가지로 비천한 생활을 하는 서민도 그 내면에 있어 지극히 고상한 인간의 가치를 지니고 있음을 보여 주었다. 양반이 양반이기를 고집하는 것, 서민

이 서민이기를 고집하는 것은 이론적인 면에서는 가능할지 모르나 현실에서는 불가능한 일이다. 외면적 속성인 양반이나 서민보다 그 사람의 행실을 문제삼아 양반의 서민일 수 있음과, 서민의 양반일 수 있음을 신재효는 개작된 사설을 통하여 보여 주고 있는 것이다. 이는 신분이나 용모 등과 같은 외적 조건이 아니라, 인간 그 자체로써 평가하여야 함을 말하고 있다는 점에서 개인 본위의 근대적 사고와 상통하는 것으로 보인다.

<광대가>와 신재효의 판소리 이론

신재효의 <광대가>가 있기 전에는 연창자나 판소리를 설명하는 구체적인 자료를 찾을 수 없었다. 그리고 연창자의 이름을 판소리와 관련지어 구체적으로 거론한 기록물도 존재하지 않았다. 여기에서 우리는 당대의 판소리 실상을 추측할 수 있고, 또한 신재효가 지니고 있던 판소리 인식의 실상을 파악할 수도 있다.

주지하는 바 <광대가>는 크게 네 부분으로 이루어져 있다. 서사(序詞)인 첫 단락에 이어 이른바 연창자의 사대 법례를 말한 부분이 있으며, 다음으로 창과 아니리를 통하여 청중과 마주하는 연창의 상황, 그리고 근래의 명창이 지닌 성격을 역대 중국 문장가에 비의(比擬)하는 부분으로 끝맺고 있다. 여기에서 이 작품의 첫 부분과 종결 부분이 압축적이고 서정적인 표현으로 이루어진 것은 판소리 문화에 대한 자부심의 표현만이 아니라, 판소리의 본질을 꿰뚫는 중요한 착안이라고 본다. 판소리의 본질로서의 시적 성격에 대한 중요한 지적이 되고 있기 때문이다. 시적 서정으로 광대의 모습을 그린 첫 부분과 끝부분은 다음과 같다.

고금에 호걸문장 절창으로 지어 후세의 유전하나 다 모도 허사로다. 송옥

의 고당부와 조자건의 낙신부는 그 말이 정영한지 뉘 눈으로 보왓시며, 와
룡선생 양보음은 삼장사의 탄식이요, 정절선생 귀거래사 처사의 한정이라.
이청연의 원별이와 백낙천의 장안가며 원진의 연창궁사 이교의 분음행이 다
쓸어 처량 사설 참아 엇지 듯거디야. 인간의 부귀영화 일장춘몽 가소롭고
유유한 생이사별 뉘 아니 한탄하리. …… 우리나라 명창광대 자고로 만컨이
와 긔왕은 물론하고 근래 명창 누기누기. 명성이 자자하야 사람마닥 칭찬하
니, 이러한 명창덜을 문장으로 비길진대, 송선달 흥록이난 타성 주옥 박약무
인 화란춘성 만화방창 시중천자 이태백. 모동지 홍갑이는 관산월색 초목충
성 청천말니 학의 우름 시중성인 두자미. 권생원 사인씨난 천청절벽 불끈
소사 만장폭포 월렁꿀꿜 문기팔대 한퇴지. 신선달 만엽이난 구천은하 떨러
진다 명월백로 말근 기운 취과양주 두목지. 황동지 해청이난 적막공산 발근
달에 다정하게 웅창자화 두우제월 맹동야. 고동지 수관이난 동아부자 엽피
남묘 은근문답 하는 거동 권과 농상 백낙천. 김선달 제철리난 담탐한 산현
영기 명낭한 산하영자 천운영월 구양수. 송낭청 광녹이난 망망한 장천벽해
걸일 띄가 업썼스니 말니풍범 왕마힐. 주낭청 덕기난 둔갑장신 무수변화 농
낙하는 그 수단니 신출귀몰 소동파. 이러한 광대더리 다 각기 소장으로 천
명을 하엿시나, 각색구비 명창광대 어듸 가 어더보리. 이 속을 알것만은 알
고도 못 행하니, 엇지 안니 답답하리.

이 부분은 사용된 언어만이 아니라 환기하는 정서에 이르기까지 시적인
것으로 점철되어 있다. 지금까지 서두와 결말 부분은 중간의 사대 법례 등
에 가려져 별로 주시를 받지 못했다. 광대들에 대하여 선달이나 동지, 생
원, 낭청 등으로 호칭하고 있음을 주목하여, 이들에 대한 사회적 인식이 높
아졌다는 방증으로 이해하고 있는 정도이다.

그러나 이는 판소리의 형성과 관련된 비밀을 보여주고 있다는 점에서
중요한 의의를 가지고 있다고 본다. 앞에서 우리는 역사 사회적 맥락에서
떠나 판소리사의 전개를 살펴야 할 당위성을 지적한 바 있다. 그런 것을
떠나 판소리 자체만을 볼 때, 판소리는 이야기를 그 태반으로 삼았다는 지

적을 할 수 있을 것이다. 그런데 이것이 현재의 예술 형태인 판소리로 변화되는 데에 결정적 기여를 한 것은 그 이야기가 시가와 결합하였기 때문이다. 판소리의 예술성은 그 이야기의 진지성이나 흥미 때문이 아니라, 대부분 시가와 결합된 음악의 차원에서만 논의되고 있는 것이다. 판소리의 명창이 되는 가장 중요한 요건으로 득음이 거론되는데, 득음의 요체는 바로 음악적 실현으로 요약될 수 있다. 요컨대 판소리가 예술 장르로 정립함에 있어 결정적인 영향을 끼친 것은 음악과 관련되는 시가와의 결합이라고 할 수 있는 것이다. 현재의 판소리로 정착된 것은 이야기가 시가를 차용한 결과이고, 따라서 음악을 중시하는 장르로의 변화를 초래하였던 것이다. 판소리에 대한 접근이 사설만으로 국한될 수 없는 이유가 여기에 있다.

여기에서 이야기와 결합한 시가는 본래는 이미 존재했던 가요였지만, 이것이 그 주변의 서사(敍事)를 시적인 것으로 변화시켰을 것으로 보인다. 왜냐하면 연창자에게 요구되는 음악적 재능은 기존 가요의 채택만으로 끝나지 않기 때문이다. 서사 진행과 관련되어야 한다는 점에서 기존 가요의 채택은 나름대로의 한계를 지닌다. 서사적 진행과 밀접한 관련을 맺는 판소리 자체 내의 사설을 음악에 얹혀 부른 것은 이러한 이유 때문이다. 그리고 여기에서 이른바 연창자의 역량을 진솔하게 드러낼 수 있는 더늠이 가능하게 되었다. 더늠은 기본적으로 기존 가요의 채택과는 관계가 없다. 연창자는 스스로의 음악적 역량을 발휘하여 주어진 사설에 곡을 붙였던 것이고, 이것을 더늠이라고 하기 때문이다. 판소리를 더늠의 적층 예술이라 하고, 또 연창자를 단순히 노래 부르는 사람으로 한정하지 않는 이유가 여기에 있다. 이렇게 지속적으로 시가를 받아들임으로써 판소리는 스스로 변화하는 상황에 대처하여 살아남을 수 있었고, 이것은 장르의 확대와 새로운 소재의 발굴을 가능하게 하였다.

<광대가>는 판소리의 형성과 관련되는 시가와의 결합을 시적으로 제시

하였다. 그것이 판소리의 현재적 모습을 보여주는 사대 법례와, 그로써 이루어지는 판소리 연행 현장을 감싸고 있음은 대단히 상징적이다.

사대 법례와 창극으로의 길

<광대가>의 중간 부분은 지금까지 많은 연구가 집중되었던 사대 법례(四大法例)에 관한 부분과 판소리 연행 현장의 모습으로 이루어져 있다.

> 거려천지 우리 행락 광대 행세 좋을시고 그러하나 광대 행세 어렵고 또 어렵다. 광대라 하난 것이 제 일은 인물 치레, 둘째난 사설 치레, 그 직차 득음이요, 그 직차 너름새라. 너름새라 하는 것이 귀성 끼고 맵시 있고, 경각의 천태만상 위선위귀 천변만화 좌상의 풍류 호걸 귀경하는 노소 남녀 울게 하고 웃게 하는 이 귀성 이 맵시가 어찌 아니 어려우며, 득음이라 하난 것은 오음을 분별하고 육률을 변화하여 오장에서 나는 소리 농낙하여 자아낼 제 그도 또한 어렵구나. 사설이라 하난 것은 저금미옥 좋은 말로 분명하고 완연하게 색색이 금상첨화 칠보단장 미부인이 병풍 뒤의 나서는 듯 삼오야 발근 달이 구름 박긔 나오난 듯 새눈 뜨고 웃게 하기 대단니 어렵구나. 인물은 천생이라 변통할 수 없건니와 원원한 이 속판이 소리하는 법예로다. 영산초장 다슬음이 은은한 청계수가 어름 밋태 흐르난 듯 끄을러 내는 목이 순풍에 배 노는 듯 차차로 돌리는 목 봉회노전 기이하다. 도도와 울리는 목, 만장봉이 속구난 듯. 툭툭 굴너 내리는 목, 폭포수가 쏫치난 듯. 장단고저 변화무궁 이리 농낙 저리 농낙, 안일리 자는 말리 아릿다운 제비말과 공교로운 잉무소리, 중머리 중허리며 허성이며 진양조를 다라두고, 노와두고 걸니다가 들치다가 청청하게 도는 목이 단산의 봉의 우름, 청원하게 뜨는 목이 청전에 학의 우름, 애원성 흐르는 목 황영의 비파소리, 무수이 농낙변화 불시에 튀는 목이 벽역이 부듯난 듯, 음아질타 호령소리 태산이 흔드난 듯, 어내덧 변화하여 낙목한천 찬바람이 소실케 부는 소리, 왕소군의 출새곡과 척부인의 황곡가라. 좌상이 실색하고 귀경군이 낭누하니, 이러한 광대 노릇 그 안이 어려운야.

　여기에서 사대 법례로 제시된 것은 인물치레, 사설치레, 득음, 너름새이다. 인물과 사설에는 '치레'가 붙었고, 나머지는 그렇지 않은데, 이에 대하여는 여러 견해가 제시되었다. 극단적으로는 '치레'의 사전적 용례를 근거로 하여 "변통할 수 없는 천부적인 것에다 아무리 치레한들 무슨 소용이 있겠는가. 따라서 이(인물치레) 경우의 치레란 것은 잘못 첨가한 군더더기말임이 분명하다. '제 일은 인물치레'란 표현은 '제 일은 인물이요'로 표현했어야 옳다. …… 쇄금미옥 좋은 말로 분명하고 완연하게 표현해서 관객으로 하여금 새눈 뜨고 웃게 하는 것은 '사설'이 아니라 '사설치레'이기 때문에, '사설이라 하는 것은'은 '사설치레라 하는 것은'으로 표현했어야 옳다. 정작 치레란 낱말이 필요한 곳은 이곳인데, 엉뚱하게도 다른 곳 - 인물의 뒤에다 붙여 놓아 혼란을 가중시키고 있다."고 비판하기도 하였다.[3] 그러나 신재효가 거주하던 고창 지방에서 사용되는 '치레'란 반드시 '변통 가능을 의미하는' 것으로 한정되는 사전적 정의를 벗어나, '있는 그대로의 모양을 가리키기도 한다. 더구나 이 작품이 노래를 지향하기 때문에 시적 율격에 지배를 받고 있다는 점을 염두에 둔다면, 치레의 사전적 의미에 너무 집착하는 것은 바람직하지 않다.

　이 사대 법례의 순서는 앞에서 제시한 대로인데, 그 설명은 너름새 - 득음 - 사설 - 인물의 역순으로 이루어져 있다. 이것이 우연이라고 할 수도 있다. 흔히 나열된 대상을 설명함에 있어 이러한 방식은 일반적인 것으로 보이기 때문이다. 그러나 이렇게 본다면 필연은 아무 곳에도 존재하지 않는다. 그런 점에서 설명을 역순으로 진행한 것은 다분히 의도적인 것으로 이해할 때, 무엇인가 숨겨진 비밀을 발견할 수 있다. 일차적으로는 판소리가 실현되는 단계의 표현이라는 지적이 가능하다. 즉 연창자는 대본인 사설의 준비 단계를 거쳐 이에 바탕을 두고 이루어진 창과 너름새를 수련한 뒤에 청중 앞에 서게 되는 판소리의 실현이 이 순서에 나타난 것으로 볼 수 있는 것이다. 이 사대 법례에 대한 최근의 연구는 순행의 순서가 판소리의 '성취순'을 가리키는 것이고, 역행의 순서는 성취의 난도(難度)를 가리키는 것으로 설명하고 있다.4) 여기에서 너름새가 가장 높은 난도를 요하는 것으로 본 것은 일반적으로 알려진 너름새의 개념을 뛰어넘어 '판소리의 총합적 연창술'을 의미하는 것으로 이해하였기 때문이다.

신재효는 인물을 '천생이라 변통할 수 없는' 것으로 기술하고 있는데, 이로 볼 때 연창자가 되기 전부터 구비하여야 하는 천부적, 기본적 여건을 말하는 것으로 이해할 수 있다. 이는 연창자가 관찰되어지는 존재라는 점에서 당연히 요구되는 사항이라고 할 수 있다. 이에 대하여는 여러 해석이 가능하다. 일차적으로 신재효는 연창자의 용모가 대단히 중요하다는 인식은 가지고 있지만, 노력에 의해 변화시킬 수 없어 간단히 언급하였다고 볼 수 있다. 신재효에게 보낸 정현석의 서간에서 '용모 단정한 자'를 뽑아 쓰라는 지적이 있는 것으로 보아 이런 해석은 타당한 견해라고 할 수 있다.5) 이와는 달리 문맥을 통하여 확대된 해석을 하는 경우도 있다. 즉 이 인물이 연창자를 가리키는 것이 아니라 판소리 작중의 인물일 수 있으며,6) 사상이나 도덕적으로 완성된 인간의 내면성을 의미하는 것으로 이해하기도 하는 것이다.7) 이러한 여러 논의는 나름대로의 근거를 제시하면서 이루어졌기 때문에 꼼꼼하게 검토할 필요가 있다.

주어진 자료를 해석하고, 의미를 부여하는 것은 그 대상의 풍요로움에 기여한다. 그런 점에서 인물의 의미를 확충하는 것은 바람직하지만, 일차적인 의미까지를 배제하는 것은 바람직하다고 할 수 없다. 신재효는 분명히 '천생이라 변통할 수 없는' 것이 인물이라고 했던 것이다. 작품을 실현하는데 있어 인물의 중요성은 지속적으로 강조될 수밖에 없다. 박유전이나 이날치, 박기홍 등이 한쪽 눈이 없거나 다리가 불편한 불구자였다고 하여, 이 인물치레가 역사적 실태에 반하는 기술이라고 비판할 필요는 없다. 그러한 신체적 열세를 이겨내고 득음하여 명창에 이른 연창자는 그 자체로 대단히 값진 존재이다. 그러나 이들을 예로 들어 판소리의 연창에 있어 인물이 중요하지 않다고 말하는 것은 적절한 대응이라고 할 수 없는 것이다.[8] 따라서 여기에서 말하는 인물은 얼굴의 잘 나거나 못 생긴 것을 말하는 것이 아니라, 판소리의 교훈적 주제에 걸맞는 엄정한 용모를 가리키는 것으로 이해하는 것이 온당할 것이다. 판소리가 놀이의 자기망각적 차원에서 예술적 자기 성취의 차원으로 탈바꿈하면서 요구된 유교적 덕목의 표현이라고 할 수 있기 때문이다.

사설에 대한 설명은 "저금 미옥 좋은 말로 분명하고 완연하게 색색이 금상첨화 칠보단장 미부인이 병풍 뒤의 나서는 듯, 삼오야 발근 달이 구름 박긔 나오난 듯, 새눈 뜨고 웃게 하기 대단니 어렵구나."로 이루어져 있다. 이 사설에 대한 설명은 대단히 함축적으로 이루어져 있어 그 명확한 실체를 드러내기는 쉽지 않다. 이에 대한 일반적 해석은 "선명하고 신선한 이미지를 환기시키는 아름다운 말로 사실성 있게 하되 단조롭지 않고 변화가 많아야 한다."는 것이다.[9] 즉 사설을 그 내용에 맞게 구현할 수 있는 능력과 아니리를 실감나게 전달할 수 있는 능력으로 이해할 수 있는 것이다. 이를 바탕으로 대본 창작에 대한 신재효의 미학적 요구를 반영한 것으로 확대 해석하는 견해도 나타났다. 또 '기존 사설을 사설의 내용에 맞게 구연하려는 광대의 노력', '그 장면이 표출해내는 정서적 분위기를 효과적으로 처리하는 솜씨', '기존의 사설을 익혀 그 내용을 관객에게 핍진하게 전달하거나 창우 스스로 사설을 꾸미거나 가다듬어 그것을 관객에게 핍진하게 전달하는 행위', '길게 늘어놓는 언어 표현을 통해 다양한 형상을 꾸미어 치러내는 양태'와 같은 견해가 제시되었는데, 이 또한 <광대가>의 내면을 확충시키는 해석의 결과로 볼 수 있다.[10]

이로 볼 때, 사설치레는 연창자의 문학적 수사 능력을 가리키는 것은 아니라고 할 수 있다. 신재효가 <광대가>를 지을 당시는 물론이고, 지금도 연창자의 사설 창작 능력은 별로 말하지 않는다. 연창자는 자신의 레퍼토리를 창작하는 것이 아니라, 기존의 소리 대본을 텍스트 삼아 판을 짜기 때문이다. 따라서 사설치레는 기존의 사설을 그 내용에 맞게 구현하려는 광대의 능력으로 보는 것이 타당할 것이다.[11] 이 때문에 연창자에게 있어 소리가 입 안에서만 울리고 입 밖으로 분명히 튀어나오지 못하는 소리인 함성(含聲)은 금기로 여겨지는 것이다.

더 나아가 이 사설치레는 청중을 웃기는 골계적 성격의 것이라는 추측을 할 수 있다. "사설이란 하는 것은 정금미옥 좋은 말로 분명하고 완연하게 ①색색이 금상첨화 칠보단장 미부인이 병풍 뒤에 나서는 듯 ②삼오야 밝은 달이 구름 밖에 나오는 듯 새눈 뜨고 웃게 하기 대단히 어렵구나."라는 문장은 다음과 같이 간결하게 정리할 수 있다.

분명하고 완연하게 하여 ①②처럼 웃게 하기 어려운 것이 사설치레이다

대체로 판소리 각 마당의 사설이 가지는 사건 전개는 비장한 것이다. 춘향의 이별이나 심청의 인당수 투신 등 정상적인 생활에서 벗어날 수밖에 없는 한(恨)을 가진 존재들의 모습을 담고 있는 것이 판소리이기 때문이다. 이러한 사건 전개에 웃음이 틈입(闖入)할 여유는 없다. 그런데 이러한 비통함, 한을 더욱 강조하기 위한 이완의 단계가 필수적으로 존재하는데, 이는 대체로 아니리로 실현되고 있다. 월매나 심봉사가 처한 위치가 웃음을 유발하는 상황은 아니지만, 그들의 해학적인 언동은 청중을 웃게 한다. 이는 비극적 상황 속에서 이루어지는 웃음이고, 그래서 이 웃음을 통하여 그 비극적 상황은 더욱 강조되는 것이다. 이러한 웃음의 유발은 정확한 언어 전달에 의하여 가능하다. 연창자 자신만이 웃는다면, 그것은 이미 배우로서

의 자격을 상실한 것이다. 따라서 신재효가 말한 사설치레는 아니리로 한 정하여도 무방하다고 할 수 있다. '아니리광대'라 하여 아니리를 위주로 판 을 짜는 경우를 비판하지만, 그것은 연창 능력의 호도(糊塗)를 비판하는 것 이지 아니리의 존재 자체를 비판하는 것은 아니다. 판의 소리는 창과 아니 리의 교체, 긴장과 이완의 교체, 비장과 골계의 교체를 통하여 인생의 총체 적인 실상을 드러내는 것이기 때문에, 아니리를 제거하고 창만으로 소리를 엮는 것은 판소리의 음악성만을 극단적으로 추구한 것이라고 할 수 있는 것이다. 사설치레가 아니리로 한정될 수 있는 것은 득음이라는 항목이 사 설치레와 동렬에 놓인 것에서도 확인된다. 득음은 판소리의 음악적 측면, 구체적으로는 창의 측면을 지시한 것이기 때문이다.

득음은 "오음을 분별하고 육률을 변화하여 오장에서 나는 소리 농낙하 여 자아낼 제 그도 또한 어렵구나."라고 설명하고 있다. 득음이 '이면의 추 구'라는 사실에 대하여는 대다수의 견해가 일치하고 있다. 이면에 맞는 소 리는 다양한 목과 음색을 필요로 한다. 이렇게 자신의 소리를 얻는 과정이 독공이며, 이를 통하여 득음의 독창성을 나타낼 수 있게 된다. 일반적으로 득음은 연창자의 음악적 역량과 직결된다. 선천적으로 풍부한 성량을 타고 났으면서 그 목구성이 아름답고 애원성이 긴 목을 천구성이라고 한다. 더 이상적인 것은 목이 약간 쉰 듯한 수리성이라고 하는데, 그 이유는 수리성 이 인생의 복합성을 드러내는데 적합하기 때문이라고 한다. 즉 그것은 소 리에 그늘을 지니고 있어 단선적(單線的)인 미학의 표출에 그치지 않고 애 환을 동시에 드러냄으로써 소리의 진폭 속에 청중을 휘감을 수 있는 것이 다. 그러나 이러한 타고난 목소리로 대성한 예는 오히려 드물다고 한다. 자 신의 천부적 능력을 과신하고 공부를 게을리 한 탓일 것이다. 따라서 대성 한 명창의 소리는 선천적인 결함을 꾸준한 노력으로 극복한 것이 대부분이 고, 그러한 노력 때문에 오히려 '득음한 목'을 높이 평가하였던 것이다.

너름새는 발림이라고도 하는데 대체로 창에 부수되는 연기 능력이라고 말하여진다. 즉 사설의 내용에 부합되는 연기가 자연스럽게 이루어져야 한다는 것이다. 이 너름새에 대한 신재효의 관심은 대단한 바 있다. "너름새라 하는 것이 귀성 끼고 맵시 있고, 경각의 천태만상 위선위귀 천변만화. 좌상의 풍류 호걸 귀경하는 노소 남녀 울게 하고 웃게 하는 이 귀성 이 맵시가 어찌 아니 어려우며"라고 기술하고 있는 것으로 보아, 그가 말하는 너름새는 단순히 창의 보조적인 연기만으로 한정되지 않았음을 알 수 있다. 또한 '웃게 하고 울게 하는' 표현으로 보아 이는 시각적인 행동만이 아니라 행동에 수반되는 의성적 표현까지를 포함하는 것으로 보기도 한다. 행동만으로는 웃게 할 수 있어도 울게 할 수는 없는 것이기 때문이다.[12]

<광대가>의 핵심 내용이라 할 수 있는 사대 법례는 판소리가 극가적(劇歌的) 성격을 지니는 것임을 분명하게 보여주고 있다. 연창자가 네 가지를 아울러 갖추기를 요구했을 때, 이러한 종합적 성격의 발전은 필연적으로 창극에의 지향을 드러내고 있기 때문이다. 득음에 대한 면밀한 주의는 성별 연령별로 다양한 창법들이 창안되어야 한다는 것을 시사하는 것으로 볼 수 있으며, 실제로 신재효는 진채선이라는 여창(女唱)을 등장시킴으로서 창극화의 길을 열어 놓았다. 여창의 등장은 단순히 여성이 판소리 연창에 참여하였다는 사실만을 의미하지 않는다. 여창이 등장함으로써 판소리 환경은 여성의 활동을 적극적으로 수용할 수 있게 변화되었기 때문이다. 남녀의 배역을 나누어 연행할 수 있는 기틀을 마련한 것도 중요한 의미를 갖는다.

특히 너름새에 대한 그의 강조는 '너름새가 서사시와 연극의 통일을 통해서 서사시를 부단히 극으로 발전시키는 기능을 수행해야 된다는 것, 계속적인 극적 형상의 창조에 의해서 항상 변화하며 정체할 줄 모르는 생동하는 생활의 진실을 시각을 통해 관중에게 전달할 수 있어야 된다는 것'을 의미한 것으로 이해된다.[13] 이와는 달리 너름새를 판소리 실연 단계에 펼

쳐지는 문학적, 음악적, 연극적 요소의 총합으로 보아 발림과 구별하는 견해도 있다.[14) 이 경우 너름새는 현장성의 바탕 위에 음악적 기능과 연극적 기능을 함께 포함하는 개념으로 확대된다.

판소리는 오랜 기간의 온축(蘊蓄)을 거쳐 연창의 예술로 정립된 것이고, 창극은 이를 바탕으로 극적 전환을 이룬 장르이다. 따라서 창극은 판소리를 기반으로 하되 판소리가 아니라는 사실이 창극에 접근할 때 먼저 고려되어야 한다. 마찬가지로 창극은 판소리를 기반으로 하여 이루어진 극형태이기 때문에, 서구극의 접근 방법에 따라 이해하는 것 또한 온당한 태도가 아니라는 점도 용인되어야 한다. 오히려 판소리와 같은 시대, 공간적 배경을 지니는 가면극 형태와의 관련성이 심각하게 고려되어야 하는 것인지도 모른다. 이는 창극의 동작 또는 춤사위가 어디에 그 연원을 두고 진행되어야 하는가를 설명하는 중요한 문제일 수 있다. 당연한 일이지만 춘향과 이도령이 마주 서서 창을 할 때, 그 몸짓은 바로 무용이요, 가면극과 깊은 관련을 맺고 있다. 이에 대하여 규정된 법식(法式)을 발견할 수는 없지만, 창극의 배우들은 선험적으로 전통 예술에 기초한 발림을 구사하였던 것이다.

판소리의 양식적 원리와 <광대가>의 위상

<광대가>는 판소리의 양식적 원리를 최초로 언급한 자료이다. 신재효는 창과 아니리의 교체에 의해 판소리 양식이 이루어지고 있음을 말하고 있기 때문이다.

영산초장 다슬음이 은은한 청계수가 어름 밋태 흐르난 듯, ᄭᅳ을러 내는 목이 순풍에 배 노는 듯, 차차로 돌리는 목 봉회노전 기이하다. 도도와 울리는 목 만장봉이 속구난 듯, 툭툭 굴너 내리는 목 폭포수가 쏫치난 듯, 장단

고저 변화무궁 이리 농낙 저리 농낙, 안일리 자는 말리 아릿다온 제비말과,
공교로운 잉무소리, 중머리 중허리며, 허성이며 진양조를 다라두고 노와두
고, 걸니다가 들치다가, 청청하게 도는 목이 단산의 봉의 우름, 청원하게 뜨
는 목이 청전에 학의 우름, 이원성 흐르는 목 황영의 비파소리, 무수이 농낙
변화 불시에 뛰는 목이 벽역이 부듯난 듯, 음아질타 호령소리 태산이 흔드
난 듯, 어내덧 변화하여 낙목한천 찬바람이 소실케 부는 소리, 왕소군의 출
새곡과 척부인의 황곡가라. 좌상이 실색하고 귀경군이 낭누하니 이러한 광
대 노릇 그 안이 어려운야.

'영산초장 ······ 이리 농낙 저리 농낙'은 창에 대한 설명이며, '안일리
······ 공교로운 앵무소리'는 아니리에 관한 설명이다. 또한 '중머리 중허리
며 ······ 척부인의 황곡가라'는 다시 창에 대한 설명이고, '좌상이 실색하
고 ······ 그 안이 어려운야'는 창과 아니리의 교체가 가져오는 판소리의 효
과를 설명한 것으로 보인다.[15] 여기에서 창의 장단과 조의 변화에 대하여
는 비교적 자세하게 서술하고 있으나, 아니리에 대하여는 그 설명이 상대
적으로 소략하다. 다만 이것이 신재효의 아니리에 대한 몰각(沒覺)으로 받아
들여지는 것은 옳지 않다.

창과 아니리가 전체에서 차지하는 비율은 연창자나 레퍼터리에 따라 다
르다. 그러나 연창자가 애창하는 정도에 따라 사설에서 창이 차지하는 비
율은 상대적으로 높아지게 마련이다. 청중의 호응 정도에 따라 연창의 기
회가 많아지면서 자신의 능력, 예술화의 과시로 본래는 아니리였던 부분이
창으로 변화되거나, 기성의 민요 등을 삽입하여 청중과의 일체감을 도모하
였던 결과로 보인다. 심지어는 창극의 이상이 '백(白)을 완전히 제거하고 전
편이 창(唱)으로 일관되는' 서양 가극에 있다고 말하는 사람도 나타났다. 그
러나 그러한 실현으로는 신재효가 말한 바 '좌상이 실색하고 귀경군이 낭
누하는' 판소리의 효과를 기대할 수 없다. 그것은 판소리가 아닌 다른 장

르의 선택이고, 역사의 깊이와 사회의 폭을 상실한 것이기 때문이다.

　<광대가>는 신재효의 판소리에 대한 경륜을 문학적으로 형상화한 작품이다. 그것을 '성경(聖經)'으로 추앙할 필요도 없지만, 그렇다고 '역사적 관점에서 평가되어야 할 기록'에서 배제하는 것 또한 옳은 일은 아니다. 이 기록이 '판소리의 미래를 명확하게 전망한 판소리 이론가 및 연출가로서의' 시각을 보여주는 '배우 수첩'이라는 평가 또한 여전히 유효하기 때문이다. 문제는 신재효가 자신의 시대에 놓여 있는 판소리에 만족하지 않고, 끊임없는 실험 정신을 보여주었다는 점, 그리고 그 결과 나타나는 변화에 의하여 대상은 생명성을 획득한다는 사실을 어떻게 받아들일 것인가 하는 점에 있다.

세계화의 길과 신재효 정신

　이 시대는 신재효가 살았던 시대가 아니다. 그가 살았던 것처럼 자신의 생활에만 충실하면서 살 수 있는 시대도 아니다. 우리는 끊임없이 우리를 둘러싼 세계와 접촉하면서 우리를 그들에게 맨몸으로 보일 수밖에 없는 시대를 살고 있다. 유치원부터 우리는 영어를 배우고, 이와 함께 서구의 엄청난 문화유산은 걷잡을 수 없이 우리 주위를 감싸고 있다. 유치원 아이들은 영어를 배우기 위하여 남녀가 춤을 추며 인사말을 익힌다. 악수하고 포옹할 뿐, 공손히 손을 모으고 예를 취하던 우리의 인사 문화는 이제 어디에서도 찾을 수 없다. 우리는 양복을 입은 외면만이 아니라, 우리의 의식까지도 그들과 동일해지고 있는 것이다. 어떤가! 우리는 우리의 얼굴이 너무도 그들을 닮았다는 사실을 발견하고 깜짝 놀라는 때도 있는 것이다. 이것은 우리가 이 지구촌의 한 구성원이라는 사실을 명확하게 인식시켜 주는 구체적인 예라고 할 수 있다.

그러나 분명한 것은 이것이 세계화의 진정한 모습은 아니라는 사실이다. 이는 다양한 세계의 문화가 더불어 살아가는 모습이 아니기 때문이다. 우리의 고유문화가 더 이상 존재하지 못하는 것은 그만큼 세계의 문화 영역을 축소시키는 잘못을 범하는 것과 같다. 어쩌다 꺼내 입는 한복이 아니라, 그것이 실용화되기 위하여는 시대에 맞는 변화를 수반하여야 한다. 그리고 주변의 사람들에게 전파시킬 수 있는 우리 문화의 경쟁력을 확보하여야 하는 것이다. 분명한 것은 우리가 외국어를 알고 그들의 문화를 수입할 뿐만 아니라, 외국인에게도 우리의 말을 가르치고 우리 문화를 전파할 수 있을 때, 진정한 세계화는 완성된다는 사실이다. 프로 야구와 발레, 그리고 피아노를 배우는 것과 마찬가지로 우리의 고유한 문화를 그들에게 보일 수 있을 때, 우리도 세계 문화의 창달에 기여할 수 있는 국가가 된다. 받는 것이 있으면 주는 것도 있어야 하는 법이다. 주는 것 없이 받기만 한다면, 그들과의 동질성만을 추구한다는 점에서 문화적 구걸 행위(求乞行爲)라고 할 수밖에 없다. 그리고 그 결과는 우리의 정체성을 잃어버리고 문화 수입국으로 전락하는 길 외에 무엇이 있겠는가? 어쩔 수 없이 원산지의 위력 앞에서 우리는 주눅들 수밖에 없는 것이다.

우리의 문화적 자존심을 지탱할 수 있는 전략 상품이 무엇이겠는가. 다양한 분야에서 여러 품목을 지적할 수 있겠지만, 판소리와 창극이 중요한 문화 상품의 하나가 될 수 있다는 것은 명백하다. 일본의 노[能]나 중국의 경극(京劇)이 고유한 문화로서의 경쟁력을 지닌 것처럼, 창극은 모든 면에서 충분한 경쟁력을 지니고 있는 연극 형태인 것이다. 그리고 이러한 경쟁력을 갖추게 된 중요한 이유의 하나로 우리는 신재효라는 한 인물을 기억하여야 하는 것이다.

우리에게 요구되는 문화와 신재효를 관련지을 때, 우리는 영국의 무대 문학을 세계의 중심으로 끌어올렸던 셰익스피어를 자연스럽게 떠올린다.

그가 이루어 놓은 판소리·창극의 현재 모습이 그러할 뿐만 아니라, 그가 실천한 끊임없는 실험 정신도 참 많이 닮았다. 셰익스피어처럼 신재효는 기존의 작품들이 경쟁력을 갖추도록 변화시켰고, 이를 살아있는 무대와 연결시키고자 노력하였던 것이다. 셰익스피어는 1564년 4월 23일 태어나 1616년 4월 23일 생을 마감함으로써 탄생과 죽음의 시간을 같게 했다. 신재효 또한 1812년 11월 6일 태어나 1884년 11월 6일 하직함으로써 유사한 활동에 생애를 바쳤던 두 인물은 흥미로운 일치점 하나를 추가하였다. 셰익스피어를 영국이 그렇게 만든 것처럼, 신재효를 또 그렇게 만드는 것은 이제 우리 자신에게 부과된 힘든 과제가 되었다.

2. 정현석의 삶과 판소리의 미래

정현석에 대한 생각

박원(璞園) 정현석(鄭顯奭)이 판소리사에서 의미를 갖는 것은 그가 동리 신재효에게 보낸 서간 때문이라고 할 수 있다. 이 서간은 그의 판소리관을 드러내고 있어, 당시의 판소리에 관한 자료의 갈증을 아쉽게나마 해소해주는 것처럼 보인다. 정현석은 한 지방에서 이루어지는 교방의 규식을 꼼꼼하게 기록한 『교방가요』를 편찬하였지만, 여기에서 언급되는 것은 '춘향가, 심청가, 박타령, 매화타령, 토끼타령, 화용도 타령'의 교훈적 주제를 말한 부분으로 한정된다.[16] 결국 정현석에 대한 생각은 이러한 자료의 기반 위에서 이루어졌다. 이를 바탕으로 연구자들은 정현석의 판소리에 대한 인식을 찾아냈던 것이다. 그것은 긍정적으로 이해되기도 하고, 또는 부정적으로 해석되기도 하였다.

그에 대한 생각의 차이는 서간문 읽기의 다양함에서 비롯되는 것으로 생각된다. 기본적으로 서간문이 가지고 있는 성격이란 정보의 전달이나 친교적 의례를 포함하는 것으로 이해된다. 더구나 서간문이란 반드시 논리적 전개를 충족시켜야 하는 것도 아니다. 이러한 점에서 정현석의 편지는 때로는 도를 넘는 해석에 노출되어, 편지를 쓴 사람의 의도와 무관하게 읽혀지고 있는 것은 아닌지 의심이 드는 것이다. 그에 대하여 정 반대의 시각이 공존하고 있고, 이것은 그 나름대로의 정당성을 가지고 있어 어느 한쪽의 우세를 주장할 수 없기 때문이다.

정현석의 서간에서 강조하고 있는 주요 내용은 ① 판소리의 서사가 조리 있을 것, ② 판소리의 표현을 고상하게 할 것, ③ 단정하고 목청이 좋은 연창자를 고를 것, ④ 음악적 측면에서 요구되는 연창자의 수련, ⑤ 무대에서 요구되는 연창자의 너름새 등인데, 이것이 이른바 판소리의 법례, 또는 연창자의 법례로 일컬어지고 있다. 이는 신재효의 광대가와 비교되어 세 가지, 또는 네 가지로 분류되어 이해되고 있다. 신재효와 비교할 때 우선적으로 고려해야 할 것은 정현석의 관점이 판소리 감상자의 측면에서 비롯되고 있다는 점이다. 이것은 신재효가 연창자의 측면에서 법례를 말한 것과 구별이 되고 있다. 따라서 둘의 판소리관을 비교하는 것은 이러한 고려까지를 포함해서 이루어져야 한다.

정현석이 판소리 사설을 개량하고, 연창자의 선발에 보다 신중을 기하여야 하며, 선발된 연창자의 중점 훈련 내용을 설명한 것은 판소리에 대한 그의 기대를 말한 것이기도 하다. 기본적으로 정현석은 '판소리를 아끼고 사랑한 인물로서 판소리사에 길이 남을 존재인' 것이다.[17] 그러나 그의 판소리 개량에 대한 견해에 대하여는 서로 다른 논의를 할 수 있다.

먼저 개량에 대한 생각은 기본적으로 그의 세계관을 반영하는 것이라는 견해를 들 수 있다. 이 견해에 의하면, 판소리 사설은 '반공식적 세계관·

민중해학적 세계관을 바탕으로 하고 있기 때문에 공식문화적 세계관을 지
닌 사대부'인 그의 비위에 맞을 수 없다. 따라서 정현석은 '창우는 기존의
사설을 익혀 그 내용을 관객에게 핍진하게 전달'하는 것만으로 그 역할을
한정하고, 사설을 가다듬고 창작하는 것은 문식력(文識力) 있는 식자층(識者
層)에게 미루는 것이 좋다고 생각했다는 것이다. 실제로 정현석은 사설의
개량에 대하여 신재효와 같은 인물의 참여를 적극적으로 주장하고 있는
것이 사실이다. 그 결과 본래 사설을 짓고 가다듬는 일까지를 연창자의 몫
이라고 생각했던 신재효는 "정현석이 당부한 대로 몸소 사설을 합리적으
로, 조리에 닿게 고쳐서 창우(唱優)들로 하여금 그것을 연행하도록 하려는
노력과 실천을 게을리하지 않았다." 그리고 그 결과는 "실패로 끝나고 말
았다."고 판단하였다. 이러한 결과는 신재효가 '판소리 평론가·이론가이
며 실천가'인데 반하여, 정현석은 실천이 따르지 않은 '철두철미 이론가'였
기 때문에 나타난 당연한 결과로 해석한다.

　이러한 견해는 너름새에 대한 경우도 마찬가지로 적용된다. 신재효는
'연극적 너름새- 보다 구체적·적극적이며 희극적 동작-'를 강조하고 있는
데, 정현석은 '유가적 엄격성과 단아성 내지는 근엄주의·단정주의를 바탕
으로 한 비연극적 너름새- 추상적·소극적이며 점잖은 동작-'를 강조하였
다는 것이다. 이는 '노골적이며 구체적이고 사실적인 것'과 '은은하고 추상
적이며 비사실적인 것'의 극단적 대립으로 표현되기도 한다.

　정현석의 판소리에 대한 생각을 부정적으로 보는 견해는 다음과 같은
결론으로 요약되고 있다.

　　판소리와 창우들을 유가적 관점·귀족문화적 관점에 입각해서 바라보고
　평가한 정현석이 이들에 대해 부정적 반응 및 계몽주의적 태도를 보인 것은
　아주 당연한 일이다. 이 같은 정현석류의 사대부들이 마침내 판소리를 크게

변질시켜 놓고 말았다. 이들은 마침내 사설·소리·너름새 등을 보다 우아
하고 고상한 방향으로 세련시키는 결과를 빚었다. 판소리와 창우들을 비유
가적 시각·서민문화적 시각으로 바라보고 평가한 신재효가 이들(연창자를
가리킴-인용자)에 대해 긍정적 반응을 보인 것은 어쩌면 당연한 일이다. 그
러나 신재효는 마침내 정현석류의 사대부적 사고에 호응·동조해서 역시
계몽주의적 방향으로 태도 전환을 하고 말았다. 그가 가다듬어 놓은 6바탕
의 사설들이 이 같은 사실을 잘 뒷받침해 준다.[18)]

이에 대하여 정현석의 판소리관에 대한 인식의 변화를 촉구하는 견해도
나타났다. 이 또한 기본적으로 세계관에 대한 포괄적 논의의 결과 나타났
다는 점에서는 동일하지만, 극단적 대립 시각을 탈피하고 있다는 점에서는
기존의 견해와는 구별된다. 이 견해는 상층의 판소리에 대한 관심이 다양
한 방면으로 나타났고, '고급 문인일수록 이데올로기적인 발언은 조금도
하지 않고' 있다는 판단에 근거하여, 정현석에 대한 생각도 바뀌어야 할
것으로 제안하고 있다.[19)]

정현석은 신재효에게 보낸 서간을 통하여 판소리를 '교훈적 관점에서
그 주제를 파악하고', 사설의 '비속한 표현을 고쳐야' 하며, '음악적 측면에
서의 세련'이 이루어져야 한다고 말하였다. 그런데 충·효·열로 요약되는
각 작품의 주제는 "그 내실에 있어 봉건적인 것으로만 규정할 수 있는 것
이 아니다." 이러한 주장은 당시 향유층의 효용론적 시각을 드러내는 관습
적 표현으로 이해할 수 있는 것이다. 오히려 정현석은 "상층사회에까지 큰
관심사가 된 이 판소리의 사회적 역할에 주목했고, 그것을 양반이라는 계
층의식의 관점에서 이해했던 것이다." 반론은 나아가 정현석의 주장에 대
하여 '판소리를 양반의 문화 속에 편입시키고자 하는 의도가 아니라 그 효
용적 가치에 걸맞는 외적 형식을 갖추기를 촉구한 것'이라는 적극적 의미
를 부여하고 있다. 또 '공식적 예술'로 성장하면서 갖추어야 할 조건을 충

족시키기 위하여는 '하층민의 발랄한 성격들이 어느 정도 억제될 수밖에 없지만', 이것 또한 '각 작품이 내재하고 있는 평민성 자체가 그 전체에서 굴절되거나 왜곡되는 것이 아니기 때문에' 반드시 부정적으로 평가할 것은 아니라는 견해를 제시하였다.

이러한 대립되는 두 견해는 판소리사의 전반적 흐름에 대한 연구자의 시각을 반영한 것이라고 할 수 있다. 이른바 판소리란 민중의식과 일정한 정도의 관련을 가지면서 발생하였고, 이것은 그 나름대로의 의의를 가진다는 점에서는 견해가 일치하고 있다. 그러나 판소리가 변화하는 사회 속에서 어떤 모습으로 자신의 정체성을 확립시켜야 하는가에 대하여는 상당한 정도의 차이를 노출하고 있는 것이다. 그런데 문제는 이러한 견해의 표명이 자료의 제약에서 초래한 어쩔 수 없는 결과이기는 하지만, 신재효에 보낸 서간문에만 오로지 기초하여 논의를 전개하고 있다는 점에 있다. 정현석은 어떤 인물인가? 그리고 어떤 행동을 통하여 자신의 세계관을 표명하였는가? 정현석이 차지하는 판소리사적 위치에 관한 논의는 최소한 이러한 점까지 포함하여 관심을 집중시킬 때 보다 확연해질 수 있다고 생각한다.

정현석의 생각

자료의 확충을 통하여 더 밝혀질 수 있지만, 현재까지의 조사 결과 해명된 것은 그가 초계정씨 27세손으로 순조 정축년(1817) 1월 8일 출생하여 고종 기해년(1899) 6월 10일 죽었다는 사실이다.[20] 그리고 자는 보여(保如)이며, 호는 박원(璞園)이다.[21] 그는 갑진년(1844) 증광시에서 진사가 되었고, 이후 음후(陰厚)로 능참봉(陵參奉), 내직으로 삼조(三曹) 사부(四府)와 외직으로 십수(十守) 일백(一伯)을 역임하였으며, 수령의 어진 정사로 누차 임금의 치하를 받았다고 한다. 그의 지위는 호조참판에 이르렀는데, 이는 증직(贈職)으

로 보인다.22)

그의 중요 저작으로 우리의 관심을 끌고 있는 것은 『교방가요(敎坊歌謠)』이다. 이 책은 그가 진주목사로 재임 중 진주의 관아에서 거행된 의궤를 기록한 것이다. 그는 "음악과 무용에 상당한 식견과 취미가 있어서 교방에서 사습하는 가무를 교정하여 풍교를 바로잡고 아울러 가창에 부르는 시조시를 선택하여 한역함으로써 교방의 가요를 정착시키려고 한 의도가 엿보인다. 그리고 지방의 민족적인 정기를 진작시키기 위하여 의암사를 중건하고 의암별제(義巖別祭)를 신설하여 몸소 <의암별곡>과 수 장의 시조시도 창작하여 이 책을 편찬하였다."23) 그가 진주목사로 재임한 기간은 고종 4년(1867)부터 고종 7년(1870)년까지이다.24) 그리고 『교방가요』의 편찬을 완료한 것은 그가 진주목사로 재임했던 기간이 아니라, 체임 3년이 지난 '임신년(1872) 중춘(仲春)'이었다.25) 그는 재임 중 의암별제를 신설하였고, 이를 중심으로 하는 의궤를 임지를 떠난 뒤에 책으로 완성하였던 것이다.

그가 의암별제를 신설한 것에 대하여는 앞에서 이미 '민족적인 정기를 진작시키기 위한' 의도라는 지적이 있었는데, 이를 그의 기록을 통하여 자세히 검토할 필요가 있다.

내(이 책의 저자)가 진주로 부임해 온 이듬해에 진주 병사와 의논하여 의암사를 중건하고 의암별제를 6월중에 좋은 날을 받아 지내기로 하였다. 때에 제사를 집행하며 참예하는 모든 제관은 기생들 중에서 골라 하게 하고 제사의 절차를 미리 배워 익혀서 조금도 실의(失儀)하게 하는 일이 없도록 조심하게 하였으며 또 해마다 어기지 말고 제사를 지내도록 당부하기도 하였다.

진주병사와 이 일을 의논한 날 밤 꿈에 두 계집종이 한 부인을 부축하여 내 앞에 와 인사를 올리기로 누군가고 물었더니 논개라고 대답하고는 이내 자취를 감추어버리니 참 이상한 일도 있다고 생각하였다. 그때까지 남강으로 빨래 나간 아낙네들이 물에 빠져 죽는 일이 많더니 이때부터 그런 불상

사가 없어졌기로 진주 성민들이 의암별제의 덕분이라고들 하였다.[26]

이 부분은 의암별제를 마련하게 된 경과를 기록한 것인데, 그 뒤에는 별제에 쓰인 시조와 가사가 기록되어 있다. 이것은 별제 신설의 주체인 정현석이 지은 것인데, <의암별곡(義岩別曲)>은 다음과 같은 결말로 끝을 맺고 있다.

촉석루에 올라앉아 고금사를 생각하니/의암에 높은 절개 청추에 기절하다/아동방 예의국에 삼강오륜 분명하여/절의를 숭상하니 충신의사 허다하다/예로부터 진양성이 번화가려 제일이라/ --- 비 세워 기록하고 사당 지어 제사하니/의암에 높은 이름 천만년에 전하리라/성외성내 여기들이 모두 모여 치성할제/관현가무 찬란하고 화과향촉 장할시고/태평성사 이 아닌가 국태민안 하오리라.

또한 여기에서 의논의 상대로 제시된 진주병사는 전통문화에 대한 소양과 시기 등을 고려할 때, 송흥록과 관련되어 『조선창극사』에 그 이름이 거론된 이경하(李景夏;1811-1891)로 추정된다.[27] 따라서 정현석은 판소리의 전성기 모습을 충분히 목격할 수 있는 위치에 있었고, 또 판소리의 예술적 전망에 대한 예견을 할 수 있는 능력을 지닌 고급의 향유자로 파악할 수 있는 것이다.

진주목사 이후의 행적은 밝혀진 바가 없었는데, 최근 근대화와 관련된 기록에서 그가 중심적인 위치를 차지하는 인물로 등장하였다. 이는 그가 의암별제를 신설하고, 『교방가요』를 편찬하였으며, 신재효에게 파격적인 서간을 보낸 것 등이 결코 즉흥적인 행동이 아니었음을 보여주고 있다.

그는 1883년 1월 덕원부사 겸 원산 감리로 부임하였다. 원산은 1880년 4월 개항과 동시에 일본인 거류지가 설립되었는데, 일본인의 문화적·경제적 진출에 대응하는 주민의 의사는 정현석을 중심으로 활발하게 결집된다.

이것이 가지는 의의는 다음과 같이 요약된다.

　　원산학사 ; 1883년 민간에 의하여 함경남도 원산에 설립된 우리나라 최초의 근대 학교. 종래 한국 최초의 근대학교로 알려진 배재학당보다 2년 앞서 설립됨. 의의 1. 서양인이 아니라 우리나라 사람에 의하여 근대학교가 설립됨 2. 정부의 개화정책에 앞서 민간인들이 자발적으로 설립 기금을 모아 학교를 설립 3. 외국의 침투를 대비하는 유비무환의 자세를 보여 줌 4. 외국의 학교를 모방한 것이 아니라 서당을 개량서당으로 발전시키고, 이를 근대학교로 발전시켜 교육의 전통을 계승함 5. 실학자들의 사상과 업적을 강의의 내용으로 삼음 6. 개화파의 지원과 선각적 관료가 호응하여 관민 일치의 노력이 결실을 보임

　　1880년 4월 개항과 동시에 일본인 거류지가 설립되었다. 주민들은 1883년 1월 새로 부임한 덕원부사 겸 원산 감리 정현석에게 학교 설립 기금을 모을 뜻을 밝히고 새로운 근대학교를 설립하여 줄 것을 요청하였다. 정현석은 이러한 주민의 뜻을 기꺼이 받아들여 당시 서북경략사(西北經略使) 어윤중(魚允中)과 원산항 통상 담당의 통리기무아문 주사인 승지 정헌시(鄭憲時)의 지원을 받으면서 관민이 합심하여 1883년부터 원산학사를 설립하게 되었다. 설립 기금은 주민들, 원산상회소, 정현석, 어윤중, 정헌시, 원산감리서에 고용된 외국 군인 등이 참여하여 모아졌으며, 1883년 8월 학교의 설립을 정부에 보고하여 정식으로 승인을 받게 되었다. 이는 우리나라 최초의 근대 학교이며, 또한 근대 최초의 민립학교이다.[28]

　　원산상회소(元山商會所) ; 1883년 원산에서 객주들이 상권을 옹호하기 위하여 설립한 동업조합. 개항 이후 외국 상인이 진출하고 내지(內地) 통상(通商)이 허용됨에 따라 개항장의 국내 상인들은 객주조합이나 상회사를 조직하여 외국 상인의 상권 침탈에 반대하고 기득권을 유지하고자 했다. 원산상회소는 한국 최초의 개항장 객주단체로 정현석, 정헌시를 비롯한 45명의 회원으로 결성되었다. 도의장(都議長) 2명, 의장 2명, 유사 3명을 두었으며, 업무는 도의장과 의장이 독점적으로 운영하였다. 가입비는 50~100냥이고, 가입 탈퇴의 자유가 보장되었다. 활동은 객상(客商)으로부터 세금을 거두거나

외국 상인들의 상권 침탈에 대응하여 독자적인 매매활동을 벌여 상권을 유지하는 것 등이었다. 상회소는 1889년 함경도 방곡사건 때 대두(大豆) 구입을 위한 일본 상인들의 내지 침입에 대응하여 지방 권력의 지원 하에 일본 상인의 내지 활동을 규제함으로써 개항장 객주를 중심으로 형성되어 있는 유통기구를 유지하였다. 그리고 공비(公費), 과분세(過分稅) 및 구문(口文)의 2,3할을 덕원부, 감리서의 각종 공용에 충당하는 등 부담이 무거웠지만 상회소를 매개로 하여 수세 부담을 일원화하여 각종 명목의 무분별한 수탈로부터 객주를 보호하였다. 일본 공사의 철폐 요구에도 불구하고 1892년까지 상회소의 존재를 확인할 수 있으며, 1900년에 원산상업회의소가 설립되면서 통합된 것으로 보인다.29)

위에 나타난 원산항 통상 담당의 통리기무아문 주사인 정헌시는 정현석의 아들이다. 그는 아들과 함께 일본의 침략을 예의 주시하고, 그 대응 방안을 마련하기 위하여 노력한 인물로 기억될 수 있는 것이다.30)

이상에 나타난 그의 행적은 그의 몇 가지 행동들이 즉흥적이거나 돌출된 것이 아니라, 그의 일관된 세계관에 바탕한 것으로 이해해야 함을 보여준다. 국가적 격동기에 체직(遞職)이 일상화되어 있는 관리가 멀리 떨어져 있는 신재효에게 2회나 서간을 보내고, 『교방가요』를 편찬한 것은 범상한 일로 보기 어렵기 때문이다. 이러한 정황을 미루어 볼 때, 그는 민족 예술로서 성장하기 위해서는 판소리가 변해야 한다는 그의 시각을 신재효에게 알리고, 그 동참을 호소한 것으로 파악된다. 이를 통하여 대중화와 예술로서의 승화를 기할 수 있다고 생각했기 때문이다. 근대화에 대응하는 한 방편으로 설정된 민족주의적 관념이 그 바탕에 자리잡고 있음은 물론이다.

판소리의 미래

정현석이 생각했던 판소리와 시대 인식은 지금도 역시 유효하다. 조선말의 격변기에 비하여 지금의 세계화라는 격랑(激浪)은 결코 낮지 않다. 또한 판소리의 정체성에 대한 논의는 지금도 역시 지속되고 있는 과제이다. 따라서 그가 민족주의적 성향을 바탕으로 논의했던 판소리의 예술적 승화는 지금도 역시 타당한 하나의 방안이라고 할 수 있는 것이다.

지금 우리의 주변은 오로지 목표 중심적이고, 이익 추구를 위한 방안의 마련만이 이 시대를 사는 지식인의 할 일이라는 의식으로 가득 차 있다. 그러나 중요한 것은 우리의 이익 추구나 생존도 결국은 우리 문화의 전승과 발전이 있을 때 가능하다는 사실이다. 우리 민족이 오랜 세월 거쳐 오면서 명맥을 유지하는 것이 그나마 가치 있는 것은 무엇인가. 그까짓 한국이라는 나라 있으나 없으나 세계사에 무슨 큰 변화가 있겠는가. 그러나 한국이라는 나라가 있어 중요한 것은 한국의 문화를 통하여 세계 문화의 폭과 깊이를 더하고 있다는 점에서 찾을 수 있을 것이다. 한국이 일본의 식민지로 계속 남아 있었다면 우리의 전통문화는 박물관의 도자기처럼 박제화 되어 존재했을 것이다. 그것은 살아 있는 존재가 아닌 것이다.

살아있다는 것은 변화하고 적응한다는 것을 의미한다. 추워지거나 더워지거나 아무런 대응을 하지 못하는 것은 무생물일 뿐인 것이다. 따라서 기존의 판소리를 금과옥조처럼 변하지 않는 문화로 인식하는 것은 실현될 수도 없을 뿐만 아니라, 문화를 대하는 바른 태도가 아니라고 할 수 있다. 우리로서는 살아 있는 전통문화, 판소리일 수 있게 하기 위해서도 시대와 사회적 변화를 수용할 수 있는 경쟁력 있는 문화로 키워갈 의무가 있는 것이다. 따라서 전통문화를 지켜 나가야 한다는 단순한 주장이 아니라, 이를 어떻게 키워 나갈 것인가 하는 생산적인 논의가 절실하게 요구되는 것이다.

이러한 변화의 모습을 우리는 또다시 판소리의 과거를 통하여 확인하고자 한다. 목표 중심주의 시각을 가진 사람들은 이를 회고적이고 복고적인 태도라고 비난하겠지만, 우리는 목표 중심주의가 가져 왔던 폐해를 충분히 기억하고 있다. 돈을 많이 벌고, 관객을 많이 동원해야 한다는 목표를 세웠기 때문에, 그 수많은 관객의 요구에 부응하느라, 자신의 본질마저도 포기해 버렸던 여성 국극의 경로와 원각사의 과거를 송두리째 무너뜨린 정동극장의 현재를 우리는 너무나도 잘 인식하고 있는 것이다. 목표를 이루기 위해 관객의 성향을 파악하고, 대처하는 것은 필요한 일이지만, 전통문화를 왜곡시키는 것은 곧 그 문화의 파괴와 같기 때문이다.

문화는 그 문화를 가능하게 했던 환경과 밀접한 관계가 있다. 특히 음악은 그 음악을 가능하게 한 언어와 상호 표리의 관계를 가질 수밖에 없는 것이다. 그래서 우리의 말에 합당한 음악을 전통문화는 보존하고 있는 것이고, 서양 음악은 또 그렇게 그들의 언어에 합당한 구조를 지니고 있는 것이다. 그래서 오페라 춘향전이나 영화 춘향전은 그 장르의 소재 확대나, 주제의 재해석일 뿐 한국의 고유문화로 편입될 수 없는 것이다. 주제나 소재의 확대가 문화의 중심축이 되는 것은 아니기 때문이다. 그래서 판소리의 미래는 천재의 등장을 필요로 한다. 판소리의 발생으로부터 100여 년이 지난 20세기 초 창극으로의 전환 운동이 일어났다. 그리고 이제 다시 100여 년이 지났다. 판소리는 또 변화의 상황에 직면해 있는 것이다.

그러나 변화의 방향을 설정하는 것은 이미 그 진폭을 예정하고 있다는 점에서, 바람직한 것이 아니다. 다만 우리는 정혁석이 격동기에 처하여 자신의 방식을 추구했던 경험을 반추해보는 지혜는 가져야 한다. 그런데 우리는 겨우 100여 년 전의 일을 소상히 알지 못하고 있다. 전통의 단절은 크고 먼 데 있는 것이 아니라, 바로 이러한 망각에서 비롯되는 것이라고 할 수 있다. 과거를 뛰어 넘고 새 시대에 적응하기 위해서도 과거의 것을 보존하고 탐구하는 장(場)의 설정은 꼭 필요한 것이다. 이것이 정현석이 우리에게 던져 주는 중요한 교훈이라고 할 수 있다.

■ 주석

1장 판소리란 무엇인가

1) 필자는 2015년 이 책의 교주본을 출판하였는데, 이는 정노식의 『조선창극사』 발간 75년만의 일이다. 그 전에는 영인본과 복각본이 나왔을 뿐이어서, 일반 대중의 접근은 용이하지 않았다. 정병헌, 『교주 조선창극사』, 태학사, 2015.

2) 조상현 창, <춘향가>, 『판소리 다섯 마당』, 한국브리태니커회사, 1982.

3) 한애순 창, <심청가>, 『판소리 다섯 마당』, 한국브리태니커회사, 1982.

4) 전경욱, 『춘향전 사설 형성 원리』(고려대학교 민족문화연구소, 1990), 40쪽.

5) 안민영, 김신중 역주, 『금옥총부』(도서출판 박이정, 2003), 164쪽.

2장 현장에서 만난 사람들

1) 선생은 2017년 2월 18일, 90세를 일기로 세상을 떠나셨다. 유족들은 선생님과의 인연을 생각하여 나에게 추모의 글을 쓰도록 해주셨다. 추모 액자에 쓰인 다음의 글은 선생을 모신 일산 청아공원에 남아 있다.

> 하얀 눈 포근하게 덮여 있는 소나무
> 송설당 박송희 선생님은 푸른 소나무처럼 사철 변함 없으셨고, 눈처럼 포근하게 온 누리를 덮어주셨습니다. 가족에게 제자에게, 그리고 선생님의 정진으로 더욱 도타워진 우리 민족의 소리에게 선생님은 큰 빛을 남겨주셨습니다. 우리 모두 선생님이 세워주신 큰 집을 항상 그리워할 것입니다.
>
> 갈고 다듬어 전해주신 민족의 소리
> 나라를 빼앗겨 우리의 모든 것 없어졌을 때 선생님은 우리의 소리를 굳게 잡아 놓지 않으시고, 이어져 내려온 판소리를 더 갈고 다듬어 우리에게 전해 주셨습니다. 그래서 선생님의 소리는 행운유수(行雲流水)처럼 가벼우면서도, 우리에게 삶의 윤리를 터득하도록 깊은 울림을 드리우고 있습니다. 이쪽저쪽 챙길 것은 다 챙기면서도 또 지나칠 것은 뚝 떼어 내치시어, 사람 사는 인정과 추상같은 삶의 원리를 담아주셨습니다.

살아 문화재 되신 판소리의 큰 산맥

민족의 소리를 올곧게 지켜주신 큰 어른으로 앉으시기까지 참으로 어려운 삶을 살아오셨습니다. 그래서 선생님의 소리에는 풀밭 언덕을 넘어 오는 바람과 풀풀 날리는 흙의 매캐함, 따스한 숭늉의 구수함이 켜켜이 쌓여 있습니다. 이러한 품성이 박록주선생과 만나면서 동편 소리의 절제와 추상같은 서슬 속에 녹아들었고, 판소리의 큰 흐름이 선생님의 작은 체구를 통하여 도저하게 이어졌습니다. 우리의 소리와 춤이 모두 선생님의 품에 들어 있지만, 선생님은 흥보가의 독보적인 흐름이십니다. 선생님의 흥보가는 듬성듬성 챙길 것은 챙기고 지나칠 것에는 집착하지 않아 세월과 세상의 변화를 오롯이 담고 있습니다. 자애롭고 정제된 삶의 모습과 제자 훈련을 통하여 인간문화재로서의 바른 길을 제시하셨습니다.

우리 모두의 영원한 어머니, 그리고 선생님

항상 편안함을 느끼게 해주신 어머니의 품과 민족의 예술 지켜 전해주신 선생의 북과 소리의 서슬 남겨주시고 이제 우리를 떠나셨습니다. 저 위에서 말과 행실로 가르쳐주신 길 따라가는 우리를 지켜주시기에 온 누리에는 선생님의 판소리 가락과 북소리가 맴돌고 있습니다.

2) 제3회 박송희 명창 제자 발표회 해설, 2005. 3. 31.

3) 박송희 선생 팔순 기념공연 축사, 2006. 5. 28.

4) 송설당 박송희 명창 예술 인생 70주년 기념공연 해설, 2009. 10. 16.

5) 제17회 방일영 국악상 시상식 축사, 조선일보사, 2010. 11. 17.

6) 안숙선, 「만정 김소희 선생과 판소리」, 『동리연구』3(동리연구회, 1996), 66쪽.

7) 그의 출생일은 10월 17일, 11월 1일, 12월 1일의 세 가지로 조사되어 있다. 1991년 그는 제1회 동리국악대상을 수상하였는데, 필자는 그의 약력을 작성하면서 본인의 견해를 확인한 바 있다. 12월 1일은 이때 밝힌 본인의 견해를 바탕으로 한 것이다. 12월 1일의 음력 환산일이 10월 17일이기 때문에, 그의 출생일은 음력 10월 17일, 양력 12월 1일로 확정할 수 있다.

8) 이 글을 작성한 2005년의 나이이다. 그는 1936년 전남 고흥에서 출생하였다.

9) 『운산 송순섭 문집』, 운산판소리연구회, 2005. 12. 31.

10) 『송순섭 흥보가 창본』, 운산 송순섭 판소리연구원, 2007. 12. 12.

11) 『미르』 2010 10월호, 국립극장, 2010. 10. 1.

3장 자료를 통하여 만난 사람들

1) 이보형이 조사한 바에 따르면 김세종은 구림면 동정자마을에서 출생하였고 순창읍 복실리로 이사 와서 살았으며, 서울에 가서 활동하다가 내려온 뒤에는 팔덕면 월곡리에서 살았다 한다. 김세종이 서울에서 활동할 때 오래 동안 혼자 있었기 때문에 벼슬아치들이 나서서 예쁜 기생 하나를 소실로 인연을 맺게 해 주었는데, 금슬이 좋았던지 김세종이 예순 살이 넘어 고향으로 내려올 때 그 소실도 함께 데리고 와, 복실리에 둘 수가 없어서 팔덕면 월곡리에 집을 얻어 살았다는 것이다. 김세종에게는 공진이라는 아들이 있었는데, 경상남도 산청으로 이사하여 선비로 행세하였다고 한다. 공진의 아들은 둘이 있었는데, 일본에서 약방을 하였다고 한다. 이로 보아 김세종의 후손들은 일제 강점기 일본으로 이주한 것으로 보인다. 최근 그의 출생지로 전북 순창군 동계면 가작리가 부각되면서, 이 마을 입구에 그의 출생지임을 알리는 안내판도 세워졌는데, 이에 대하여는 명확한 근거가 제시되지 않고 있다. 이보형, 「초창기 명창들」, 『판소리 동편제 연구』(태학사, 1998)를 참고할 것. 생애에 대한 자세한 고찰은 최동현, 「명창 김세종의 생애와 판소리 이론」(『한국언어문학』 86, 한국언어문학회, 2013)에서 이루어졌다.

2) 이보형 초창기 명창들」, 『판소리 동편제 연구』(태학사, 1998), 306쪽.

3) 신재효의 연창자 지원 활동에 대하여는 정병헌, 『판소리와 한국문화』(도서출판 역락, 2002), 222-223쪽을 참고할 것.

4) 최동현, 『명창이야기』(신아출판사, 2011), 49쪽.

5) 배연형 외, 『한국의 소리, 세상을 깨우다』(랜덤하우스, 2007), 116쪽.

6) 『퇴계전서』 권23. 황준연, 『이율곡, 그 삶의 모습』, 서울대학교출판부, 2000, 66-67쪽에서 재인용.

7) 정응민의 보성소리 <춘향가>가 김세종으로부터 비롯된다는 것, 그러나 이동백의 더늠이 많이 들어가게 된 사연은 김명환 구술, 『내 북에 앵길 소리가 없어요』(뿌리깊은나무, 1992), 101쪽에 기록되어 있다. 또한 이보형, 「초창기 명창들」, 『판소리 동편제 연구』(태학사, 1998), 307쪽을 참고할 것.

8) 노재명 편저, 『명창의 증언과 자료를 통해서 본 판소리 참모습』(나라음악큰잔치추진위원회, 2006), 222쪽.

9) 정병헌, 『교주 조선창극사』(태학사, 2015), 114-117쪽.

10) 전인삼, 「동편제 춘향가 복원 완창 발표」, 『동편제 춘향가의 복원 의의와 전망』(동편제 판소리춘향가 복원 및 재현 사업단, 2011. 10. 2-10. 3), 전주 한옥마을 내 학인당에서 발표.

11) 박봉술 창본 <춘향가>, 『판소리연구』4(판소리학회, 1993), 356-358쪽.

12) 『조선창극사』의 더늠 소개가 여러 문제점을 지니고 있음은 김석배, 『춘향전의 지평과 미학』(도서출판 박이정, 2010), 85-114쪽에서 상세하게 고구되었다.

13) 김진영 외 편저, 『춘향전전집』1(도서출판 박이정, 1997), 105-107쪽.

14) 김진영 외 편저, 위의 책, 72-74쪽.

15) 김진영 외 편저, 『춘향전전집』2(도서출판 박이정, 1997), 74-76쪽.

16) 정병헌, 「고창의 판소리문화적 기반」, 『고창과 판소리문화』(판소리학회, 2008), 18쪽.

17) 밑줄 친 '가갸거겨' 부분은 해학성을 강조하기 위한 즉흥적 첨가 부분으로 볼 수 있다. 판소리는 그 현장예술적 성격 때문에 이러한 첨가나 변형, 부연이 오히려 자연스럽다.

18) 이러한 이유에서 정응민의 소리가 김세종의 본래 <춘향가>와는 상당히 달라졌을 것이라는 견해도 나타난다. 이에 의하면 전승의 자연스러운 원리에 따라 김찬업에 의한 소극적인 변이가 일어났고, 정응민에 이르러 결정적인 변화가 나타났다고 한다. 최혜진, 『판소리 유파의 전승 연구』(민속원, 2012), 63쪽.

19) 김수미, 「김세종제 춘향가에 나타난 장단의 운용」, 『판소리의 전승과 재창조』(도서출판 박이정, 2008), 320쪽.

20) 정병헌, 『교주 조선창극사』(태학사, 2015), 152-155쪽.

21) 김진영 외 편저, 『춘향전전집』1(도서출판 박이정, 1997), 97-99쪽.

22) 김진영 외 편저, 『위의 책, 13쪽.

23) 김진영 외 편저, 『위의 책, 67-68쪽.

24) 김진영 외 편저, 『춘향전전집』2(도서출판 박이정, 1997), 69-70쪽.

25) 보련암은 충청남도 보령시 오천면 소성리 성터에 있었는데, 뒤에 영보정으로 그 이름이 바뀌었다. 이곳에 서해를 관장한 수영이 있었고, <열녀춘향수절가> 등의 사설에 보련암이 등장하는 것으로 보아 이름이 바뀐 것은 조선 후기인 것으로 추정된다.

26) 배연형, 「소리책 연구」, 박사학위논문(동국대학교대학원, 2005), 51-55쪽.

27) 신재효본 남창 <춘향가>에서는 이도령의 '녹주우석숭 홍불수이정'이라는 글귀에 춘향은 '문왕구여상 황숙방공명'이라는 답신을 보낸다. 따라서 춘향의 뜻을 짐작한 이도령은 저녁 퇴령 후 곧바로 춘향 집을 방문하기 때문에 기다림의 초조함 속에 나타나는 천자뒤풀이가 존재하지 않는다. 오고 간 편지의 글귀는 앞으로 일어나는 행동의 주체가 누구인가를 결정하는 중요한 의미를 내포하고 있다. 즉 이도령은 둘의 만남을 단순히 남녀의 것으로 한정한 데 반하여, 춘향은 여상이나 공명이 없다면 문왕이나 유비가 의미를 잃게 된다고 인식한다.

28) 이화중선 또한 장재백과의 깊은 연관성 때문에 당연히 김세종의 영향권에 포함된다. 따라서 보성소리 <춘향가>와 그 뿌리를 같이 하고 있지만, 보편성과 지역성의 추

구라는 점에서 상당한 정도 가는 길을 달리 하게 된다. 이에 대하여는 배연형 외, 『한국의 소리 세상을 깨우다』(랜덤하우스, 2007), 150쪽을 참고할 것.

29) 유영대, 「보성소리의 판소리사적 의의」, 『판소리 동편제 연구』(태학사, 1998), 80쪽.

30) 김기형은 기사를 담당한 관련자의 윤색 가능성과 기록자의 자의적 서술 가능성을 제기하였다. 그렇다고 하여 자서전 자체의 면밀한 검토를 추구하고자 하는 논의가 의미를 잃는 것은 아니다. 김기형, 「송만갑 명창의 출생지 고찰 논의와 그 성격」, 『판소리연구』28(판소리학회, 2009), 10쪽.

31) 안효상, 「국창 송만갑의 출생지에 대한 고찰」, 동편제판소리보존회, 2008. 이 주장이 가지고 있는 문제점은 김기형, 앞의 논문, 9~14쪽에서 상세하게 논의하였다. 이 과정을 통하여 김기형교수는 송만갑 명창의 출생을 구례로 보는 것이 온당하다는 추론을 하였다. 이하 출생지에 대한 정리는 김기형, 「송만갑 명창의 출생지 고찰 논의와 그 성격」(『판소리연구』28, 판소리학회, 2009)에서 이루어진 논의를 바탕으로 작성하였다.

32) 대부분의 자료는 구례군 구례면 봉북리 122번지로 기술하고 있는데, 이보형 선생은 구례의 현지답사를 통하여 봉북리는 성년 이후 기생에게 소리를 가르치던 곳이고, 출생지는 구례읍 백련리임을 확인하였다. 이에 따라 백련리에 생가를 복원하고, 화엄사 입구의 기념비도 이곳으로 옮겨졌다. 이보형, 「송만갑 명창론」, 『송만갑의 생애와 예술』(2001년 12월 1일 국립극장 발표 요지집), 2쪽.
『남원지』 증보판(1976)은 "그는 이조 말 철종 12년(서기 1861)에 운봉면 화수리 비전마을에서 낳았다. 귀곡성으로 유명한 송홍록의 손자인데 7세에 성악에 입문하고 9세에 현 구례군 용방면으로 이거하였다."라고 하여 남원 운봉을 그의 출생지로 기록하고 있다.
진주 출생에 관한 기록은 <명창 송만갑 일대기>, 『삼천리』11권 4호(1939. 4, 19)에 나타나 있다.

33) 안효상, 「국창 송만갑의 출생지에 대한 고찰」, 동편제판소리보존회, 2008. 이러한 결과에 힘입어 이경엽은 '자서전의 설명과 같이 낙안에서 태어나 거기서 성장했으며 나중에 외지에 나가 활동'했던 것으로 추정하였다. 이경엽, 「명창 송만갑의 생애와 예술세계」, 『판소리명창론』(도서출판 박이정, 2010), 40쪽.

34) 송만갑보다도 더 후대인 박동실의 출생지는 대부분의 기록에서 전남 담양군 담양읍 객사리로 기록하고 있다. 그런데 호적등본에 의하면 그의 집안은 1923년 광주군 본촌면 용두리에서 이곳으로 이주한 것으로 기록되어 있다. 이로 본다면 담양읍 객사리는 박동실이 아버지로부터 분가하면서 살게 된 곳으로 추정된다. 따라서 그의 출생지는 본촌면 용두리가 되는 것이다. 그런데 북한에서 발행된 『조선예술』은 박동실의 증언을 바탕으로 전남 담양군 금성면 대관리의 '세습적으로 음악을 물려오는 가정'에서 출생하였다고 기록하였다. 그러나 누차의 조사에서도 위 두 곳에서 박동

실 일가가 살았다는 흔적은 찾아볼 수 없었다. 다만 담양읍 객사리는 그의 출생과 관계없이 그가 거주하며 판소리의 삶을 영위하였다는 흔적이 진하게 남아 있는 것이다.
정병헌, 「명창 박동실의 선택과 판소리사적 의의」, 『한국민속학』36(한국민속학회, 2002), 214쪽.

35) 생몰연대의 착오는 김석배 교수가 언급한 것만 하여도 상당수에 이르고 있다. 김창환은 1854년에 출생하여 1939년 사망한 것으로 기록되었지만, 실제로는 1855년 출생하여 1937년 사망하였다. 이러한 착오는 강용환, 이동백, 김창룡, 박지홍, 임방울, 박록주 등 당연히 자세한 이력이 밝혀졌으리라 생각되는 명창에게서도 나타나고 있다. 김석배, 「국창 송만갑 선생 재조명」(2009. 5. 3)의 토론 요지문, 16쪽.

36) 이경엽, 「명창 송만갑의 생애와 예술세계」, 『판소리명창론』(도서출판 박이정, 2010), 40쪽.

37) 정병헌, 『교주 조선창극사』(태학사, 2015), 221쪽.

38) 판소리 유파의 전승 관계는 정병헌, 『판소리문학론』(새문사, 1998), 130-150쪽을 참고할 것.

39) 최동현, 「분단에 묻힌 서편소리의 대부-박동실론-」, 『판소리 명창과 고수 연구』(신아출판사, 1997), 122쪽.

40) 최동현, 위의 논문과 김기형의 「판소리 명창 박동실의 의식지향과 현대판소리사에 끼친 영향」(『판소리연구』 13, 판소리학회, 2002. 4)에서 박동실에 대한 집중적 조명이 이루어졌다.

41) <열사가>의 소개와 해설은 유영대, 「창작판소리 열사가에 대하여」(『판소리연구』 3, 판소리학회, 1992), 그리고 그 특질과 의식의 조명은 김기형, 「창작판소리 사설의 표현 특질과 주제의식」(『판소리연구』 5, 판소리학회, 1994)을 참고할 것.

42) 이는 그가 사망했던 북한 측 자료에 힘입은 바 크다. 1999년 8월 발행된 문학예술종합출판사의 『조선예술』은 박동실의 생몰연대와 북한에서의 행적을 2쪽의 분량 속에서 전하고 있다. 이 자료는 그가 1957년 9월 환갑을 맞이하였고, 그의 공훈을 기려 김일성이 특별히 환갑상을 차려주도록 지시하면서 공훈배우의 칭호를 수여하였다는 기록 등을 포함하고 있다. 박동실 자신의 구체적 언급 속에서 이루어졌다는 점에서 이는 신뢰성을 더해주는 것으로 평가된다. 필자는 이 자료를 먼저 확인하고, 이를 토대로 앞의 논문을 발표하였다. 이런 인연으로 전라남도 담양군 남면 가사문학로 한국가사문학관 뜰에 세워진 박동실 기념비의 비문을 작성하는 영광을 얻게 되었다. 기념비가 여기에 세워진 것은 가사문학과 바로 옆에 있는 건물이 바로 박동실이 제자들을 가르친 학습장이었기 때문이다. 비문의 내용은 다음과 같다.

명창 박동실 기념비

名唱 朴東實은 1897년 이곳에서 태어나 소리의 근원을 익혔고, 이를 우리에게 넘겨 주었다. 그 소리의 연원 또한 이곳의 천재적인 명창 李捺致로부터 비롯 되었으니 그 예술의 태반은 오로지 담양의 대바람과 푸르른 들판에서 여문 것이다. 그는 또 이 고을이 충절의 고장임을 한 순간도 잊지 않도록 많은 烈 士歌를 지어 소리의 세계를 넓혀 주었다. 전쟁 속에서 그는 추운 북쪽으로 떠 났고, 1968년 12월 영원히 우리의 곁을 떠났다. 담양의 바람과 햇살은 그로 인하여 더 넓은 세상으로 뻗어갔다. 북소리 호령소리 가득하던 이곳에서 그 는 환히 뚫려가는 소리길을 다시 지켜볼 것이다.

이천이년 이월 이십일

세운이	담양군수 문경규
지은이	문학박사 정병헌
글씨	청호 김승남
조각구상	박수룡
후원	문화관광부 · 담양문화원

43) 최동현, 「분단에 묻힌 서편소리의 대부 -박동실론-」, 『판소리 명창과 고수 연구』(신 아출판사, 1997), 122쪽.
이규섭, 『판소리 답사 기행』(민예원, 1997), 90쪽.
김기형, 「판소리명창 박동실의 의식지향과 현대 판소리사에 끼친 영향」, 『판소리연 구』13(판소리학회, 2002), 8쪽.

44) 송방송의 『한겨레음악인대사전』(보고사, 2012)은 북한 측의 자료에 따라 그의 출생 지를 '전라남도 담양군 금성면 대판리'로 기록하였다.

45) 광주군 본촌면 용두리의 현재 행정 구역은 광주시 북구 건국동이다. 현재 용두리 467번지는 매몰되어 사라졌는데, 그 마을에서 살던 사람들은 박동실을 전혀 기억하 지 못하였다. 이는 금성면 대판리의 주민들이 박동실에 대한 기억을 전혀 하지 못 하고 있는 것과 같다. 대판리는 고지상면에 속하다가 고면으로 통합되었고, 이후 금 성면 봉서리 대판마을로 불리었다. 대판마을은 조선 선조 때(1580년 경), 비탈진 곳 에 마을이 형성되었다 하여 '대판리'로 불리었다고 한다.

46) 이는 어느 한 곳에 정착하여 살 수 없었던 출신 계층의 고단함이 표현된 것으로 보 인다. 무계의 특성상 출신지나 출생의 관계 등이 명확하게 드러날 수 없었기 때문 이다. 제적 등본에 의하면 박장원과 배금순은 동실, 방초, 요초, 애기, 지초의 이남 삼녀를 두었다. 그런데 아쟁의 명인 박종선은 자신의 아버지인 박영실이 박동실의

동생이며, 박영실이 죽은 뒤 큰아버지인 박동실의 집에서 자랐다고 한다. 따라서 그 가족관계는 보다 구체적인 확인을 할 필요가 있다. 출생 시기와 장소에 대한 것은 정병헌, 「명창 박동실의 선택과 판소리사적 의의」(『한국민속학』36, 한국민속학회, 2002)를 참고할 것.

47) 아버지인 박장원과 어머니인 배금순은 그 출신 지역이 담양과 영광으로 멀리 떨어져 있다. 멀리 떨어진 지역의 두 사람이 결혼하게 된 것은 동일 집단의 혼인권에 말미암은 것으로 볼 수 있다. 박동실의 출생지가 어느 한쪽으로 확정되지 못하는 것도 이러한 이유에서 이해가 될 수 있다. 또한 김재관이 배희근의 제자라는 사실은 양승희, 『산조연구』(은하출판사, 2001), 91-92쪽에 나오는데, 김재관이 김채만을 잘못 표기한 것인지는 확인할 수 없다. 그러나 김채만은 이날치와의 사승관계만 알려져 있을 뿐, 배희근과의 사제관계는 알 수 없다. 김기형, 「판소리명창 박동실의 의식지향과 현대 판소리사에 끼친 영향」, 『판소리연구』13(판소리학회, 2002), 8-9쪽 참조.

48) 『조선예술』은 '서편제 명창으로 우렁찬 목소리와 름름한 풍채, 호방한 성격으로 소리판을 휘어잡은' 인물로 소개하고 있다. 『조선창극사』와 이건창의 자료는 정병헌, 「명창 박동실의 선택과 판소리사적 의의」, 『한국민속학』36(한국민속학회, 2002)에서 인용, 설명한 바 있다.

49) 박동실은 1909년 12살의 나이로 광주 양명사의 창극 <춘향전>에 춘향 역을 맡아 출연하였다고 진술하였는데, 이는 춘향 역을 나이 어린 남자가 맡는 당시 창극의 관례에 따른 것으로 볼 수 있다. 그러나 그가 배역을 맡게 된 것은 그 때 창극의 총지도자였던 김녁이 그의 집안과 가까운 거리에 있는 담양군 수북면 광대 집안의 사람이었다는 점, 그리고 춘향 역을 소화할 수 있는 가창 능력을 소유했기에 가능했을 것이다. 박동실, 「창극이 걸어온 길을 더듬어」, 『조선음악』4-6(조선문학예술총동맹출판사, 1966), 『판소리연구』18(판소리학회, 2004), 318쪽에서 재인용. 이 자료는 초기 창극의 모습을 보여주는 소중한 자료로 평가된다. 이에 대하여는 이진원, 「박동실 증언 "창극이 걸어온 길을 더듬어"를 통해 본 창극의 초기 양상」(『판소리연구』18, 판소리학회, 2004)을 참고할 것. 박동실의 증언 자료 또한 이 책에 전재되어 있다.

50) "광주 인근의 담양, 화순 등지의 제자들을 모아 남도소리의 한 맥을 형성하였던 속골은 현재 지명이 남아 있지 않다. 현재, 광주시 남구 효덕동에 편입된 이곳은 광주에서 1번 국도를 타고 목포 방향으로 벗어나기 전에 위치한 광주대 사거리에서 우회전, 817번 지방도로 1.3km 정도를 지나 광주대 끝부분의 앞에 위치한 마을이다. 지금은 골프연습장과 식당들이 들어서 있을 뿐이다." 명현, 이날치-김채만-박동실-한애순으로 이어지는 서편소리, 『민속악소식』17(국립민속국악원, 2003), 19쪽.

51) 이규섭, 『판소리 답사 기행』(민예원, 1997), 174쪽.

52) 김채만에 관한 『조선창극사』의 기록은 다음과 같이 간략하다.

　　김채만은 전라남도 능주인이다. 고종시대로부터 최근까지 울린 명창인데, 한경석(韓景錫)과 교의가 깊었더라. 목청이 퍽 좋고 <심청가>에 장하였으며, 오십여 세에 사하였더라.(정병헌, 『교주 조선창극사』, 태학사, 2015, 250쪽)

53) 이규섭, 『판소리 답사 기행』(민예원, 1997), 175쪽.

54) 『조선예술』에 나타난 이름인데, 다른 자료에서는 확인되지 않고 있다.

55) 1899년 담양군 창평면에서 태어나 1952년에 타계하였다. 그의 활동은 『전라남도지』 23(전라남도, 1995), 『전라남도지』 28(전라남도, 1996) 등에 기록되어 있다. 김기형은 앞의 논문, 12쪽에서 그가 가지고 있는 의미를 간략하게 정리하였다.

56) 한갑득(1919-1987)은 광주 수교동에서 태어났다. 할아버지 한덕만은 대금과 가야금의 명인이었고, 아버지 한성태는 판소리 명창이다. 20이 넘어 서울에 가서 조선성악연구회에 가입하였고, 23세에 박동준 명창의 딸인 박보아를 만나 결혼하였다. 박보아와 함께 삼성국극단을 만들어 활동하였고, 김윤덕, 방금산 등 많은 제자를 남겼다. 국가지정무형문화재 16호 거문고산조 예능보유자였으며 국립국악원에서 활동하였다. 동생인 판소리 명창 한승호(본명 한갑주, 1923-2010)는 아버지인 한성태가 여덟 살에 사망하였으므로, 아버지와 같이 김채만의 문하에 있던 박종원, 박동실에게서 일시 판소리를 수업하였다.(『전라남도지』23, 같은 쪽)

57) 1934년과 1938년으로 기록된 곳도 있는데, 그가 박석기의 주도하에 화랑창극단을 결성한 것이 1938년 12월이기 때문에, 기왕의 1938년을 1935년으로 획정한다. 이 시기 그는 협률사를 따라 전국을 순회하고 있었다. "한애순의 증언에 의하면 박동실은 1934년부터 화순 동북면 연두리 등동마을 오승복씨 제각과 광주의 소화정에서 소리를 가르쳤다. … 기존의 문헌에서는 1938년이라 하나, 1924년생인 한애순 명창이 12세부터 이곳에서 배웠다고 하는 것을 보면 지실에서 박동실이 소리를 가르친 시기는 1935년부터이다." 명현, 이날치-김채만-박동실-한애순으로 이어지는 서편소리, 『민속악소식』17(국립민속국악원, 2003), 21쪽.

58) 최동현, 「분단에 묻힌 서편소리의 대부-박동실론-」, 『판소리 명창과 고수 연구』(신아출판사, 1997). 매일신보는 1940년 12월 24일부터 31일까지 제일극장에서 공연한 <팔담춘몽(八潭春夢)>을 화랑창극단의 창립 공연으로 기록하고 있다. 여기에는 조선상악연구회에서 각색과 연출을 담당했던 박생남을 비롯, 한성준, 조상선, 박동실, 이기화, 김막동, 장영찬, 강성재, 김준섭, 최명곤, 임방울, 김여란, 조소옥, 김순희, 박초월, 김일지, 임소향 등이 참가하였다. 화랑창극단은 이 공연에 대해 "순수한 음악, 신묘한 무용, 애절한 가곡, 정련된 연기, 완실한 극본, 혁신한 장치, 찬연한 조명, 황홀한 의상, 당대 남녀 명창을 총망라하여 박자 맞추어 고전 예술의 대도로 의기발랄하게 고함치고 나서는 창극단 화랑이야말로 창극계 공전의 거탄이외다."라고 광고하고 있다. <팔담춘몽>은 김광우 작으로 연출에 박생남, 작곡은 박동실과 조상선이

맡았으며, 음악은 이기원과 강성재, 무용은 한성준이 담당하였다. 화랑창극단은 이 공연의 여세를 몰아 1941년 11월 5일부터 이틀간 이서구 작 <망부석을 동양극장에서 공연하였고, 1942년 3월 17일부터 사흘간 이운방 작 전창근 연출, 임화 가사, 김일영 장치의 <항우와 우미인>을 부민관에서 공연하였다.(백현미, 『한국창극사연구』, 1997, 312쪽에서 재인용) 광주에서의 공연은 서울에서 이루어진 공연의 앞과 뒤에 이루어진 것으로 보인다.

59) 박황, 『판소리 이백년사』,(사사연, 2001), 272쪽.

60) 이에 대하여는 박황의 다음과 같은 비판을 참고할 수 있다.
"국극협회의 대표였던 박동실은 원래 판소리 대가일 뿐 한번도 창극무대에 출연해 본 적이 없었고, 따라서 극단 운영의 경험도 없는 사람이었다. 다만 사장(師匠)이요 선배였기 때문에 단장이 된 것인데, 그는 작품 선택에 있어서 큰 오류를 범하였고, 출발 시초부터 수완과 역량 부족으로 단체 운영상의 애로가 많았다. 이 때문에 공연 장소마다 대중의 호평을 받지 못하였고, 그에 따라 적자 운영을 면치 못하여 곤경에 빠지고 말았다. 당장에 신작을 하자 한들 모든 여건이 여의치 않아 빚만 지면서 지방 도시를 순회하다가, 그해 7월 우주영화사와 계약하고 전북 임실군 관촌면에서 16 미리 흑백 영화를 촬영하였다. 월여의 촬영을 마치고 단장 박동실이 물러나게 됨으로써 국극협회는 창단 이래 3개월만에 해산된 것이다." 박황, 위의 책, 280쪽.

61) 박동실의 판소리 자료로는 1938년 녹음한 <흥보가> 중 '흥보치산가'가 전하고 있지만, 음질 상태가 나빠 제대로 알아들을 수 없을 정도이다. 따라서 그의 판소리는 그와 사승 관계를 맺고 있는 사람들과, 그들의 증언을 토대로 추측할 수밖에 없다. 그런데 그가 주도적으로 전승시킨 <열사가>는 현재도 활발하게 불려지고 있어 그의 판소리적 성향을 알게 하는 중요한 자료가 된다. 박동실이 <열사가>의 사설까지 지었는가에 대하여는 여러 견해가 나뉘어 있지만, 그가 작곡한 사실은 모두 인정하고 있다. 그가 사설을 짓지 않았다고 하더라도 <열사가>의 사설이 그에게 집중된 것은 중요한 의미를 갖는다. 사설 창작에 대한 여러 견해는 김기형, 「판소리명 창 박동실의 의식지향과 현대 판소리사에 끼친 영향」, 『판소리연구』13(판소리학회, 2002), 103-105쪽을 참조할 것.

62) 이것이 판소리나 창극으로서 성공한 것인가, 또는 바람직한 전승 태도인가 하는 것은 별개의 문제이다. 다만 판소리 소리꾼으로서 사회에 내보이는 모든 방식을 판소리로 드러내고자 했다는 점에서, 소리꾼으로서의 한 모습을 그는 보여주고 있는 것이다.

63) <유관순 열사가>는 시기적으로도 서로 연결되지 않을 뿐만 아니라, 앞의 세 작품처럼 서사적으로 연결될 수 있는 고리가 발견되지 않는다. 더구나 앞의 세 편과 달리 이 작품은 길이가 유난히 길어, 서로 다른 상황에서 만들어진 것으로 보인다.

64) 유영대 교수는 「창작판소리 열사가에 대하여」(『판소리연구』 3, 판소리학회, 1992)에

서 해방 이전에 <열사가>의 창작이 이루어졌을 것이라는 견해를 밝혔다. "<열사가>를 창작하여 보급시킨 인물로는 박동실이 대표적이라 하겠다. 판소리 창자 가운데서 특히 박동실은 이념적 성격이 강한 인물이었던 것으로 보인다. 그에게 일제 말기에 <열사가>를 배운 사람으로는 한승호를 들 수 있으며, 해방 후에는 유행처럼 번져서 수많은 창자들이 <열사가>를 배웠다." 유영대, 「창작판소리 열사가에 대하여」(『판소리연구』 3, 판소리학회, 1992) 371쪽. 그러나 <윤봉길 열사가>의 결말 부분에 표현된 '삼십육년 노예생활'이나 '삼천만 자유 얻어' 등을 보면 해방 이전의 전승을 확신하기 어렵다. <오섬가>의 옴니버스식 구성에 관하여는 정병헌, 「신재효의 오섬가와 판소리적 관습」(『신재효연구』, 태학사, 1997)을 참고할 것.

65) 이에 대한 국악인들의 경험은 최동현, 「분단에 묻힌 서편소리의 대부-박동실론-」, 『판소리 명창과 고수 연구』(신아출판사, 1997), 119-120쪽에 단편적으로 기술되어 있다.

66) 『조선예술』8(문학예술종합출판사, 1999. 8)의 기록을 요약하고, 이에 기존 연구의 성과를 첨가함

67) <춘향전>을 소재로 한 많은 작품이 여러 장르에서 각색되어 발표된 것도 이 시기의 일이다. 1948년 리면상의 가극 <춘향>을 시작으로 1950년대 후반기에는 창극 <춘향전>이 음악을 보강하여 새롭게 각색되었으며, 1964년에는 다시 리면상의 창극 <춘향전>과 조상선의 창극 <춘향전>도 발표되었다. 리면상(1908-1989)은 1931년 가을부터 2년 동안 일본 동경음악학교 고등사법부를 수학하였으며, 1945년 함경남도 음악동맹위원장, 1979년 음악가동맹위원장을 역임하였다. 1955년에 공훈예술가, 1961년에 인민예술가가 되었으며, 1985년에는 김일성훈장을 받았다. 민경찬, 「북한 음악의 실상」, 『북한문화예술연구의 방향』(문예진흥원 문화발전연구소, 1990), 427쪽. 김용환 외, 『남북한 음악극 <춘향전> 비교 연구』(한국예술종합학교 한국예술연구소, 1977), 26쪽.

68) 조상선(1909 - ?) 전북 남원 출생의 판소리 명창. 정정렬을 사사하였고, 해방 후 월북. 1955년 공훈배우, 1959년 인민배우가 되었으며, 민족예술극장에 소속되었다.

69) 이러한 그의 태도는 전통을 말살하는 데 일조했다는 부정적 평가를 받을 수도 있다. 그러나 어찌 됐든 문화는 이어져야 하는 것이고, 변화하는 문화의 바탕을 우리의 것으로 쌓으려 노력했다는 것은 인정해야 할 것이다.

70) 민경찬, 「북한 음악의 실상」, 『북한문화예술연구의 방향』(문예진흥원 문화발전연구소, 1990), 432쪽. 김일성은 1964년 11월 7일 문학예술부문 일꾼들 앞에서 행한 연설에서 판소리 음악의 단절 이유를 구체적으로 설명하였다. 그가 내세운 이유는 양반의 노래 곡조라는 점, 듣기 싫은 탁성을 낸다는 점 등이었다. 연설문 전반에 걸쳐 그는 판소리 성음에 대한 불쾌감을 여실히 드러내고 있다. (김일성, 혁명적 문학 예술을 창작할 데 대하여) 이러한 그의 태도는 이미 1957년부터 간헐적으로 제시되었

는데, 1964년의 이 연설을 기점으로 판소리는 북한에서 완전히 사라지게 되었다. 같이 월북한 조상선은 1964년에도 창극 <춘향전>을 발표하였는데, 이는 혁명가극화한 작품으로 보인다.(김용환 외, 『남북한 음악극 <춘향전> 비교 연구』, 한국예술종합학교 한국예술연구소, 1977)

71) 강한영 교주, 『신재효 판소리 사설집』(민중서관, 1971), 285쪽.

72) 강한영, 『영인 신재효 판소리 사설 전집』(연세대 인문과학연구소, 1969), 4쪽.

73) 형성시대 판소리 명창들의 생몰 시기나 출생에 관한 사실은 제대로 알려져 있지 않다. 가왕으로 추앙되는 송흥록이나, 박유전, 그리고 최근세의 송만갑이나 박동실에 이르기까지 출생에 관한 사실은 확정되어 있지 않은 경우가 많은 것이다. 이는 그들이 세습의 무계 집안에서 출생한 것과 무관하지 않은 것으로 보인다.

74) 문화재전문위원 정화영이 작성한 저자 연보는 그가 남긴 창본에 실려 있다. 『김연수창본 심청가 홍보가 수궁가 적벽가』(문화재관리국, 1974), 418-419쪽.

75) 그의 가계에 대한 조사는 이규섭, 『판소리 답사 기행』(민예원, 1997), 212-224쪽을 참고할 것.

76) 이경엽, 「판소리 명창 김연수론」, 『판소리연구』17(판소리학회, 2004), 214-215쪽.

77) 유기룡, 「김연수 선생 주변의 낙수」, 『월간문화재』4(월간 문화재사, 1974), 이경엽, 「명창 송만갑의 생애와 예술세계」, 『판소리명창론』(도서출판 박이정, 2010), 215쪽에서 재인용.

78) 이경엽, 위의 책, 217-219쪽.

79) 이경엽, 위의 책, 218쪽. 이와 함께 김경희, 『김연수 판소리 음악론』(민속원, 2008), 28-29쪽도 같은 견해를 표명하고 있다.

80) 최혜진, 「동리의 자아 인식과 사회적 지향」, 『신재효의 세계인식과 욕망』(도서출판 지성인, 2012), 43쪽.

81) 최동현, 「김연수와 동초제 판소리의 계승자들」, 『전북의 판소리』(전라북도, 2003), 203쪽.

82) 정병헌, 「김세종제 춘향가의 판소리사적 위상」, 『공연문화연구』27(한국공연문화학회, 2013), 336-338쪽.

83) 강한영, 『신재효 판소리사설집』(민중서관, 1971), 45쪽. 이하 인용문의 뒤에 제시되는 쪽수는 이 책의 것을 가리킨다.

84) 이를 위하여 신재효는 공양미 삼백 석의 시주를 심봉사가 아니라 심청이 자발적으로 약속하는 것으로 대치하였다. "심청이 대답하되, 백미 삼백 석에 부친 눈을 뜨일 테면 몸을 판들 못하리까. 권선치부 하옵소서." 강한영, 『신재효 판소리사설집』(민중서관, 1971) 181쪽.

85) 정현석의 서간이 갖는 의미는 정병헌, 『판소리와 한국문화』(역락, 2002), 227-237쪽을 참고할 것.

86) 서종문, 『판소리의 역사적 이해』(태학사, 2006), 121쪽.

87) 최동현 주해, 『오정숙 창 오가전집』(민속원, 2001), 16-18쪽.

88) 박경수, 『소리꾼들, 그 삶을 찾아서』(일월서각, 1993), 75-76쪽.

89) 특히 이동백은 김연수의 질정을 고맙게 받아들이면서, "내 나이 근 80 평생 어느 앞에서도 소리를 맘놓고 불렀구, 박기홍 형님 앞에서도 거리낌 없이 했으디 저 김연수 앞에서만은 그렇게 못허겠네."라고 하였다 한다. 박경수, 『소리꾼들, 그 삶을 찾아서』(일월서각, 1993), 80쪽.

90) 정범태, 『명인명창』(깊은샘, 2002), 168쪽.

91) 이보형, 「임방울과 김연수」, 『판소리의 바탕과 아름다움』(인동, 1986), 389-396쪽.

92) 김경희, 「김연수의 판소리 음악론」, 『판소리명창론』(박이정, 2010), 344쪽.

93) 최동현 교주, 『김연수 완창 판소리 다섯 바탕 사설집』(민속원, 2008), 73쪽. 이하 인용문의 뒤에 제시된 쪽수는 이 책의 것을 가리킨다.

94) 위의 인용문 중 "그 때여 운봉과 곡성은 본관이 들을까 하여 글을 가만가만히 읊었건마는, 우리 성악가들이 읊을 적에는 청취자 여러분이 들으시게 허자니, 글을 좀 크게 읊든 것이었다."에서는 '청취자'라는 용어가 사용되었는데, 이는 그 사설이 라디오 방송을 통하여 청취자에게 수용되고 있는 상황을 감안한 것이다. 라디오로 송출되는 판소리라는 특성을 고려하여 구체적으로 청취자에 대한 배려를 하고 있다는 점에서 '이면'은 보다 확대된 의미로 사용될 수 있을 것이다. 이에 대하여는 다음의 실험정신 항목에서 보완하여 설명하고자 한다.

95) 이보형, 「임방울과 김연수」, 『판소리의 바탕과 아름다움』(인동, 1986), 394쪽.

96) 이에 대한 자세한 검토는 이유진, 「라디오 방송을 위한 판소리 다섯 바탕: 김연수 판소리의 특질과 지향」, 『구비문학연구』35(한국구비문학회, 2012), 105-149쪽에서 상세하게 이루어졌다.

97) 최동현 교주, 『김연수 완창 판소리 다섯 바탕 사설집』(민속원, 2008), 244쪽.

98) 이유진, 「라디오 방송을 위한 판소리 다섯 바탕: 김연수 판소리의 특질과 지향」, 『구비문학연구』35(한국구비문학회, 2012), 142쪽.

99) 배연형, 「김연수의 판소리 사설, 그 생명력의 원천」, 『판소리연구』24(판소리학회, 2007), 121-123쪽.

100) 장월중선의 제자였던 김수미는 「장월중선 명창론」(『판소리연구』19, 판소리학회, 2005)의 각주 9와 2014년 8월 29일 열린 제 2회 명창 장월중선 학술대회에서 발표한 「'범피중류'로 본 장월중선 소리 연구」를 통하여 그 출생이 1925년 4월 20일

(음력)로 수정되어야 함을 지적하였다.

101) 송흥록의 동편제 이전의 소리를 편의상 '원형'의 소리로 부르고자 한다.

102) 『뿌리깊은 나무 판소리 다섯 마당』(한국브리태니커회사, 1982), 79-81쪽. 특히 여기에서 제시한 "정권진이 부르는 정응민제의 것과 한애순이 부르는 김채만제의 것이 가장 비슷한 까닭은 둘 다 박유전의 심청가를 이어받았기 때문이다."라는 견해는 후속되는 연구의 바탕이 되었다.

103) 정병헌, 「이날치판 심청가의 성격과 판소리사적 위치」, 『국어교육』53·54합집(국어교육연구회, 1985), 231-250쪽; 「명창 박동실의 선택과 판소리사적 의의」, 『한국민속학』36(한국민속학회, 2002), 211-228쪽; 「박동실의 삶과 판소리 활동」(『월북국악인연구』, 국립국악원, 2013) 등을 참고할 것.

104) 정병헌, 「김세종제 춘향가의 판소리사적 위상」, 『공연문화연구』27(한국공연문화학회, 2013), 353쪽.

105) 이보형, 「판소리 '제'에 관한 연구」, 『판소리 동편제 연구』(태학사, 1998), 33쪽.

106) 『뿌리깊은 나무 판소리 다섯 마당』(한국브리태니커회사, 1982), 89-90쪽.

107) 심청가, 『완창 판소리』(국립중앙극장, 1997), 34쪽. 장월중선의 판소리는 그의 딸인 정순임에게 고스란히 전승되었다. 이러한 특성과 현장성을 감안하여 정순임의 창본을 자료로 선택한다.

108) 이에 대하여는 필자의 「이날치판 심청가의 성격과 판소리사적 위치」에서 한애순과 정권진, 신재효 창본 사설 비교를 통하여 소상하게 밝힌 바 있다. 여기에서 비교의 대상으로 택한 한애순 창본은 『뿌리깊은 나무 판소리 다섯 마당』(한국브리태니커회사, 1982), 신재효본 자료는 강한영 교주, 『신재효 판소리 사설집』(민중서관, 1972), 정권진 창본은 정병욱, 『한국의 판소리』(집문당, 1981)에 기록된 것이다. 여기에서는 장월중선의 위상을 확인하기 위하여 한애순 창본 대신 장월중선 창본을 사용하기로 한다. 장월중선 창본은 정순임이 부른 심청가, 『완창판소리』(국립중앙극장, 1997)의 자료를 대상으로 하였다.

109) 심청의 인신 공양에서 곧바로 '몸을 파는 유녀(遊女)'를 연상하는 것은 지극히 자연스럽다. 설화 속에 빈번하게 나타나는 <홍순언의 고사>도 효를 위해 자신의 몸을 파는 내용으로 이루어져 있다. 최인훈의 <달아달아 밝은 달아>나 황석영의 <심청, 연꽃의 길>은 이를 정면으로 받아들여 현대화한 작품이라고 할 수 있다. 조경은, 「황석영 소설에 나타난 고전문학의 변용 연구」(숙명여자대학교 교육대학원, 2011), 22쪽.

110) "심청이가 그 부친의 눈 뜨이기를 위하여 공양미 삼백 석에 몸이 팔려서 인당수 제물로 악마 같은 남경 상인들에게 끌려갈 제, 그 부녀 간 서로 영결하는 장면! 그 앞 못 보는 부친을 촌인들에게 애호하여 달라는 유탁의 애사! 피눈물을 흘리면서

허둥지둥 인당수에 몸을 던지는 광경! 그 비절참절한 인생의 최후를 여실히 애사
비조로 표현하였다. 듣는 사람은 물론이고, 귀신도 따라서 울음을 발하리만큼 되었
다." 정병헌, 『교주 조선 창극사』(태학사, 2015), 120-121쪽.

111) 이념을 앞세운 창본들이 효성을 강조하기 위하여 심청 스스로 선인들에게 삼백 석
을 약속하게 하는 것은 이러한 의미에서 모순을 초래하게 된다.

112) 박헌봉, 『창악대강』(국악예술학교출판부, 1966), 275-276쪽.

113) 판소리는 현장 공연예술로 전승되었기 때문에 논리적 비약이 나타날 수밖에 없다.
이러한 문제의 해결을 위하여 노력한 것이 정리본의 특성이기는 하지만, 이러한
문제의 해결이 판소리의 성공을 기약하는 것은 아니다.

114) 유기룡, 「명창 이날치와 반드림소리」, 『문화재』10호(문화재관리국, 1972), 154쪽.

115) 박황, 『판소리사』(신구문화사, 1975), 73쪽.

116) 유영대, 「창작 판소리 열사가에 대하여」, 『판소리연구』3(판소리학회, 1992), 370-
372쪽.; 김기형, 「창작 판소리 사설의 표현 특질과 주제의식」, 『판소리연구』5(판소
리학회, 1994), 101-122쪽.

117) (진양조) 조사 지어 올리더니 그 자리에 가 엎드려지드니마는 "아이고 분하여라.
우리 충성이 부족튼가. 국가 운명이 불길튼가. 만리 화란 복명하여 국가 대세가 그
릇되니 무슨 면목으로 낯을 들고 고향 산천을 돌아가며, 구중궁궐 상감마마를 왕
반서로 볼 것이니, 무슨 말로 대답하리오. 선생은 만사를 잊고 가지만 이 다음 일
을 어찌 하리." 어옹어옹 울음을 운다.

118) (아니리) 이렇듯이 슬퍼하며 고향으로 돌아오시고, 왜적은 일로 인하여 고종을 양
위시켜, 융희년으로 고치고 약한 정치 실시되어 전 경찰권을 일본이 손에 쥐니 민
심이 더욱 소란하고, 친일파 이완용과 이등박문 원망이 극도에 다다를 제, 그때여
이등박문 대한을 장악해 넣고 만주를 손댈 양으로 노국 대신과 할빈에서 만나자는
조약이 있었구나.

119) (진양조) 태연히 돌아서서 옥문 밖을 나갈 적에 어간이 먹먹, 흉중이 꽉 차오르고,
하늘이 빙빙 돌며 땅이 푹 꺼지는 듯, 섰던 자리에 주저앉드니만은, "아이고 이 자
식아, 너의 의열은 장커니와 늙은 어미는 어쩌라고 네 맘대로 하였느냐. 너를 나서
키울 적에 특재총명이 하늘로 떠오르기로, 쥐면 터질까, 불면 날까, 금옥같이 길렀
더니, 오늘날 만리타국에 와서 모자영별이 웬일이냐. 야이 흉측한 왜놈들아, 너이
를 짝짝 찢어서 사지를 갈라놔도 내가 이 원수를 언제 다 갚을거나." 주먹을 쥐여
가슴을 뚜다리며 복통단장으로 울음을 운다.

120) (아니리) 이렇듯이 슬퍼하며 고향으로 돌아오고, 그때여 안중근씨는 여순 감옥 교
수대 아침 이슬이 되니, 이때여 충혼이 하늘에 떠오르고 왜적은 식민지와 실회라
는 강경론이 대두하자 일진회 주구되야 소위 일한합방이 되니, 민충정공 의분자살

표충혈죽이 완연하고, 시위일대 우리 장병 의분기창이 일어나니, 그 어찌 총과 칼을 두려워하리. 비참한 그 죽엄은 거리거리 묘를 이루고 산야의 백성들은 당론에 분루되야 부패한 우리나라가 병기가 어이 있을소냐. 총도 들고 몽치도 들어 적군에게 달려드니, 슬프다 그 죽엄은 다만 강토에 물들일 뿐이로다. 우리나라 배달민족 단군의 자손 다같은 혈통 반만년 역사여든 어찌 위국열사가 없을소냐.

121) <열사가>를 지은 박동실이 그 사설까지도 직접 제작하였는지에 대하여는 여러 견해가 나뉘어 있지만, 어떤 의미에서든 여기에 박동실의 의식이 반영된 것만은 분명하다. 6·25가 일어나자 그가 북을 선택하고, 또 동료들의 입북을 권유한 것도 이러한 이념의 집착에서 이루어진 것으로 볼 수 있을 것이다.

122) 장월중선은 1998년, 한애순은 2014년에 각각 타계함으로써 이날치로부터 이어지는 박동실 바디 '원형 심청가'는 장월중선의 뒤를 이은 정순임이 유일하게 그 계보를 잇게 되었다.

4장 판소리의 후원자들

1) 정현석, <증동리신군 서>, 『영인 신재효 판소리 전집』(연세대학교 출판부, 1969), 6쪽.

2) 강한영 교주, 『신재효 판소리사설집』(민중서관, 1972), 41쪽. 이하 인용문의 뒤에 제시된 쪽수는 이 책의 것을 가리킨다.

3) 성현경, 「정현석과 신재효의 창우관 및 사법례」, 『신재효 판소리 연구』(판소리학회, 1990), 139쪽.

4) 유병환, 「<증동리신군서>와 <광대가> 사대법례 정석」, 『판소리연구』11(판소리학회, 2000), 292-300쪽.

5) "선창부중용모단정(選唱夫中容貌端正)", <증동리신군서(贈桐里申君序)>, 강한영, 『영인 신재효 판소리 전집』(연세대학교 출판부, 1969), 6쪽에서 재인용. 정현석은 신재효에게 보낸 서간을 통하여 자신의 판소리관을 극명하게 표현하였다.

6) 박영주, 「판소리 사설의 특성과 미학」, 『동리연구』1(동리연구회, 1993), 119-120쪽.

7) 고정옥, 「고전작가론」, 『판소리연구』7(판소리학회, 1996), 295-296쪽.

8) 백대웅, 「명창과 판소리의 미학」, 『판소리의 바탕과 아름다움』(인동, 1986), 229-230쪽.

9) 정병욱, 『한국의 판소리』(집문당, 1981), 89쪽.

10) 이동근, 「판소리 전승에 대한 관견」, 『한국 판소리 고전문학연구』(아세아문화사, 1983), 152쪽; 전신재, 「판소리의 연극성에 관한 연구」(성균관대학교 박사 학위논문, 1988), 22쪽; 성현경, 「정현석과 신재효의 창우관 및 4법례」, 『신재효 판소리 연